gli Adelphi
28

La milleduesima notte apparve poco dopo la morte di Joseph Roth (1894-1939) ed è stato pubblicato da Adelphi nel 1977. Di Roth sono uscite presso Adelphi le seguenti opere: *La Cripta dei Cappuccini* (1974), *La leggenda del santo bevitore* (1975), *Fuga senza fine* (1976), *Giobbe* (1977), *Il profeta muto* (1978), *Tarabas* (1979), *Il mercante di coralli* (1981), *Viaggio in Russia* (1981), *Confessione di un assassino* (1982), *Romanzi brevi* (1983), *Ebrei erranti* (1985), *Zipper e suo padre* (1986), *Le città bianche* (1987), *La Marcia di Radetzky* (1987), *La ribellione* (1989), *Il peso falso* (1990).

JOSEPH ROTH

La milleduesima notte

ADELPHI EDIZIONI

Titolo originale
Die Geschichte der 1002. Nacht

Traduzione di Ugo Gimmelli

I edizione *gli Adelphi*: giugno 1991

ISBN 88-459-0835-6

LA MILLEDUESIMA NOTTE

I

Nella primavera dell'anno 18... lo Sciahan-scià, il grande, eccelso, sacro monarca, l'assoluto sovrano e imperatore di tutti gli Stati della Persia, cominciò a sentire un disagio mai prima conosciuto.

I medici più famosi del suo impero non seppero spiegare quella malattia. Lo Scià era quanto mai preoccupato e in una notte insonne fece chiamare il capo degli eunuchi Patominos, che era un saggio e conosceva il mondo pur non avendo mai lasciato la corte, e così gli disse:

«Sono malato, amico Patominos, e anche molto, temo. Il medico dice che sono sano, ma io non gli credo. Gli credi tu, Patominos?».

«No, neanch'io gli credo» disse Patominos.

«Dunque anche tu credi che io sia malato grave?» domandò lo Scià.

«Malato grave, no. Questo non lo credo,» rispose Patominos «ma malato certamente sì! Vi sono, o Signore, molte malattie. I dottori non le vedono perché sono stati abituati a badare solo ai mali del corpo e dei suoi organi. Ma che giova all'uomo un corpo sano con organi sani, se la sua anima soffre di desiderio?».

«E come sai che io soffro di desiderio?».

«Mi permetto di indovinarlo».

«E di che ho desiderio?».

«Questa è cosa» disse l'eunuco «sulla quale dovrei riflettere alquanto» e si atteggiò come se riflettesse, poi disse:

«Signore, il vostro desiderio è rivolto a paesi esotici: i paesi d'Europa, per esempio».

«Un lungo viaggio?».

«Un breve viaggio, Signore! I viaggi brevi sono più piacevoli di quelli lunghi. I viaggi lunghi fanno male».

«E in quale direzione?».

«Signore,» disse l'eunuco «ci sono in Europa paesi di ogni genere. Tutto dipende da che cosa si cerca in quei paesi».

«E che cosa pensi che dovrei cercarvi, Patominos?».

«Signore,» disse l'eunuco «un miserabile quale io sono non sa che cosa potrebbe cercare un grande sovrano».

«Patominos,» disse lo Scià «tu sai che da settimane non ho più toccato una donna».

«Lo so, Signore» rispose Patominos.

«E tu pensi, Patominos, che questo sia sano?».

«Signore,» disse l'eunuco drizzandosi un poco dalla sua posizione di inchino «devo dire che gli uomini della mia particolare condizione non s'intendono molto di queste cose».

«Siete da invidiare».

«Sì,» rispose l'eunuco drizzandosi in tutta la sua corpulenta figura «io compiango gli altri uomini di tutto cuore».

«E perché ci compiangi, Patominos?» domandò il sovrano.

«Per molte ragioni,» rispose l'eunuco «ma soprattutto perché gli uomini sono sottoposti alla legge del cambiamento. È una legge ingannevole perché non esiste cambiamento».

«Intendi dire che io, appunto per ricercare questo particolare cambiamento, dovrei recarmi da qualche parte?».

«Sì, o Signore,» rispose Patominos «per convincervi che non c'è cambiamento».

«E basterebbe questo a guarirmi?».

«Non la convinzione, o Signore, ma le esperienze che occorrono per raggiungere questa convinzione!».

«Come sei arrivato a queste conoscenze, Patominos?».

«Per il fatto che sono castrato, Signore!» rispose Patominos, e tornò a inchinarsi.

Consigliò poi allo Sciahan-scià un viaggio molto lontano e propose Vienna. Lo Scià ricordò che i musulmani vi erano già stati molti anni prima.

«Signore, purtroppo allora non riuscirono a entrare nella città, altrimenti oggi sul campanile di Santo Stefano non ci sarebbe la croce ma la nostra mezzaluna».

«Tempi passati, storia vecchia! Oggi noi viviamo in pace con l'imperatore d'Austria».

«Non v'è dubbio, Signore».

«Partiamo!» ordinò lo Scià. «Si avvertano i ministri!». E si fece come aveva comandato.

Da principio in vagone di prima classe, poi sulla nave negli alloggi di poppa, sedeva, preposto alle donne, il capo eunuco Kalo Patominos. Al tramonto egli guardava il sole rosseggiante, poi stendeva il tappeto, si prosternava e cominciava a mormorare la preghiera della sera.

Raggiunsero Costantinopoli in incognito.

Il mare era mite come un bimbo. Il bastimento scivolava soave e leggiadro, quasi un bimbo anch'esso, nella notte azzurra.

II

Per qualche giorno il bastimento nuziale dello Scià incrociò nel mare azzurro; non si osava infatti informare il sovrano che si stava aspettando una risposta dell'ambasciatore persiano a Vienna. Ma già il secondo giorno lo Scià si impazientì. Sebbene non si curasse della rotta non poté fare a meno di notare che davanti a lui riaffiorava continuamente quel medesimo tratto di costa lasciato indietro poco prima. Anche a lui cominciò a sembrare strano che una nave così potente impiegasse tanto tempo per attraversare un mare così piccolo. Fece chiamare il Gran Visir e gli accennò che era scontento della lentezza della traversata. Accennò solo: non lo disse in modo esplicito, giacché, se non si fidava di nessuno dei suoi servitori sulla terra ferma, se ne fidava ancora meno viaggiando sull'acqua. Certamente, anche sul mare si era nelle mani di Dio, ma un po' anche in quelle del capitano. In genere lo Scià, tutte le volte che pensava al capitano, diveniva inquieto. Quel capitano non gli piaceva affatto, soprattutto perché non riusciva a ricordarsi d'averlo mai incontrato prima. Egli era estremamente sospettoso; anche degli uomini più intimi e fidati sospettava spesso e volentieri; tanto più di quelli che non conosceva o di cui non si ricordava. Era addirittura tanto sospettoso che non osava neanche darlo a divedere, per la convinzione, che è spesso propria dei sovrani puerili e potenti, di essere più furbo dei propri servitori. Perciò anche questa volta, parlando col Gran Visir, accennò con cautela che tutti quei lunghi giri della nave non gli sembravano normali. Ma il Gran Visir, che aveva ben capito come lo Scià non volesse manifestare il proprio sospetto, non fece notare in alcun modo di essersi accorto di quel sospetto.

«Signore,» disse il Gran Visir «anche per me è incomprensibile che occorra tanto tempo per la traversata».

«Già,» confermò lo Scià, come se si fosse accorto, appunto in seguito all'osservazione del Gran Visir, dell'eccessiva lentezza del viaggio «già, tu hai ragione: perché navighiamo così lentamente?».

«Bisognerebbe interrogare il capitano, Signore!» disse il Gran Visir.

Il capitano venne e lo Scià domandò: «Quando raggiungeremo finalmente la costa?».

«Potentissimo Signore,» rispose il capitano «a noi tutti è sacra la vita di Vostra Maestà! Più sacra dei nostri figli, delle nostre madri, più sacra delle pupille dei nostri occhi. I nostri strumenti annunciano una tempesta, per quanto calmo possa sembrare il mare in questo momento. Quando Vostra Maestà è a bordo bisogna fare attenzione mille volte. Che cosa c'è infatti di più prezioso per noi, per il nostro paese, per il mondo, della vita di Vostra Maestà? E purtroppo i nostri strumenti annunciano tempesta, Maestà!».

Lo Scià guardò in su. La volta del cielo era ben tesa, azzurra, splendente. Lo Scià pensò che il capitano mentiva, ma non lo disse. Disse soltanto: «Mi sembra, capitano, che i tuoi strumenti non valgano nulla!».

«Certamente, Maestà,» rispose il capitano «anche gli strumenti non sono sempre attendibili!».

«Proprio come te, capitano» disse lo Scià.

A un tratto egli scorse una nuvoletta bianca all'estremo orizzonte. A dir la verità non era neanche una nuvoletta, era un piccolo velo sottile, appena l'ombra di una nuvoletta. Anche il capitano l'aveva scorta in quell'istante e già sperava che gli fosse venuto in aiuto un miracolo, e che lui, la sua bugia e i suoi strumenti bugiardi venissero improvvisamente giustificati agli occhi del Signore di tutti i credenti.

Ma avvenne per l'appunto il contrario giacché, per minuscola e sottile che fosse la nuvoletta, essa accrebbe l'ira dello Scià. Questi si era già rallegrato di aver còlto Gran Visir e capitano in una bugia così vergognosa... e adesso interveniva la natura stessa, la quale partoriva una nuvoletta (e com'era facile che si trasformasse in nuvole vere e proprie!) e alla fine dava anche ragione agli strumenti bugiardi! Con attenzione stizzosa lo Scià osservava la forma della nuvoletta che andava continuamente mutando. Ora si allentava e il vento la sfrangiava un po', ora invece si faceva più densa e rotonda. Poi sembrava un velo aggomitolato, poi ancora si allungava e infine diventava più scura e compatta. Il capitano era rimasto in piedi dietro le spalle dello Scià. Anch'egli osservava le forme mutevoli della nuvoletta, però senza stizza, anzi tutto consolato. Ma ahimè, come s'ingannava! Lo Scià si voltò con furia improvvisa e il suo volto apparve al capitano come una specie di perigliosa nube violetta carica di grandine. «Vi ingannate tutti,» cominciò il potente signore con una voce sommessa, quasi atona, che sembrava venire da ignote profondità dell'anima «vi ingannate tutti, se credete che io non indovini le vostre manovre. Tu non mi dici la verità! Che cosa mi vai raccontando dei tuoi strumenti? Quale tempesta dovrebbero annunciare? Il mio occhio non è certo meno sicuro dei tuoi strumenti! Qui tutto all'intorno il cielo è chiaro e limpido, di rado ho visto un cielo così limpido. Apri gli occhi, capitano, e dillo tu stesso. Vedi una sola nuvola all'orizzonte, sia pure la più piccola?».

Lo spavento del capitano era grande, ma più grande era il suo stupore; e più grande dello spavento e dello stupore era la sua incertezza. L'ira del suo signore era vera o finta? Voleva il signore metterlo alla prova? Chi poteva saperlo? Egli non aveva mai vissuto accanto allo Scià e non ne conosceva le abitudini. Il capitano aveva sentito dire da più d'uno che talora lo Scià si fingeva irato per conoscere il grado di sincerità di cui i suoi servitori erano capaci. Sventuratamente tale tratto, per niente tipico, del carattere del suo sovrano venne in mente al capitano proprio in quel momento, e perciò decise di essere sincero: «Signore,» egli disse «gli occhi di Vostra Maestà hanno scorto testé quella nuvola là all'orizzonte». E l'infelice capitano spinse il suo ardire al punto di indicare addirittura col dito la nuvoletta, la quale nel frattempo era diventata una vera nube blu e nera, che si avvicinava con sinistra rapidità alla nave.

«Capitano!» tuonò lo Scià «vuoi insegnarmi a guardare il cielo? Quella rada nebbiolina lassù la chiami una nuvola? Non senti i raggi del sole?».

Ma in quel momento avvenne qualcosa di inatteso. In pochi secondi la nuvola era diventata un profondo nembo nero-blu gravido di pioggia e aveva a un tratto raggiunto il sole e ottenebrato il mondo.

Il capitano allargò le braccia e la parola gli morì sulle labbra tremanti. Sembrava volesse dire: «Signore, con grande rincrescimento sono costretto a far parlare il cielo. Esso si accinge a rispondere in vece mia a Vostra Maestà».

Naturalmente anche lo Scià aveva visto che il sole si oscurava e non sapeva se rallegrarsi della lealtà dei suoi servitori che lo avevano informato in modo così veritiero e preciso della tempesta imminente, oppure irritarsi per aver soggiaciuto al proprio sospetto. Sentì che rischiava di tradire la confusione in cui versava, ma ciò non doveva assolutamente avvenire e perciò comandò: «Mostrami i tuoi strumenti, capitano!».

Mentre camminavano sul ponte, lo Scià avanti, il

capitano dietro, il cielo andò sempre più abbuiandosi, fin dove giungeva lo sguardo, ad eccezione di una sottile striscia azzurra verso grecolevante. A ponente le nubi erano violette e minacciose, allo zenit si facevano più miti e chiare, a levante trascoloravano in un pallore che appariva addirittura benigno. Questa volta non si trattava come dianzi di timore davanti al sovrano per aver detto una menzogna, ma di terrore al cospetto di Allah, Signore del mondo, e di sgomento per la tempesta preannunciata con tanta leggerezza.

Il capitano aveva per la prima volta l'onore di ospitare sulla sua nave lo Sciahan-scià. Che cosa ne sapeva delle regole della diplomazia il povero capitano? Da venti anni incrociava per i mari sempre sullo stesso piroscafo imperiale *Ahmed Akbar*. Aveva avuto esperienza di molte tempeste, da giovane viaggiava ancora sui velieri e appunto sui velieri aveva cominciato a conoscere l'arte della navigazione. Mai d'altra parte questo Scià, dalla sua ascesa al trono, aveva sentito il bisogno di traversare un mare; proprio a lui, povero capitano, era toccato il pericoloso onore di portare per la prima volta in navigazione il potente signore. «Non dobbiamo raggiungere le coste d'Europa nel tempo prescritto,» gli aveva detto il Gran Visir. «Sua Maestà è di carattere quanto mai impaziente ed esige che i suoi desideri siano soddisfatti non appena espressi; e tuttavia mi capisca, capitano, ci sono delle difficoltà diplomatiche. Occorre prima attendere la risposta di Sua Eccellenza l'ambasciatore a Vienna. Frattanto bisogna cercar di incrociare in prossimità della costa. Se a Sua Maestà dovesse venire in mente di interrogarla in proposito, lei risponda di temere una tempesta».

Così aveva parlato il Gran Visir ed ecco che la tempesta si stava veramente appressando. E gli strumenti non l'avevano annunciata. Solo la menzogna l'aveva annunciata, la menzogna soltanto! E il capitano era credente e temeva Allah.

Entrarono nella cabina del capitano. C'erano pochi strumenti e in particolare nessuno che potesse annunciare l'avvicinarsi di una tempesta. Si vedeva solo una grande bussola di fabbricazione inglese, fissata a un tavolinetto rotondo. Lo Scià si chinò a guardare. «Che cos'è questo, capitano?» domandò. «Maestà, una bussola!» disse il capitano. «Ah,» disse lo Scià «e altri strumenti non ne hai?». «Qui no, Maestà, ce ne sono di là, nella stanza dell'ufficiale di macchina». «Dunque tempesta?» domandò lo Scià. Non aveva più voglia di vedere altri strumenti e inoltre desiderava sinceramente una tempesta. «Insomma, quando viene questa tempesta?» domandò benevolo. «Dopo il tramonto, ritengo» rispose il capitano.

Lo Scià uscì sul ponte e il capitano dietro. Il giorno si era fatto buio quasi quanto la notte. L'ufficiale di servizio si avvicinò di fretta, correva, galoppava. Riferì qualcosa al capitano con termini che lo Scià non aveva mai prima udito. Il sovrano passò oltre senza curarsi dei due ufficiali; s'accostò al parapetto e con vivo piacere si mise a guardare la schiuma delle ondate rabbiose che si gettavano all'assalto, si frangevano, tornavano ad assalire. La nave cominciò a ballare. Tutto ballava. Le onde erano lingue verdi, nere, blu e grigie, con orli candidi. Un forte malessere afferrò d'improvviso lo Scià. Un mostro sconosciuto frugava nelle sue viscere e vi si avvolgeva. Si ricordò che da fanciullo, una volta che era malato, molto malato, era stato preso da una sensazione simile.

Il capitano fu allora còlto da una doppia agitazione: prima perché il suo signore si sentiva male e poi perché si stava avvicinando quella tempesta che lui aveva preannunciato con tanta leggerezza. Il capitano non sapeva di che cosa dovesse angustiarsi di più, se della tempesta o del malessere del suo signore. Decise di rivolgere la sua attenzione allo Scià. Tanto più che aveva già dato ordine di riavvicinarsi alla costa quanto era possibile. Lo Scià giaceva sul ponte avvolto in numerose coperte. Il medico di corte, che lui tanto odiava e che, a suo giudizio, era l'unica persona alla quale non potesse sfuggire in questa vita, stava chino sopra l'augusto ammalato. Egli fece ciò che era ovvio fare, somministrò allo Scià un sonnifero alla valeriana. Le prime grosse gocce di pioggia caddero sul morbido velluto della tenda che era stata eretta intorno allo Scià. Il vento faceva tintinnare sommessamente gli anelli che collegavano le pareti della tenda alle sue tre aste metalliche. Lo Scià si sentiva meglio; sapeva che fuori lampeggiava e il rumore del tuono gli dava una sensazione placida e deliziosa. Il suo malessere era scomparso. Non c'era da meravigliarsene! La nave stava ferma a circa due miglia dalla costa. Solo il mare batteva con impeto ritmato contro le fiancate.

Quella tempesta era stata inviata al Gran Visir come una grazia speciale del cielo. Segretari su frettolose scialuppe raggiunsero Costantinopoli nel cuor della notte, e sulle stesse frettolose scialuppe ritornarono il giorno dopo, verso le nove della mattina, quando lo Scià dormiva ancora. Essi recavano il telegramma dell'ambasciatore. Sua Maestà era attesa a Vienna. Tutto era pronto per riceverla...

Anche la tempesta si era placata. Un sole nuovo, lavato, splendeva vivo e gioioso come già una volta, il primo giorno della sua creazione.

Anche il capitano splendeva, anche il Gran Visir. La nave scivolava a tutto vapore verso l'Europa.

III

L'Imperial Regia Maestà Apostolica ebbe l'annunzio della visita dello Scià verso le otto della mattina. Erano passati duecento anni scarsi da quando il più feroce di tutti i musulmani si era spinto fin sotto Vienna. Allora l'Austria era stata salvata da un miracolo, ma ora i Prussiani, assai più terribili che una volta i Turchi, minacciavano la vecchia Austria, e sebbene fossero quasi più infedeli dei musulmani (erano protestanti), Dio non faceva miracoli contro di loro. Ormai non c'era ragione di temere i figli di Maometto più dei protestanti; un'altra più terribile epoca si era iniziata, quella dei giannizzeri di Lutero e di Bismarck. Veramente sulle loro bandiere bianco-nere, tutti e due colori di lutto stretto, non c'era la mezzaluna, bensì una croce; ma per l'appunto una croce di ferro. Anche i loro simboli cristiani erano armi mortali.

Tutto questo pensò l'Imperatore d'Austria dopo che gli fu annunciata l'imminente visita dello Scià, e cose simili pensarono anche i ministri dell'Imperatore. Se ne sussurrò a Vienna, se ne bisbigliò negli uffici, davanti alle porte, dietro le porte, nei ministeri, nei corridoi, nelle redazioni dei giornali, nei caffè e persino nei *séparés*. Dovunque ci si preparava per la visita dello Scià.

Il giorno in cui il treno dello Sciahan-scià arrivò nella Stazione Franz Joseph di Vienna quattro compagnie d'onore e duecento guardie a piedi e a cavallo sbarravano le strade d'accesso. La premurosa ospitalità dell'Imperial Regia Maestà Apostolica aveva disposto che tutti i vagoni del treno che portava a Vienna il sovrano di Persia fossero dipinti di bianco, di un bianco nuziale, come la nave sulla quale lo Scià si era imbarcato a Costantinopoli. Sul marciapiede di stazione stava schierata una compagnia del reggimento dei Deutschmeister. Il maestro della banda, Josef Nechwal, ordinò l'inno nazionale persiano. Piatti e timballo, nonché le cosiddette *tschandressen*, facevano più rumore di quanto l'inno persiano avrebbe richiesto. Il timballo, caricato sul mulo di solito così paziente e così amante della musica, non voleva restare indietro quanto a rumore; l'animale ogni tanto fremeva e fu quasi sul punto di rivoltarsi, ma né il suonatore di timballo né il maestro Nechwal se ne accorsero. Il maestro pensava alle insegne onorifiche esposte nella vetrina di Tiller.

L'Imperatore si sentiva a disagio nell'uniforme straniera. Per di più faceva caldo; era una di quelle giornate di maggio che sembrano anticipare la piena estate. La tettoia di vetro al di sopra del marciapiede era rovente. L'inno non piacque all'Imperatore, che però lo ascoltò con rispetto evidente, ostentato...

Quando lo Scià scese, l'Imperatore accennò un abbraccio. Lo Scià passò in rivista la compagnia. Il maestro ordinò il *Salvi Iddio*, i persiani si irrigidirono.

Salirono in carrozza e partirono. Dietro le muraglie blu dei soldati la gente acclamava. I cavalli della polizia imbizzarrirono e nonostante gli sforzi dei cavalieri presero a tirar calci ferendo ventidue curiosi. Il rapporto della polizia riportato dal «Fremdenblatt» parlava di «tre casi di svenimento».

IV

Questi tre casi di svenimento non turbarono affatto la gioia dei viennesi per la presenza del grande Scià dei Persiani. Tutti coloro che avevano assistito al suo arrivo ed erano rimasti sani, anche quelli dello svenimento, se ne tornarono a casa felici come se avessero ricevuto un favore personale. Anche i ferrovieri e i facchini erano felici e sudavano molto, giacché il grande Scià di Persia era arrivato con numerosi e pesanti bauli. Questi non riempivano meno di quattro normali vagoni merci, che però a Trieste ci s'era dimenticati di agganciare al bianco treno nuziale di Sua Maestà. L'aiutante del cerimoniere di corte, Kirilida Pajidzani, correva su e giù per il marciapiede e dietro a lui correva il capostazione Gustl Burger. Nell'ufficio del capostazione l'apparecchio Morse picchierellava fitto e instancabile. Il povero capostazione Burger non capiva una sillaba del francese che l'aiutante del cerimoniere andava parlando. L'unica persona che avrebbe potuto dare un aiuto in quella situazione disperata se ne stava invidiabilmente annoiato davanti al banco del ristorante di prima classe. Era il capitano di cavalleria barone Taittinger del

9° Dragoni, distaccato dal suo reggimento e assegnato a tempo indeterminato alla cancelleria di corte per un cosiddetto 'incarico speciale'. Il barone se ne stava appoggiato al banco con le spalle alla finestra, ma ogni tanto si voltava e osservava con crudele compiacimento il ridicolo capostazione e il suo compagno persiano, Kirilida Pajidzani, che Taittinger aveva già dentro di sé definito il 'giannizzero'. L'orologio al di sopra del banco segnava già la terza ora del pomeriggio. Per le quattro e mezzo Taittinger aveva un appuntamento con la signora Kronbach da Hornbichl. Il marito era proprietario di una fabbrica di sapone e aveva il titolo di consigliere commerciale; abitavano a Döbling. La signora Kronbach era la passione di Taittinger, almeno lui così si immaginava. Ormai si era detto che era la sua passione, l'aveva nominata sua passione e ne dava una prova a se stesso restandole fedele. Essa, per dir subito le cose come stavano, non era la sua prima, ma la sua seconda passione.

Il capitano Taittinger stava dunque appoggiato al banco e dava ogni tanto uno sguardo attraverso la finestra, poi di nuovo all'orologio al di sopra della commessa bionda che lo serviva e che lui considerava come uno strumento indispensabile al disbrigo del servizio ferroviario. Che quei due là fuori, il 'giannizzero' e il capostazione, corressero qua e là così eccitati lo divertiva. Purtroppo però lui doveva aspettare che arrivasse il bagaglio dello Scià di Persia, e anche la signora Kronbach doveva aspettare. Tutto questo era brutto, ma non ci si poteva far niente.

Erano ormai le tre e mezzo e il capitano aveva già cominciato a sorseggiare il quarto Hennessy, quando finalmente entrò in stazione con rombo possente, come se fosse un vero espresso, un treno speciale che consisteva solo di quattro vagoni. Contenevano il bagaglio dello Scià di Persia.

Solo in quel momento Taittinger si precipitò sul marciapiede, fermò il capostazione e disse: «Faccia presto! È già uno scandalo che gli ospiti debbano aspettare tanto! Sua Maestà è arrivata già da un'ora! Sua Maestà sta perdendo la pazienza! È davvero una vergogna, signor capostazione!».

E senza aspettare risposta il barone si rivolse a Kirilida Pajidzani e disse nel suo francese scorrevole che, a dir vero, suonava come il francese delle scuole imperial-regie e sembrava consistere solo di parole mandate a memoria: «Che puntualità, che puntualità! Le nostre ferrovie sono veramente le più puntuali del mondo!». Ferrovieri e facchini accorsero. Li comandava lo stesso capostazione. Nel frattempo il capitano stava decantando al suo compagno persiano le straordinarie, e autentiche, meraviglie orientali dei locali notturni di Vienna.

Il persiano ascoltava col sorriso benevolo che l'indifferente uomo di mondo sempre assume quando si tratta di nascondere la propria tolleranza. A questo sorriso benevolo il barone riconobbe subito con chi aveva a che fare: quel 'giannizzero' non era un giannizzero; spirava invece l'antica, cara e fida aria della menzogna mondana; e accanto a lui il barone si sentì subito a casa sua. Del resto aveva già dentro di sé definito il persiano 'simpatico', la lode più alta che potesse concedere. Infatti per lui esistevano tre categorie di uomini: in testa venivano i 'simpatici', poi gli 'indifferenti', la terza e ultima era quella dei 'noiosi'. Kirilida Pajidzani, era chiaro, apparteneva ai simpatici. E tutt'a un tratto il barone riuscì anche a pronunciare quel nome difficile così agevolmente come se fin da bambino avesse giocato con compagni persiani.

«Signor Kirilida Pajidzani,» disse il capitano «mi rincresce che lei sia stato trattenuto così a lungo. Queste ferrovie, queste ferrovie! Ma, mi creda, troveremo subito il responsabile!».

E per mostrare al persiano che non parlava a vuoto si avvicinò al capostazione e alzando la voce gli disse: «È una porcheria, signor capostazione, e scusi la rudezza dell'espressione!».

«Signor capitano,» rispose il capostazione «è senza dubbio una porcheria, una porcheria triestina».

«Trieste o no, me ne infischio» disse il capitano alzando ancor più la voce. «Il fatto è che Sua Maestà è arrivata da due ore e il bagaglio non è ancora al suo posto!».

Il capostazione Burger che cominciava a temere di essere trasferito si impose un tono affabile e disinvolto, cercò lì per lì le parole più adatte e disse: «L'augusto bagaglio è ormai qua, signor barone!».

«Qua!» ironizzò il capitano. «Ma non al suo posto!».

Ci volle ancora una mezz'ora prima che i venticinque massicci bauli di Sua Maestà Persiana venissero trasbordati. Solo allora il barone poté lasciare la stazione. Per fortuna c'era ancora lì ad aspettare la carrozza che era stata messa a disposizione dell'aiutante del Gran Visir. Con timidezza sapientemente recitata Taittinger si rivolse a Kirilida Pajidzani: «Se posso pregarla, salirei volentieri; dovrei arrivare fino a un certo punto...». Il persiano non lo lasciò mentire più a lungo, ma disse subito: «Volevo pregarla io di farmi l'onore di accompagnarla dove la chiama il suo servizio».

Salirono e i bauli li precedettero su tre carri merci trainati da pesanti cavalli bianchi di Pinzgau. Durante il percorso il capitano si alzò, dette un colpetto sulla spalla del cocchiere in livrea e disse: «Fermatevi prima da Hornbichl». In segno d'intesa il cocchiere sollevò la frusta, che accennò nell'aria un «Sì», e mandò anche un leggero schiocco. Taittinger, sollevato e di buon umore, si lasciò cadere sui cuscini, accanto al 'simpatico' compagno persiano.

Da Hornbichl la carrozza si fermò. Il barone entrò nel giardino, girò dietro la siepe a destra, fino all''angolo dell'amore', come da dieci anni soleva chiamare quel tavolo. La moglie del consigliere Kronbach aspettava da un quarto d'ora. Essa vide per la prima volta l'amante in grande uniforme – la loro relazione non aveva più di quattro mesi. L'elmo con la cresta dorata l'abbagliò ed essa dimenticò tutti i rimproveri che aveva accuratamente preparato in quei quindici minuti. «Ah, finalmente!» sussurrò.

V

Nei giorni seguenti il capitano di cavalleria Taittinger non lasciò più il simpatico Kirilida. Apparve allora che il simpatico Kirilida sapeva tutto, assai più del Gran Visir. Con lui si poteva parlare liberamente di ogni argomento. Si apprendeva per esempio che il Gran Visir non era per niente così alieno dal bere come veniva fatto di credere. Al contrario il Gran Visir era incline a infrangere in ogni occasione le leggi del Corano.

Nel corso di due pomeriggi il capitano Taittinger venne a conoscere della Persia assai più cose di quante non ne avesse apprese nella sua lunga vita il professor Friedländer, il noto orientalista che era stato associato al comitato per i festeggiamenti. Infatti il professor Friedländer non beveva; e questo succede quando non si beve, pensava il barone Taittinger.

Ahimè, il professor Friedländer non sapeva più dove ficcare la sua scienza. Mancava poco e avrebbe cominciato a dubitare dell'esattezza del suo promemoria, che pure si basava su ricerche molto precise, al di sopra di ogni dubbio. Per esempio, dopo venti anni di orientalistica il professore aveva appreso solo ora da Taittinger che parecchi musulmani bevono, perfino il Gran Visir. L'aiutante di questi, il signor Kirilida, che Friedländer incontrò una volta in compagnia di Taittinger, non aveva la minima nozione di letteratura persiana. Perfino del capo eunuco il barone Taittinger affermava che si facesse nascostamente portare delle birrette dai servitori del palazzo imperiale, facendole venire da Wiesenthal lì di faccia, e che le bevesse proprio come un qualsiasi buon cristiano. Ma ancora più dei racconti di Taittinger lo confondevano gli articoli dei giornalisti incompetenti che contenevano menzogne raccapriccianti sulla vita in Persia e sulla storia persiana. Il professor Friedländer si affannava invano a ristabilire la verità con lettere di smentita ai vari direttori. La sola conseguenza dei suoi interventi fu che i giornalisti vennero ai suoi seminari, e anche a casa, per intervistarlo sulla Persia; e da ultimo andarono perfino alle sue lezioni.

La parata militare a Kagran fu purtroppo disturbata da una pioggia violenta. Sotto la tenda aperta alle correnti d'aria e le cui tre pareti di tela scarlatta sbattevano, si gonfiavano e lasciavano passare l'acqua in modo esasperante, lo Scià non resisté più di un quarto d'ora. Non era entusiasta degli spettacoli militari, e mentre con sguardo distratto seguiva il magnifico galoppo degli ulani che, come una specie di bufera addomesticata, trascorreva sul verde umido dei prati, egli sentiva le gocce di pioggia cadere con irritante regolarità sul suo alto copricapo di pelliccia marrone e sul bavero scarlatto della sua mantella nera come la notte. Inoltre temeva per la sua salute. Nei medici europei aveva ancor meno fiducia che nel suo Ibrahim ebreo. Si trovava rinchiuso, anzi recinto, da generali stranieri che non temevano la pioggia ed erano evidentemente abituati al vento e al maltempo. La cavalleria aveva brandito le sciabole. La musica militare squillava dalle trombe bagnate, tuonava sui tamburi inzuppati. Ora doveva arrivare la fanteria e poi l'artiglieria. No! Ne aveva abbastanza. Si alzò, e a un tempo si alzarono il Gran Visir, l'aiutante, e tutto il seguito. Lo Scià lasciò la tenda, diluviava, lui solo si curvava sotto i rovesci di pioggia, tutti gli altri, che lui dentro di sé malediceva, lo seguivano impettiti come se procedessero sotto un sole splendente. Lo Scià prese la direzione in cui supponeva fosse la carrozza salvatrice. Con l'istinto sicuro del perseguitato trovò infatti subito il posto dove le vetture aspettavano. Salì senza guardarsi intorno. Tutti gli altri signori pure salirono. Sulla tribuna rimasero due generali che, immersi nello spettacolo militare, preferirono i soldati allo Scià. La rivista fu guastata dalla pioggia; comunque quel giorno i soldati della guarnigione di Vienna ebbero arrosto di maiale, patate lesse, piselli e birra di Pilsen, più un pacchetto di sigarette ungheresi a testa, di quelle chiamate 'a scartamento ridotto'.

Anche il giorno dopo piovve, ma ciò non importava più, dato che lo spettacolo aveva luogo nella Spanische Reitschule. Poiché il giorno prima si credeva di aver notato che l'esotico sovrano non sopportava le correnti d'aria fredda, si era tappezzato il palco della sala del maneggio con autentici tappeti persiani molto spessi, con tessuti di Shiraz, con antiche stoffe che venivano dalle sale del Palazzo Imperiale, con grandi cuscini di velluto rosso, e anche alle fessure delle porte erano state inchiodate sottili strisce di cuoio perché non passassero le correnti d'aria. Un'afa insopportabile regnava in quel luogo che pure era così ampio. Lo Scià si liberò della mantella, ma il pesante copricapo di pelliccia gli pesava terribilmente sulla testa. Col fazzoletto di seta rosa si asciugava di tanto in tanto il sudore sulla fronte. I signori che l'accompagnavano facevano lo stesso, parte per far vedere che anche loro avevano caldo e parte perché realmente avevano caldo. Questa volta però lo Scià di Persia non lasciò il palco. La sua scuderia a Teheran contava duemilaottocento cavalli, ancora più scelti e più preziosi delle donne del suo harem: vi erano stalloni arabi, le cui groppe rilucevano come oro fulvo; cavalli bianchi del rinomato allevamento di Jephtahan dal manto fine e morbido come la piuma; giumente egiziane mandate in dono dalle fattorie del potente imano Arasbi Sur; cavalli delle steppe caucasiche, dono dello Zar di tutte le Russie; sauri di Pomerania acquistati con denaro sonante dall'avaro Re di Prussia; animali semiselvaggi mandati di recente dalla puszta ungherese, inaccessibili a ogni mano d'uomo, sordi a ogni richiamo d'uomo, e tanto bizzarri da sbalzare di sella i migliori cavalieri di Persia.

Ma che cos'erano tutti questi animali in confronto ai lipizzani dell'imperial-regia Spanische Reitschule? La banda militare installata sulla tribuna dirimpetto al palco imperiale suonò, dopo l'inno persiano, il *Salvi Iddio*. Per primo entrò cavalcando nell'arena un cavaliere in un costume persiano quale lo Scià aveva visto solo nei ritratti dei suoi avi, ma mai in Persia; portava un alto berretto di pelo d'agnello guarnito di cordoni dorati e intrecciati, un corto mantello azzurro ricamato d'oro che gli pendeva da una spalla, alti stivali rossi di cuoio greggio con speroni d'oro e una scimitarra turchesca al fianco. Una bardatura rosso sangue adornava la sua candida cavalcatura. Lo precedeva un araldo in livrea di seta bianca, calze bianche e scarpette rosse.

Al suono di una melodia persiana, che allo Scià sembrava ora di conoscere e ora no (era del maestro Nechwal), il cavallo bianco prese a eseguire movimenti pieni di eleganza e di spirito. Nelle gambe, negli zoccoli, nella testa, nella groppa: dovunque abitava la grazia. Nessuna parola, nessun suono, nessun accenno di comando! Era il cavaliere che comandava al cavallo o il cavallo al cavaliere? Intorno il silenzio era completo. Tutti i presenti trattenevano il respiro; sebbene sedessero così vicini all'arena che quasi potevano toccare cavallo e cavaliere, essi seguivano lo spettacolo con occhialetti e binocoli: non sembrava loro abbastanza vicino.

Il cavallo bianco drizzò gli orecchi; pareva che provasse diletto a quel silenzio. Il suo grande occhio bruno, umido, intelligente osservava di tanto in tanto i signori e le dame seduti in cerchio, li esaminava fiducioso e superbo, senza aspettare alcun applauso come fanno invece i cavalli nel circo. Solo una volta levò lo sguardo verso il palco di Sua Maestà, il signore della Persia, come se volesse di sfuggita informarsi di colui per il quale era stato mandato là; sereno e orgoglioso sollevò la zampa anteriore destra, ma solo un poco, quasi salutasse un suo pari. Poi si girò una volta su se stesso come la musica sembrava comandare. Poi ancora percorse leggero sugli zoccoli il tappeto rosso e all'improvviso, al suono dei piatti, spiccò un salto stupefacente e tuttavia nobilmente misurato, pur nella giocata baldanza. Si fermò di colpo, attese un attimo il dolce suono del flauto e, quando questo venne, lo seguì docile con trotto morbido, addirittura vellutato, in uno zig-zag appena accennato, quasi cedesse all'umore dell'Oriente. Per un poco la musica tacque e, in quella pausa di silenzio, si udì soltanto il lieve, delicato battere degli zoccoli sul tappeto. Nel grande harem dello Scià di Persia nessuna delle sue donne, per quanto egli potesse ricordare, aveva mostrato tanta grazia, dignità, leggiadria, bellezza, quanto questo lipizzano della scuderia dell'Imperial Regia Maestà Apostolica.

Lo Scià aspettò la fine del programma con impazienza. La tranquilla eleganza degli altri animali che gli furono presentati, la loro grazia intelligente, i loro meravigliosi agili corpi che attiravano dedizione, fraternità, amore; la loro forte mitezza e la loro soave forza... Lo Scià pensava solo al primo cavallo.

«Compra quel cavallo!» disse al Gran Visir.

Il Gran Visir corse alle scuderie, ma il direttore Türling, con la dignità di un imperial-regio ministro, gli disse:

«Eccellenza, noi non vendiamo niente; noi regaliamo soltanto... se Sua Maestà il nostro Imperatore lo permette».

Ma nessuno osò chiederlo a Sua Maestà.

VI

Tutti si alzarono. Di lì a un quarto d'ora sarebbe cominciato il ballo. Nella sala cavalieri e dame, disposti in due file, aspettavano l'arrivo dei sovrani. Qua e là una timida tossetta saliva dal petto di un signore anziano. Era una tossetta che si vergognava di sé ancor più di coloro che tossivano, i quali tenevano il loro fazzoletto di seta davanti alla bocca. Qua e là una dama bisbigliava a un'altra qualcosa; non era veramente un bisbiglio ma piuttosto un soffio, e tuttavia in quel silenzio suonava come un sibilo.

In quel silenzio anche l'urto lieve del pesante bastone nero sul tappeto rosso suonò come un colpo robusto. Tutti levarono lo sguardo. Attraverso i battenti della porta bianca incorniciata d'oro, spalancati da mani invisibili, le Maestà fecero il loro ingresso. All'altra estremità l'orchestra di corte intonò l'inno persiano. Lo Scià salutò al modo orientale portandosi la mano alla fronte e al petto. Le dame eseguirono la riverenza d'etichetta e i signori si inchinarono profondamente. I due sovrani, l'ospitato e l'ospitante, avanzarono come attraverso un campo di spighe ricurve. Ambedue sorridevano come richiede la tradizione: sorridevano a destra e a sinistra benché nessuno potesse vedere la loro affabilità; sorridevano a pettinature femminili bionde e brune, a lucide calvizie di uomini, a scriminature rigorose.

Trecentoquarantadue candele in candelabri d'argento illuminavano la sala e ne riscaldavano l'aria; il grande lampadario sospeso nel mezzo non ne portava meno di quarantotto. Le fiammelle si riflettevano mille volte nell'ovale lucido del pavimento riservato alla danza tanto da farlo quasi sembrare illuminato dal disotto. Su una pedana ricoperta di scarlatto l'Imperatore e lo Scià sedevano in due ampie poltrone di ebano lucente che sembravano ritagliate nella nera notte. Accanto all'Imperatore d'Austria stava il cerimoniere di corte; il suo pesante bavero ricamato d'oro assorbiva, beveva, ingoiava insaziabile la luce dorata delle candele, la rifletteva, splendente, sfavillante, l'afferrava con avidità e la ridiffondeva generosamente, gareggiando addirittura coi candelabri e arrivando a vincerli. In piedi accanto allo Scià stava il Gran Visir in uniforme nera; i baffi neri ricadevano dal suo labbro terribili e maestosi, lussureggianti e grevi. Egli sorrideva di tanto in tanto come se un potere estraneo comandasse i muscoli del suo viso. Le dame e i signori furono presentati a Sua Maestà Persiana in ordine di rango e di dignità.

Lo Scià guardava le donne attentamente coi suoi occhi infantili, ardenti, nei quali era contenuto quanto la sua anima semplice poteva dare: l'avidità e la curiosità, la vanità e la sensualità, l'amabilità e la crudeltà, la piccineria e, nonostante tutto, anche la maestà. Le donne sentivano lo sguardo curioso, avido, sensuale, vanitoso, crudele e maestoso dello Scià di Persia e rabbrividivano leggermente. Senza saperlo esse amavano lo Scià, amavano la sua mantella nera e il suo berretto rosso ricamato d'argento, la sua sciabola ricurva, il suo Gran Visir, il suo harem, tutte le sue trecentosessantacinque donne, perfino il suo capo eunuco; amavano tutta la Persia, tutto l'Oriente.

Ma il Signore della Persia in quel momento amava tutta Vienna, tutta l'Austria, tutta l'Europa, tutto il mondo cristiano. Mai nella sua vita così ricca d'amore e di donne aveva sentito una tale eccitazione – neanche molti anni prima quando, appena giunto alla pubertà e tuttavia ancora un ragazzo, aveva conosciuto per la prima volta la donna. Come mai in patria, nel suo harem, le donne gli erano state indifferenti e addirittura noiose e qui a Vienna invece gli pareva che esse formassero un popolo meraviglioso, a lui ancora sconosciuto, una specie rara che si trattava di scoprire per la prima volta? Il suo viso scuro s'imporporava, il suo polso batteva più forte, minuscole perle di sudore gli bagnavano la fronte bronzea, liscia, giovanile, innocente. Egli si portò svelto agli occhi il fazzoletto di seta verde, lo ripose nella profonda tasca all'interno della manica e le sue dita sottili e agili presero a giocare sempre più rapidamente col breve filo di grossi grani azzurrini che circondava il suo polso sinistro. Anche quelle pietre che erano di solito così fredde e davano refrigerio alle dita sembravano oggi calde ed emanavano inquietudine. Fino allora egli aveva conosciuto solo donne nude e donne coperte; corpi oppure vesti. Ora per la prima volta vedeva nudità e velami, tutt'insieme; un abito che quasi sembrava voler cadere da sé e tuttavia continuava ad aderire al corpo simile a una porta non chiusa a chiave, e che pure non si apre. Quando le donne eseguivano la riverenza, lo Scià scorgeva per una frazione di secondo l'inizio del seno e subito dopo il bagliore della peluria sulla nuca bianca; e il momento in cui esse con tutte e due le mani sollevavano lo strascico, prima di arretrare il ginocchio, aveva per lui qualcosa di ineffabilmente casto e al tempo stesso di indicibilmente peccaminoso: era una promessa che ci si proponeva di non mantenere. Proprio come porte non chiuse a chiave che tuttavia non si riesce ad aprire, pensava il Signore della Persia, il potente proprietario dell'harem. Dunque ogni donna, così dischiusa e a un tempo preclusa, era più allettante di tutto un harem riempito da trecentosessantacinque corpi indifferenti, senza enigmi, senza misteri. Come insondabile doveva essere l'arte di amare degli occidentali! Che complicata raffinatezza non coprire i volti femminili! Che cosa c'era infatti al mondo che potesse essere al tempo stesso più segreto e più scoperto del volto di una donna? Le loro palpebre abbassate rivelavano e nascondevano, promettevano e rifiutavano. Che cos'era lo splendore dei diademi che esse portavano nei capelli di contro allo splendore nero, biondo, fulvo, di quei capelli stessi; e quante sfumature c'erano in quei colori! Questo nero dava nel blu come una notte di piena estate, l'altro era denso e cupo come l'ebano; questo castano era dorato come l'estremo saluto di un tramonto, e l'altro invece rossiccio come la foglia del nobile acero nel tardo autunno; quel biondo era gaio e spensierato come il citiso in un giardino a primavera, quell'altro velato e argenteo come le prime brinate sul far di una mattina d'autunno. E pensare che ciascuna di quelle donne apparteneva, o sarebbe presto appartenuta, a un solo uomo. Ciascuna era una pietra preziosa ben custodita!

Ma no! A questo lo Scià ora non voleva pensare. Che idee penose, moleste! Era venuto in Europa per godere l'unico, per dimenticare il molteplice, per rapire il custodito, per infrangervi la legge in vigore, per conoscere una volta, solo una volta, la voluttà del possesso illegittimo e gustare così il singolare, raffinato modo degli europei, dei cristiani, degli occidentali. Quando le danze cominciarono – la prima fu una polka – i suoi sensi caddero in una confusione completa; chiuse per alcuni secondi i suoi grandi, belli, innocenti occhi castani di capriolo e si vergognò del desiderio e della curiosità ch'egli sapeva rilucere in essi. Gli piacevano tutte; ma non era il sesso che bramava; egli aveva nostalgia dell'amore, l'eterna nostalgia maschile per la divinizzata, la divina, la dea, l'unica. Tutte le gioie che il sesso poteva dargli le aveva ormai godute, a lui mancava solo una cosa, il dolore che soltanto *l'unica* può procurare.

Si accinse dunque a scegliere e andava escludendo a una a una le donne presenti nella sala: in questa e in quella credeva di aver scoperto difetti più o meno nascosti. Finalmente ne rimase una, l'unica. Era la contessa W. Tutti la conoscevano.

Giovane, bionda, luminosa, dotata di occhi dei quali si poteva dire che fossero una strana varietà di violette con riflessi di miosotide, essa era da tre anni, dal suo primo ballo, la delizia degli occhi della società, e per gli uomini oggetto di desiderio quanto di venerazione. Era una di quelle fanciulle alle quali in tempi ormai lontani si tributava, non per altro loro merito che la grazia, riverenza e addirittura adorazione. Aver veduto qualcuno dei suoi gesti bastava perché uno sentisse di aver ricevuto un dono e fosse persuaso di doverle riconoscenza.

Era figlia di un padre anziano, uno dei più vecchi servitori della monarchia, il quale viveva solitario nella sua tenuta di Parditz in Moravia tutto dedito a una sua collezione di minerali, al punto che talora dimenticava di avere una moglie e una figlia. Un giorno in cui egli aveva ricevuto da un amico di Bolzano una malachite assai rara e aveva dimenticato completamente la sua famiglia, gli fu annunciato un caposezione del ministero delle Finanze a lui sconosciuto: il conte W. Non era affatto, come il vecchio aveva sperato, un amatore di minerali, ma soltanto di sua figlia. Qualsiasi comune pietra di quarzo il vecchio signore di Parditz l'avrebbe esaminata almeno con la lente d'ingrandimento, ma il giovanotto che voleva sua figlia egli si limitò a guardarlo con l'occhialetto. «Prego,» disse semplicemente «sia felice con Helene».

La giovane donna amava suo marito, sebbene conservasse un ricordo dolce e talora molesto dell'amabile barone Taittinger, distaccato per incarico speciale. Una volta, quand'era ancora ragazza, sebbene avesse valutato al giusto tutte le qualità di lui (fra l'altro quando parlava sembrava che danzasse), le era sembrato alla fine talmente pericoloso che un giorno cominciò a mostrargli malumore e freddezza. Il povero Taittinger aveva, per la verità, fantasia sufficiente per immaginarsi di essere innamorato profondamente e senza scampo, ma non era abbastanza paziente per attendere, come a quei tempi era richiesto, il risultato abituale di una devota assiduità amorosa. Era ufficiale di cavalleria, distaccato per incarico speciale, per di più orgoglioso, ed era assolutamente convinto – soprattutto dopo che una volta la ragazza gli aveva detto che per il momento poteva andarsene, e che non si sentiva disposta a continuare a parlare con lui – era assolutamente convinto che, alla fin fine, di ragazze così ce n'erano tante e che il suo onore valeva pure qualcosa e forse più di qualcosa.

Si trattava dunque di una rottura definitiva, come ebbe a dire a se stesso, e questo lo rese talmente 'malinconico' che un bel giorno decise di andare a passeggio per Sievering. Ma che cosa ci trovava a Sievering? Il luogo era peggio che 'noioso', era 'insulso'. Il giorno dopo però era diventato 'simpatico'. Il motivo fu Mizzi Schinagl.

VII

Purtroppo i tempi in cui si svolge la nostra storia sono ormai tanto lontani che non possiamo più stabilire con sicurezza se il barone Taittinger avesse ragione quand'era del parere che Mizzi Schinagl e la contessa W. si somigliassero come due gemelle.

Se n'era andato in giro, triste e addirittura disperato, per le vie di Sievering, e aveva preso la ridicola decisione di comprarsi una pipa di terracotta. Era entrato così nella bottega di Alois Schinagl, preparato a incontrarvi un vecchietto dignitoso. Alla porta era applicato un campanello assai stridulo, il cui suono tuttavia non sorprese il barone Taittinger; lo sorprese invece, anzi lo spaventò, il fatto che invece del vecchio venditore di pipe che si aspettava di trovare, gli apparve dietro il banco una persona che lui riteneva di conoscer già molto bene; se non era la contessa W. in persona, era certamente sua sorella. Decise per prima cosa di esaminare a lungo le pipe delle quali per altro non s'intendeva affatto.

Erano pipe ridicole a prezzi ridicoli. Il capitano fingeva di provarle mettendosele in bocca a una a una e soffiandovi dentro come gli sembrava di aver visto fare al suo compianto signor padre, il consigliere di corte Taittinger, una volta che l'aveva accompagnato a Olmütz a comprar delle pipe; nel far questo osservava furtivamente, ma intensamente, il viso delicato della ragazza, sosia della contessa W. Non c'era dubbio, era tutta lei: gli stessi occhi di violetta dai riflessi di miosotide; la stessa attaccatura dei capelli sulla fronte breve; lo stesso nodo biondo-cenere sulla nuca: lo si vedeva tutte le volte che la ragazza si voltava per cercare altre pipe sugli scaffali della parete; lo stesso battere di ciglia e lo stesso sorriso dolce e insieme ironico; gli stessi canini aguzzi che si scoprivano a ogni sorriso; gli stessi movimenti delle mani e le stesse graziose fossette sulle braccia ai due lati del gomito.

I bottoni dorati sull'uniforme del capitano diffondevano nella bottega una luce sempre più forte man mano che si faceva sera. Si sarebbero potute vedere ancora assai bene le pipe, ma la ragazza, sosia della contessa W., si sentiva in imbarazzo sola com'era con l'ufficiale sconosciuto, e accese la lampada a gas sospesa sul tavolinetto alla destra del banco; il lume dapprima vacillò e mandò fumo. Taittinger acquistò quindici inutili pipe di terracotta, poi domandò:

«Che cosa fa precisamente il suo signor padre, signorina?».

«Il fumista. Si chiama Alois Schinagl» rispose la ragazza. «Fa anche pipe, ma solo così a tempo perso. I suoi veri clienti però sono quelli che hanno bisogno di stufe. Qui in bottega è raro che venga qualcuno; quasi tutti ormai hanno la loro pipa».

«Domani ritornerò» disse il barone Taittinger. «Ho bisogno di molte pipe».

Il giorno dopo venne col servitore e comprò non meno di sessanta pipe.

Di lì a tre giorni il barone ritornò a Sievering che ora trovava 'simpatico'. Era un sabato, alle tre del pomeriggio, e Mizzi lo accolse come un vecchio conoscente, benché questa volta Taittinger fosse in borghese. Era una giornata calda e dorata. Mizzi chiuse la bottega, salì in vettura e insieme andarono da Kronbauer.

Andarono da Kronbauer e dopo tre ore lei confidò al signore sconosciuto che, per la verità, era già quasi fidanzata; fidanzata con Xandl Parrainer, barbiere e specialista in parrucche. Tutte le domeniche usciva con lui. Erano storie che non interessavano affatto Taittinger e che egli del resto afferrava solo a metà. Anzi capì che quella brava ragazza gli volesse raccomandare un buon barbiere. «Mandamelo,» le disse «mandamelo pure. Herrengasse numero 2, primo piano».

VIII

Assai presto Taittinger trovò che la Mizzi lo annoiava. Un giorno essa lo informò che era incinta, e questo era peggio che 'noioso', era 'insulso'.

La conseguenza di questa informazione fu che Taittinger andò dal notaio. Non amava più la contessa W. e neanche la Schinagl che le somigliava; egli amava ancora, come al solito, se stesso.

Come a quei tempi prescriveva la consuetudine il notaio consigliò un negozio di mercerie. Tutti i signori i cui interessi egli amministrava avevano messo su dei negozi di mercerie e le interessate ne erano a tutt'oggi contente.

Il barone chiese poi una licenza di due mesi e si recò nella Bacska presso uno zio di sua madre, dove la posta non poteva raggiungerlo. E infatti non lo raggiunse nessuna delle appassionate lettere d'amore che Mizzi Schinagl instancabilmente gli scriveva. Essa spediva all'unico indirizzo di Taittinger che conoscesse: Herrengasse 2; ma il dottor Maurer, segretario di Taittinger, che sapeva distinguere le scritture, stracciava le lettere della Mizzi senza averle lette.

Quando il barone Taittinger ritornò dalla Bacska il

negozio di Mizzi Schinagl nella Porzellangasse era pronto e aperto. Mizzi Schinagl era al nono mese. Partorì un bambino e lo chiamò Alois Franz Alexander. Alois Franz era il padre naturale e Xandl si chiamava il fidanzato, il barbiere.

Il negozio di mercerie andava bene e il barbiere era ancora disposto a sposare la Mizzi. D'altra parte anche lei desiderava una esistenza tranquilla e onorata. Solo che pur pensando a progetti così ragionevoli l'amore le occupava il cuore e la mente; l'amore per Taittinger appunto. Le sembrava che il bambino venisse su bene e lei non sapeva rinunciare neanche un istante alla speranza che il barone sarebbe venuto a vedere la discendenza dei suoi lombi. Ma Taittinger non venne.

Quando Xandl aveva tre anni Mizzi Schinagl fece la conoscenza, su una panchina del parco di Schönborn, per caso o così sembrava, di una signora loquace e simpatica, la quale le disse che nella Wieden c'era una casa dove si stava bene; la frequentavano persone distinte... e d'altra parte che cos'era poi un negozio di mercerie... e anzi che vita era quella, così, con un bambino e non sposata? Che vita era mai? Mizzi Schinagl aveva pensato già prima le stesse cose, esattamente le stesse cose.

«Chi sono queste persone distinte che frequentano la casa?» domandò Mizzi Schinagl.

«Le più distinte che ci siano» rispose l'estranea. «Le posso fare anche i nomi. Basta che prenda l'elenco». Andò e tornò con l'elenco.

Neanche la Mizzi sapeva perché il giorno dopo andò dalla signora Matzner. Che cosa importava a lei della signora Matzner? Quando ne aveva mai sentito parlare? Era estate, tarda estate; faceva ancora molto caldo; merli ritardatari zufolavano spensierati sulle aiuole ancora verdi e sull'acciottolato. Suonavano le sei quando si fermò davanti alla casa di Josephine Matzner. Sulla porta era scritto: «Josephine Matzner - Massaggiatrice. Secondo piano. Suonare tre volte». E lei suonò tre volte.

Un profumo addirittura opprimente di primule, di violette, di verbene, di reseda investì Mizzi. Prima ancora che si accorgesse di quel che stava accadendo essa si trovò nel cosiddetto salotto rosa. Di seta rosa erano le tende delle finestre, di seta rosa la tenda della porta; a rose color rosa era il disegno della tappezzeria; perfino la maniglia della porta finiva con un boccio di rosa in porcellana.

Un giorno, o piuttosto una sera, capitò lui, l'amato Taittinger. Da molti anni era di casa da Josephine Matzner. Quando vide Mizzi Schinagl in quel luogo non si meravigliò per nulla, come forse avrebbero fatto molti altri uomini al suo posto, ma si sforzò di trovare una domanda adatta alla circostanza. Non si ricordava più in che modo il suo notaio avesse sistemato Mizzi Schinagl, se con una lavanderia, una sartoria o una merceria. D'altra parte credeva di ricordare con precisione che la signorina Schinagl aveva avuto da lui una bambina, e una domanda gentile sulla salute della piccola gli parve quanto mai opportuna. Perciò disse: «Salve! Che cosa fa la nostra bambina?». «Ma abbiamo un bambino!» disse la Mizzi e arrossì per la prima volta dopo lunghi anni, come se non avesse detto la pura verità, ma una bugia.

«Ah, già! È un bambino» disse il barone. «Scusami».

Più tardi ordinò dello champagne per bere con Mizzi alla salute di quel bambino, del suo bambino. Ma ora non sentiva più quello che la Mizzi raccontava del bambino; che cioè si trovava bene dalla signora Schyschka, la quale veniva, era vero, da Bielitz-Biala, ma era ciononostante assolutamente fidata. Essa amministrava anche il negozio che andava molto bene. Perciò Mizzi Schinagl era contenta. Quella sera aveva un abito di seta bianca molto scollato e di tanto in tanto si tastava la giarrettiera, evidentemente per accertarsi che il denaro, un biglietto da dieci corone che aveva guadagnato quel giorno, fosse ancora al suo posto. Pur sapendo che il barone era venuto dalla Matzner solo per abitudine, essa, dopo due bicchieri di champagne, cominciò a persuadersi che fosse venuto per lei, e presto sembrò anche al capitano di essere andato là quella sera per via della Mizzi. Il barone aveva un cuore piccino ma tanto facile a commuoversi quanto a dimenticare. La Mizzi gli piaceva ancora molto, tanto che si domandò perché poi l'avesse lasciata. La desiderava anche, ma c'era un grave ostacolo: gli sembrava semplicemente sconveniente comprare una donna che aveva avuto per nulla; diciamo per nulla, prescindendo dal negozio di mercerie. Era poi altrettanto sconveniente, e forse anche di più, andare con una delle altre ragazze, per così dire sotto gli occhi della Mizzi. Sperando dunque di sottrarsi a tutte queste considerazioni imbarazzanti cominciò col dare alla Mizzi una moneta d'oro, un pezzo da cinque corone. Lei lo mise sul palmo della mano, ci sputò sopra e disse: «Andiamo su da me, ho una camera carina!».

Il barone salì e rimase là fino a mezzanotte, sprofondato nei ricordi. Promise anche di ritornare spesso e mantenne la promessa. Non sapeva se era una maledizione o una benedizione che lo spingeva là; se amava la contessa o piuttosto la Mizzi; anzi se amava addirittura; e se addirittura fosse ancora il Taittinger di una volta. Mancava poco e si sarebbe classificato da sé nella terza e ultima categoria umana, in quella dei 'noiosi'.

IX

Il potente sovrano della Persia, il signore delle trecentosessantacinque donne e delle cinquemilatrecentodieci rose di Shiraz, non era abituato a reprimere neanche un semplice desiderio, figuriamoci poi una tale brama. Il suo occhio aveva appena prescelto la contessa W. che egli fece cenno al Gran Visir. Il Gran Visir si curvò sulla spalliera della poltrona.

«Ho qualche cosa da dirti» sussurrò lo Scià. «Vorrei la piccola giovane donna che vedi là, quella biondo-argento. Tu sai quale voglio dire».

«Signore,» osò ribattere il Gran Visir «io so quale Vostra Maestà vuol dire, ma è...» voleva dire «impossibile», però sapeva bene che una tale parola poteva costare la vita. Perciò disse: «Qui in Europa in queste cose si va molto piano!».

«Oggi!» disse lo Scià al quale nulla sembrava ineseguibile di ciò che comandava.

«Oggi!» confermò il ministro.

Vi fu un intervallo nelle danze. Il sovrano e il suo servitore ritornarono lenti e dignitosi ai loro posti. L'Imperatore sorrise loro amabilmente. Finalmente l'orchestra riprese a suonare e il ballo ricominciò.

Prima della mezzanotte i due sovrani si alzarono e scomparvero: la doppia porta dietro ai due troni li aveva inghiottiti.

Lo Scià si mise ad aspettare in una saletta laterale. Di fronte a lui, così che può osservarla nei particolari, si leva una Diana d'argento sopra una base tonda di legno. Sembra l'immagine fedele della donna agognata. Del resto tutto in quella sala la ricorda: il divano blu scuro, la tappezzeria celeste, il lillà nel vaso di maiolica dal collo snello, perfino il lampadario di cristallo, lo slancio mirabile del candelabro a quattro piedi e a quattro snelli bracci, e il motivo ornamentale argenteo sul tappeto di velluto turchino ai piedi del signore della Persia. Egli attende, attende, e non è abituato ad attendere.

Purtroppo deve attendere. Ad appena venti metri da lui si tiene una conferenza; vi partecipano il Gran Visir, il maestro delle cerimonie e l'aiutante di Sua Maestà; si decide di chiamare anche il capo della polizia. Tuttavia non si vede via d'uscita. Il Gran Visir vorrebbe avere accanto il suo amico, l'aiutante Kirilida Pajidzani: vuole in tutti i modi che lo si cerchi, ma non si riesce a trovarlo, il giovane, attraente, gaudente Pajidzani.

Che cosa si sta discutendo? Si tratta di stabilire se sia peggio ledere le leggi della decenza o quelle dell'ospitalità.

Il maestro delle cerimonie rifiutava con dignitosa fermezza e così pure l'aiutante dell'Imperatore. Era ovvio: quei due signori non potevano prendere in considerazione che si mettesse Sua Maestà Imperiale a conoscenza del desiderio dell'augusto ospite. Ma neanche si poteva prendere in considerazione che si ricusasse all'augusto ospite la soddisfazione di un desiderio.

Alla fine il capo della polizia osservò che si doveva trovare una persona adatta, qualcuno «del comitato privato per i festeggiamenti». E le parole «comitato privato» erano appena state pronunciate che il maestro delle cerimonie fece il nome di Taittinger.

Si decise di guadagnar tempo. Due signori si recarono nella sala blu dove lo Scià stava aspettando. Egli sedeva dignitosamente nella sua poltrona giocando col suo braccialetto e domandò solo: «Quando?». «Si tratta soltanto di cercare la signora,» mentì il Gran Visir «essa è scomparsa nella confusione della festa. La cerchiamo con tutti i mezzi». Con tutti i mezzi si cercava frattanto non la dama tanto desiderata dallo Scià, ma Taittinger.

Lo Scià accennò con la mano e disse solo: «Aspetto!».

C'era pazienza e indulgenza ma anche minaccia nella voce di Sua Maestà.

Uno degli agenti il cui compito era di tener d'occhio i movimenti, le abitudini e i costumi buoni e cattivi, le amicizie e le relazioni delle persone del bel mondo, annunciò al capo della polizia che il barone Taittinger si trovava da un'ora nella guardaroba, più precisamente nella stanza di servizio, occupato con la figlia di Wessely, il maestro guardarobiere. Il capo della polizia si recò immediatamente nel luogo indicato. Quando bussò, il capitano distaccato per incarico speciale si levò e andò ad aprire. Non temeva affatto la vergogna di essere còlto in una di quelle imprese che non soltanto erano scontate, ma sembravano addirittura prescritte: per lui si trattava soltanto di nascondere agli occhi della gente che se la intendeva con la Wessely, la figlia del maestro guardarobiere. Non sapeva, il povero Taittinger, che l'agente in borghese Vondrak lo osservava da un pezzo.

Taittinger si accomodò la giubba e andò alla porta. Riconobbe il capo della polizia e arguì che si sapesse già della piccola Wessely; perciò uscendo nel corridoio non si curò neanche di chiudere la porta dietro di sé.

«Barone, venga subito, la prego!» disse il capo della polizia.

«Addio!» disse Taittinger ad alta voce verso la porta aperta, rivolto alla Wessely.

Salendo accanto al capo della polizia gli ampi gradini non domandò perché l'avessero chiamato. Indovinava che doveva trattarsi di una faccenda quanto mai difficile, in relazione col suo incarico speciale. Già, non per niente lo avevano distaccato, a suo tempo. Lui nelle situazioni normali poteva anche far cilecca, ma in quelle eccezionali la sua fantasia funzionava.

Là nella piccola stanza dove quei tre signori stavano perplessi e sfiduciati, esausti dallo sforzo di pensare, pallidi per la paura, quasi disperati per la mancanza di idee, il capitano Taittinger comparve tutto vispo come una folata di vento; e quando gli altri, sussurrando ansiosamente in francese, gli ebbero esposto le loro preoccupazioni, egli come al solito, quasi giocasse a tarocchi, esclamò nel suo tedesco di cancelleria, che ricordava tutti insieme i paesi della corona absburgica: «Ma, cari signori, è semplicissimo!».

I tre drizzarono gli orecchi: «È semplicissimo!» ripeté Taittinger.

Improvvisamente, nell'istante stesso in cui aveva appreso che si trattava della contessa W. si era svegliato in lui un odio fin allora sconosciuto, una specie di desiderio di vendetta inventivo, anzi fantasioso e addirittura poetico. Esso parlava attraverso la sua bocca: «Signori,» disse «ci sono molte donne a Vienna, infinite donne! Sua Maestà lo Scià... non voglio dire che abbia cattivo gusto. Anzi, è vero il contrario!... Ma è comprensibile che non abbia avuto occasione di sperimentare quali... come dire? quali approcci ci vogliono in questi casi».

Pensava a se stesso, e naturalmente a Mizzi Schinagl. A un tratto gli sembrò, per la prima volta nella sua vita leggera e spensierata, di aver perduto per sempre cuore e felicità. Fu afferrato da un odio inspiegabile verso la contessa W. e dal desiderio ancora più inspiegabile che lo Scià potesse veramente possederla.

Una confusione mai prima conosciuta infuriava nella sua anima. Mentre da un lato desiderava che la donna che aveva amato, e che in quel momento credeva di amar di nuovo, fosse ignominiosamente data in preda al persiano, avrebbe voluto nello stesso momento evitare a ogni costo questo fatto obbrobrioso. Egli comprese a un tratto di amare ancora di infelice amore, di essere assetato di vendetta, sempre per infelice amore; ma che doveva al tempo stesso salvare l'oggetto del suo amore e della sua vendetta, come se appartenesse a lui solo; che egli non doveva neppure dare in preda ad altri colei che era il sosia della donna amata, cioè la Schinagl; e che però era costretto, sia pure per via indiretta, a tradire, vendere, svergognare, oltraggiare.

«È facile, signori,» e dicendo questo si vergognava e si rallegrava ad un tempo «è facile nella vita trovare dei sosia. Ciascuno di noi ne ha uno. Non è vero, signori? Anche le donne ne hanno; e perché no? Le donne hanno i loro sosia. Ne hanno anche tra le donne... come dire? ... accasermate. Il signor capo della polizia comprende quello che voglio dire. Così ci risparmiamo molto cattivo sangue. Intendo dire: evitiamo a Sua Maestà Imperiale ogni molestia penosa, penosissima, ogni imbarazzo, ogni occasione di scortesia».

I signori capirono immediatamente di che cosa si trattava. Guardarono soltanto un po' preoccupati il Gran Visir, che però non smise il suo costante, cortese sorriso. Era chiaro che non voleva ammettere di aver capito lui pure. Anch'egli ammirava l'ingegnosa fantasia del capitano. «I signori sono d'accordo?» domandò in francese quasi a sottolineare che non aveva capito il tedesco di Taittinger. «Posso darne notizia al mio sovrano?».

«Troveremo subito la signora, Eccellenza!» disse Taittinger e s'inchinò.

Cinque minuti dopo i curiosi che nonostante l'ora tarda aspettavano pazientemente nella strada con la vaga speranza di veder salire in una carrozza privata o in una vettura pubblica un conte e addirittura un principe o un arciduca, videro invece uscire non meno di diciotto signori in frac e cilindro. Ahimè, non erano dei principi. Erano agenti in borghese del reparto speciale, gli «speciali», come appunto li chiamavano, conoscitori, osservatori e spie del gran mondo, del demi-monde e dei bassifondi. Le due guardie di servizio davanti all'ingresso li riconobbero e mandarono un fischio; le vetture si avvicinarono e i signori vi salirono.

Tutti costoro conoscevano uomini e donne di tutti e tre i mondi, come si è detto: quello in alto, quello in basso e quello che sta nel mezzo. Li guidava un certo Sedlacek che prima di partire aveva rassicurato il capo della polizia: «Non tema, Eccellenza! Fra mezz'ora, un'ora al massimo, la signora contessa sarà qui, voglio dire la sua gemella». Di Sedlacek ci si poteva fidare. Non aveva bisogno di fotografie; aveva in mente tutte le facce. Conosceva la contessa W., conosceva il barone Taittinger, conosceva l'amore senza speranza del capitano per la contessa. Conosceva anche il modo in cui Taittinger si era consolato. Conosceva Mizzi Schinagl, il suo domicilio attuale, e non solo questo ma anche la sua origine, la bottega a Sievering e suo padre. Tuttavia, proprio all'opposto del barone, egli aveva la netta impressione che Mizzi Schinagl somigliasse pochissimo alla contessa W. tanto desiderata da Sua Maestà Persiana, forse perché era cambiata molto nella casa della signora Matzner. Comunque la si poteva sempre impiegare nel caso che i suoi uomini non riuscissero a trovare un tipo più somigliante.

Tutto sembrava accomodato, almeno per il momento; e per la durata di un'ora, o forse solo di una mezz'ora, i signori coinvolti nella faccenda, o comunque partecipi, sperarono di poter finalmente riprender fiato. Ma avvenne qualcosa non mai registrato prima negli imperial-regi annali della storia di corte. L'ospite dell'Imperatore d'Austria riapparve nella sala. Il direttore d'orchestra ne fu prontamente informato e intonò subito l'inno nazionale persiano. Tutti s'irrigidirono come fossero di piombo.

Lui però non vedeva né udiva nulla, non salutava. Dopo un po' venne addirittura a mescolarsi con gli ospiti. Passeggiava per la sala e non si accorgeva che la gente si ritirava al suo passaggio, che davanti a lui si aprivano larghe vie come se al suo cospetto il mondo si dividesse in due. L'orchestra suonava in continuazione dei valzer di Strauss ma un senso di disagio paralizzava i presenti.

Il barone Taittinger lo aveva scorto e capì subito di chi andava in cerca. Il tempo scorreva irresistibilmente e presto sarebbero arrivati gli 'speciali'; si doveva evitare a tutti i costi che in quella mezz'ora lo Scià venisse a colloquio con la contessa, ma d'altra parte non lo si poteva allontanare dalla sala. Quindi era necessario mandare a casa la dama.

Per impedire una catastrofe il barone decise di parlare col conte W.; si accostò perciò al tavolino dove il conte se ne stava seduto solo. Egli non amava ballare, non amava giocare e neanche bere. La sua unica passione era la gelosia; ne godeva, ne viveva. Provava un piacere amaro quando vedeva la sua giovane moglie allontanarsi danzando. Odiava gli altri uomini, gli sembrava che tutti insidiassero sua moglie. Di tutti gli uomini che conosceva solo il capitano Taittinger gli rimaneva simpatico, l'unico simpatico; quello, lui lo aveva ormai battuto, annientato, ed era ormai fuori gioco.

Taittinger venne subito all'argomento: «Conte,» gli disse «devo parlarle seriamente. Il nostro ospite persiano è innamorato di sua moglie!».

«Ebbene, non c'è da stupirsene,» rispose il conte col suo sangue freddo «molti altri lo sono, caro barone».

«Sì, caro conte, però lo Scià... Lei lo sa bene, lei conosce l'Oriente!». E tacque per un pezzo guardando intensamente, brutalmente, ma al tempo stesso anche con aria di implorazione, la fredda, ottusa faccia bionda del conte, una specie di carpa bionda...

«Lei conosce l'Oriente!» ricominciò Taittinger, che ormai disperava.

«L'Oriente non mi interessa» rispose l'ottuso conte e i suoi occhi azzurro-pallido cercarono la bella moglie.

In nome del cielo, pensò Taittinger, ma davvero non sa quello che vuole lo Scià? Come può essere tanto indifferente? Di solito è così geloso.

«Vuol saperlo? Non mi importa nulla dello Scià!» aggiunse il conte. «Degli orientali non sono geloso».

«Certo, certo! Capisco!» esclamò il capitano. Mai in vita sua si era trovato in una situazione così penosa. Inoltre cominciava a sentirsi rodere dal tacito rimprovero di essersi messo da sé in quella situazione penosa. D'improvviso avvertì il calore penetrante delle candele, quasi una tempesta di lampi sopra un deserto, e si accorse della propria stoltezza che sembrava aggiungere altro calore dall'interno. Aveva già cominciato a sudare, soprattutto per l'ansia. Doveva uscirne, non resisteva più, e con l'impeto di chi si lancia all'assalto proruppe in questa frase: «Dico che si deve portare la contessa in salvo fuori della sala, almeno per un po'!».

Il conte che fin allora era rimasto seduto, ottuso e spento, si fece rosso in viso. Un'ira cattiva incupì i suoi occhietti, di solito chiari, slavati. «Come si permette?» esclamò. Taittinger rimase seduto. «La prego, mi ascolti» disse. Poi raccolse tutte le sue forze e continuò: «Si tratta di difendere l'onore di sua moglie, il suo proprio onore e quello di tutte le signore presenti nella sala. Il sovrano di Teheran non deve assolutamente più incontrare la contessa oggi. Non vede come va aggirandosi per la sala, avido di preda? È ospite di Sua Maestà, è una testa coronata; è anche un ospite politico. Noi possiamo sfuggire alla sua sfrontatezza solo con un'astuzia. Fra mezz'ora, fra un quarto d'ora» e il capitano guardò l'orologio «tutto sarà accomodato. La scongiuro, conte, sia calmo e mi permetta di parlare cinque minuti con la contessa».

Il conte si sedette di nuovo, freddo e pallido, secondo la sua natura. «Vado da lei!» disse il capitano alzandosi, alleggerito e tuttavia con l'ansia nel cuore.

X

La prova più difficile non era ancora superata. Non era facile comunicare a una signora con parole adatte che lo Scià la desiderava, per così dire, come dono ospitale. Non era assolutamente possibile raccontarle la storia per intero. Il capo della polizia che stava conversando col ministro degli Interni si volse affabilmente verso Taittinger come se non lo avesse visto da molti giorni. Il ministro chiese scusa e si allontanò subito. Il capitano domandò: «È tornato Sedlacek?». Il viso del capo della polizia sembrò esprimere il più profondo stupore.

Taittinger capì subito di che cosa si trattava. Il capo della polizia non ne voleva saper nulla, né allora né per tutta la durata della sua vita. Il capitano disse soltanto: «Torno subito». E si allontanò rapidamente per quanto le circostanze lo permettevano. Certo egli capiva che il capo della polizia avrebbe smentito sempre tutto, ma era ben lungi dal prevedere quali conseguenze avrebbe avuto quel piano. Andò diritto dalla contessa: «Mi manda suo marito» le disse.

Per il momento tutto procedette bene. La carrozza si accostò; la contessa W. e suo marito salirono. Prima che il conte potesse dire qualcosa al cocchiere Taittinger gridò, con la presenza di spirito della disperazione: «Al Prater! I signori hanno bisogno d'aria!».

Subito dopo, quando le ruote silenziose erano ormai in moto e si udiva solo il trotto elegante, leggero dei due sauri, il capitano si vergognò di aver gridato quell'ordine così poco felice. Ho proprio bevuto troppo, pensò, oppure sono ammattito.

Ma non era ammattito, anzi aveva previsto giusto. Giacché non era affatto necessario dare istruzioni precise e descrizioni particolareggiate all'agente in borghese Franz Sedlacek: egli aveva abbastanza fantasia.

Né lui né i suoi subordinati avevano potuto trovare nel breve termine di un'ora una donna o, come si esprimeva Sedlacek, «una persona» che si potesse presentare al sovrano in luogo della dama da lui prescelta. A Sedlacek rimaneva solo Mizzi Schinagl della nota casa di Josephine Matzner.

E così egli era andato in tutta fretta a strapparla alle braccia di un vecchio funzionario forestale e l'aveva fatta entrare nel *fiacre* così com'era, in un abitino scarlatto che le arrivava fino alle giarrettiere. Per la strada ebbe abbastanza tempo per darle le istruzioni. «Non devi aprir bocca,» le disse «se ti domanda come ti chiami rispondi Helene. Fa' l'ingenua. Tu non sai nulla; tu sei una gran dama. Siamo intesi? Riesci ancora a ricordare come fu col primo? Sforza un po' codesto cervello e cerca di ricordarti! Fammi vedere qui come faresti, ma con naturalezza!... No, solo i gesti, volevo dire. Sono in servizio».

Sedlacek lasciò la ragazza nel *fiacre* che aveva il mantice aperto. Davanti alla vettura isolata, distante una decina di metri dalle altre, un poliziotto montava la guardia. Mizzi Schinagl aveva freddo. Le si doveva procurare un abito da sera, di seta color celeste, molto scollato, un busto, delle perle, un diadema. Sedlacek pensò a tutto. Da un quarto d'ora i suoi uomini, quattro agenti molto capaci, rovistavano nel magazzino del

Burgtheater. Il guardiano notturno faceva loro luce con una lanterna. Quattro distinti fantasmi in frac, con bastone in mano, cilindro in testa, si davano un gran da fare nella notte in mezzo alla confusione assonnata dell'armamentario teatrale; essi andavano ammucchiando tutto quello che sembrava di seta e di color celeste; le loro tasche erano piene di perle false, di diademi scintillanti, di fiori artificiali, di giarrettiere color miosotide, di spille luccicanti.

Tutto procedeva alla svelta come di rado avviene nelle faccende dello stato e delle singole province. Ancora un po' e la ragazza compiacente sarebbe sembrata a occhi stranieri e orientali quasi una dama. Essa aspettava nella guardaroba del funzionario di corte di seconda classe Anton Wessely, la cui figlia Taittinger aveva dovuto lasciare poco prima così bruscamente.

Tutto il resto si compì sotto la direzione ineccepibile di Sedlacek e con l'aiuto dello svelto Kirilida Pajidzani. In una carrozza chiusa, che Sedlacek seguiva con una vettura di piazza, Sua Maestà Persiana fu condotta nella casa della signora Matzner. Se uno dei clienti abituali fosse per caso passato di lì a quell'ora avrebbe certo pensato che la casa, anzi tutta la strada fossero sotto un incantesimo. La casa dormiva e la strada dormiva; i lampioni erano spenti e spento sembrava il mondo. Solo la sottile striscia indifferente di cielo sopra i tetti era desta e vi brillavano stelle d'argento.

Anche l'interno della casa Matzner era irriconoscibile. Tutte le pensionanti stavano rinchiuse nelle loro stanze e la signora Matzner ne custodiva le chiavi. Col suo abito grigio-cenere tutto chiuso e accollato, nella penombra che si era tanto affaticata a creare, con l'aiuto di ogni sorta di veli e drappi, affinché l'arredamento troppo banale non fosse evidente, essa pareva il fantasma di un'ancella, custode di segreti, balzato fuori dopo lunghi anni, dopo secoli dalla sua morte. Ricevette con una profonda riverenza la coppia, la Mizzi e Sua Maestà. Non si udiva alcun suono e niente era visibile chiaramente. Si doveva fare in modo che Sua Maestà credesse di essere capitato in uno di quei castelli incantati dell'Occidente, dai quali per anni a Teheran, nelle sue voluttuose fantasticherie, si era ripromesso tante gioie. Lo Scià lo credeva veramente. Quella notte Sua Maestà si entusiasmò per i misteri dell'Occidente che credeva di avere definitivamente svelato; assai più ingenuo di qualsiasi cristiano d'Europa che in quegli anni fosse andato in Persia e avesse creduto di scoprire i misteri del cosiddetto Oriente solo perché aveva potuto vedere uno dei tanti luoghi di piacere aperti al pubblico. «Dunque non è vero,» andava dicendosi nella sua incantevole semplicità «non è vero che quaggiù queste donne straordinarie appartengano soltanto ai loro mariti. Sì, certo,» continuava «in questi paesi non ci sono harem, ma quanto più bello, attraente, affascinante è l'amore senza harem! Non si compra la donna... La si riceve addirittura in dono! Questi occidentali, mentre predicano la virtù e la monogamia, non solo tolgono i veli alle loro donne... ma addirittura le danno in prestito!».

Quella notte Sua Maestà lo Scià di Persia si convinse che l'arte di amare dell'Occidente era di gran lunga più raffinata di quella della sua patria. Quella notte egli godette tutte le voluttà che mai ha potuto procurare a un uomo ardente il modo di amare proprio del suo paese, ma solo quello insolito, inusitato, straniero. I metodi che Sedlacek, l'agente in borghese, aveva consigliato a Mizzi Schinagl sembrarono esotici al sovrano della Persia. Egli, appunto, non era un europeo: aveva un harem con dentro trecentosessantacinque donne, ché tante sono le notti dell'anno; ma qui, in casa di Josephine Matzner, ne possedette una sola.

Sedlacek aspettò tutta la notte in vettura. Oh, non era di quei deboli, malfidi caratteri capaci magari di addormentarsi prima di aver compiuto il loro servizio. Al contrario, non era mai stato tanto lontano dal sonno né mai il suo occhio era stato tanto vigile! Tale era l'imperativo della sua natura. Egli non si aspettava ricompense di sorta, nessuna onorificenza, nessun avanzamento. Il suo mestiere era fatto di cose tenebrose, destinate a restare per sempre segrete! Non si aspettava riconoscimento alcuno, lui!

Quando la mattina dopo lo Scià si svegliò, non trovò nessuno accanto a sé nel letto. Si guardò intorno stupito, quasi impaurito. Dal baldacchino verde-cupo sotto il quale egli giaceva, pendeva un cordone con una nappa sfrangiata, consunta. Lo Scià tirò con la vaga speranza di produrre da qualche parte un tintinnio. Non si era ingannato affatto; era un campanello.

Molti altri uomini se n'erano serviti.

XI

Un benigno cielo azzurro si curvava sopra la città e un profumo fresco e vivo si diffondeva dai giardini rugiadosi e andava a confondersi con quello caldo e pungente dei panini e dei *Semmeln* sfornati allora che saliva dalle ceste dei garzoni di fornaio.

Era una mattina di primavera dolce e radiosa, ma il povero Scià non la vedeva perché passava chiuso in carrozza per le vie sorridenti, più sorvegliato che accompagnato da due attenti signori del suo seguito. Era di cattivo umore. Era vero che l'avventura della notte lasciava in lui un ricordo gradevole, ma nella sua sana semplicità egli aveva pensato a un'esperienza grande, solenne, addirittura a una trasformazione del suo animo, del suo modo di vedere, di udire, di sentire. Invece, per dir le cose come stanno, era la vera disillusione della sua vita. Egli si era immaginato una sorta di festa grandiosa e invece era stata solo una festicciola. Che cosa sapeva ora dell'amore europeo più di quanto ne sapesse prima? Non amava più la città come la sera precedente; anzi, ora quella sera gli appariva solo uno splendido inganno. Quanto più a lungo durava la corsa della carrozza, quanto più radioso avanzava il giorno, tanto più l'anima di Sua Maestà si abbuiava e maggiore si faceva la sua amarezza. Allora ricordò le sagge parole del suo capo eunuco, il quale gli aveva detto che le voglie e le curiosità sono soltanto illusione. Provava molta amarezza nel cuore e anche, quasi, un desiderio di pentimento; si sentiva come un bambino che avesse rotto, un'ora prima, il suo giocattolo nuovo.

Ai suoi accompagnatori non disse parola. Se proprio avesse dovuto parlare avrebbe detto volentieri, per esempio, che il mondo poche ore prima ancora così pieno di promesse si era svuotato improvvisamente. Ma si addicevano queste parole a lui, a un sovrano, a un imperatore?

Appena arrivato fece chiamare il capo degli eunuchi e vuotando piano piano una mezza arancia con un cucchiaino domandò se il paese gli piacesse. C'era nella stanza un profumo caldo, familiare, si sarebbe detto persiano. Veniva dal caffè forte che Sua Maestà aveva bevuto da poco; lo si faceva bollire sopra una piacevole fiammella che ardeva libera in un'apposita coppa di ceramica; essa non si era ancora spenta e ricordava un fuoco sacrificale.

Il capo eunuco rispose che il paese gli piaceva come tutti i luoghi in cui gli fosse consentito trovarsi vicino al suo signore. Vecchio bugiardo, pensò lo Scià, ma gli faceva piacere ascoltare delle adulazioni e ribatté: «Avrei voglia di amareggiarti la vita d'ora in poi per punirti delle tue bugie». «Il mio signore è sempre indulgente,» disse l'eunuco «neanche le sue punizioni potrebbero amareggiarmi la vita».

«Come stanno le mie donne?» chiese lo Scià. «Signore,» rispose l'eunuco «la loro salute è ottima, mangiano bene, dormono a loro agio in letti ampi e comodi. Solo una cosa le rende infelici ed è che il loro signore non le va a visitare!». «Non voglio veder più donne per un anno intero. Anche con l'europea non sono stato felice. Tu solo lo avevi previsto. Si deve dunque essere castrati per essere saggi?». «Signore,» risposo l'eunuco «io conosco anche eunuchi stolti e uomini normali saggi». Era un'offesa, lo Scià lo capì bene. «Che cosa faresti se tu restassi deluso?». «Ne sarei amareggiato e pagherei, Signore, le delusioni costano». «È vero» disse Sua Maestà; si fece porgere il narghilè e rimase silenzioso per qualche tempo.

Durante quel tempo decise di ritornare in patria. Non si trovava più a suo agio. L'Occidente lo irritava, non gli aveva dato quello che se ne era ripromesso. La tristezza si diffuse sul suo volto molle e giallastro che, nonostante lo splendore giovanile della sua barba nera, apparve per un attimo quello di un vecchio. «Forse, se tu non fossi castrato, farei il cambio con te» disse lo Scià. L'eunuco s'inchinò profondamente. «Puoi andare!» disse lo Scià, ma subito dopo aggiunse: «No, rimani!».

«Rimani!» ripeté come se temesse che anche l'eunuco gli sfuggisse. In tutto il seguito dello Scià solo lui, e nessun altro, era capace di conferire la più delicata e insieme la più splendida di tutte le decorazioni. Gli eunuchi sono cavallereschi.

«Spetta a te» disse lo Scià «di porgere un dono alla dama di questa notte. Fa' attenzione che sia degno della Maestà Nostra e anche del tuo provato buon gusto. Fa' anche attenzione che non ti veda nessuno del mio seguito. Il nome e la casa devi cercarli tu; io non voglio saper più nulla di questa faccenda. Mi fido di te!».

«Il mio signore si può fidare» aveva risposto il capo degli eunuchi.

Nella sua vita egli aveva svolto compiti anche più delicati e difficili; d'altra parte fin dal suo arrivo era vissuto in buon accordo con servitori e lacchè, e da molto tempo aveva imparato a distinguere fra avidi e corruttibili, fra accorti e capaci e stupidi. Non conosceva la lingua del paese, ma tutto il mondo capiva la sua lingua che era quella dell'oro e dei gesti. Il capo eunuco si faceva capire perfettamente.

Era facile trovare la via che conduceva alla Schinagl.

Tutta la servitù sapeva dove lo Scià aveva passato la notte. Invece era più difficile trovare un regalo che, come gli era stato comandato, fosse degno della potenza del sovrano e del buon gusto del suo servitore. Il capo eunuco rifletté a lungo. Non conosceva la signora, ma da quanto immaginava doveva essere una dama d'alto rango. Infine si decise per una pesante collana di perle a tre fili. Il suo valore gliela faceva sembrare una ricompensa adeguata. Accompagnato dal servitore di corte Stephan Lackner, nel pomeriggio del giorno dopo si recò in carrozza a casa della Matzner.

Qui non si era affatto preparati alla visita. La signora Matzner era ancora in vestaglia e il pianista Pollak ancora in mutande lunghe di flanella e pantofole. Il capo eunuco, in abito europeo blu scuro e talmente riservato che la sua discrezione sembrava quasi un tentativo di nascondersi, non era per nulla così ingenuo da non distinguere subito dove si trovasse. Non c'era bisogno di esperienza europea e nemmeno di un sesso determinato per capire di che genere fosse l'attività della signora Matzner. Gliene dispiacque per le preziose perle nel loro astuccio d'argento.

Si mandò a chiamare la Mizzi. Essa scese ancora spettinata, coi capelli appuntati in fretta che sembravano come sfilacciati, il viso molto incipriato e l'abito rosso che si era infilato lì per lì; anzi, poiché non aveva fatto a tempo ad agganciarselo dietro, si era appoggiata con la schiena contro la porta da dove era entrata e ora stava lì come un condannato a morte che aspetti le pallottole liberatrici.

In questo atteggiamento ricevette il mazzo di orchidee, l'astuccio d'argento e il lungo discorso incomprensibile del grosso signore in blu. Una volta o due accennò col capo, inghiottì. Non c'era nemmeno la Matzner, il cui sguardo forse l'avrebbe incoraggiata. La signora Josephine aveva voluto cambiare rapidamente d'abito, ma quando finalmente entrò tutta bardata e pronta a ogni avventura, il signore in blu stava già ritirandosi. Egli riconobbe subito la padrona di casa nonostante la sua trasformazione, tirò fuori la sua borsa e gliela porse con un leggero inchino. La borsa pesava poco. Niente di strano: conteneva esclusivamente monete d'oro.

Allorché il giorno dopo il capo eunuco riferì al suo signore che gli ordini erano stati eseguiti, lo Scià domandò se la dama avesse detto qualche cosa. «Signore,» rispose il servitore «essa non vi dimenticherà mai. Questo era evidente anche se io non ho capito la sua lingua».

XII

Molte persone ricordarono a lungo lo Scià, alcune soddisfatte e altre per nulla, giacché egli aveva distribuito doni e decorazioni a suo arbitrio, senza ascoltare il parere dell'ambasciatore e senza badare al rango dei decorati e dei premiati. Ma l'unico veramente infelice fu il capitano Taittinger. Infatti il giorno della partenza dell'augusto ospite fu dispensato dall''incarico speciale' e rispedito al suo reggimento.

Tutta quanta la faccenda scabrosa calò nell'oblio, cioè a dire negli archivi segreti della polizia. Perciò non si saprà mai per quale motivo il povero Taittinger dovesse tornarsene così rapidamente alla sua guarnigione.

In quel piccolo presidio della Slesia non restò altro al barone che riflettere sulla vicenda. Egli aveva sufficienti capacità di giudizio e arrivò a una specie di superficiale esame interiore. Pronunciò su se stesso una sentenza a suo avviso estremamente dura: giudicò di non essere più affatto 'simpatico'. Da quel momento cominciò a bere. Un paio di volte pensò anche di scrivere alla contessa W. e chiederle perdono per averla consegnata a tradimento al persiano; ma stracciò la prima, la seconda, la terza lettera. Dopo di che prese a bere ancora di più.

Sognava molto spesso il momento in cui aveva disceso la scalinata e aveva incontrato l'agente in borghese che lo aveva salutato levandosi il cilindro; nello stesso tempo si vedeva scivolar giù per i lisci gradini di pietra. Le donne non lo rallegravano più, il servizio lo annoiava, i compagni non riusciva ad amarli, il colonnello era insulso. La città era insulsa, la vita era peggio che insulsa e non c'era nel vocabolario di Taittinger nessun'espressione per definirla.

Andava scivolando e sprofondando, e lo sentiva. Ne avrebbe parlato volentieri con qualcuno, con la Mizzi per esempio, che qualche volta sognava. Ma gli pareva di essere troppo stupido e ottuso per poter dire cose giuste e vere; perciò taceva. E beveva.

Frattanto l'ebbrezza della Mizzi era durata appena tre settimane. Del resto tutta quanta la casa della signora Matzner si era sentita inebriata, e anche tutta Sievering, quando venne a sapere dal vecchio fabbricante di pipe Schinagl che sua figlia apparteneva ormai al seguito dello Scià di Persia e pensava di partire per Teheran. Infatti la notizia dell'avventura orientale della Mizzi arrivò a Sievering trasformata in questa guisa. Furono in molti a diffondere voci e informazioni. Le prime notizie le portò il parrucchiere Xandl. Dapprima non fu creduto e lui se la prese tanto che scongiurò la Mizzi di andare a far visita a suo padre. Essa finalmente gli dette ascolto: vi si recò in tiro a due e allorché salì in carrozza il parrucchiere Xandl si sedette vicino a lei e vi rimase anche assai a lungo, ma quando si avvicinarono a Sievering, cambiò di posto e si accomodò sul sedile di fronte.

L'incontro fu affettuoso, commovente. Il vecchio Schinagl piangeva. Erano appena trascorsi sei mesi dal giorno in cui aveva assicurato a tutta Sievering di aver cacciato la figlia e di essere deciso a non rivederla mai più in vita sua. Ma che cosa può l'uomo contro la potenza dell'oro? Si vide il vecchio Schinagl abbracciare la figlia ripudiata.

Quando Mizzi lasciò la bottega del padre la gente di fuori fece ala al suo passaggio. Era graziosa e commovente a vedersi nel suo abito a giacca grigio-ferro col cappello largo di panno blu e l'ombrellino grigio chiaro. La gente di Sievering non avrebbe potuto augurare altra sovrana al paese amico di Persia. Essa sorrise, salutò, salì in carrozza e il parrucchiere Xandl si sedette di nuovo davanti a lei. La frusta schioccò discreta e gaia, e la vettura si avviò verso la città mentre la Mizzi agitava un guanto bianco. Il vecchio Schinagl stava sulla porta e piangeva.

Questo non fu il solo momento solenne nella nuova vita di Mizzi Schinagl: ce ne furono anzi molti e le sue giornate erano ormai un susseguirsi di momenti solenni.

Le perle se ne stavano presso la Banca Ephrussi e, a quel che sembrava, non davano preoccupazioni. Tuttavia quando la fortuna si abbatte sul capo di una povera ragazza inesperta con lo stesso impeto con cui di solito si abbattono le catastrofi, a quante cose non deve pensare la poveretta! C'è una nuova vita da organizzare; c'è da mandare il piccolo Xandl in collegio perché diventi un giorno un uomo per bene, anzi un signore distinto. Poi, come si può ricompensare la Matzner? e il fidanzato Xandl? Si doveva restare a Vienna o andare piuttosto in un'altra città, magari all'estero. Si sentiva parlare di Montecarlo, e nella «Kronenzeitung» si leggeva di Ostenda, di Nizza, di Ischl, di Zoppot, di Baden-Baden, di Franzensbad, di Capri, di Merano. Com'era grande il mondo! Mizzi Schinagl non sapeva dove fossero quei luoghi, ma sapeva che era in suo potere raggiungerli tutti.

La sua improvvisa ricchezza eccitava tutti, ma lei ne era addirittura sconvolta. Visioni confuse di stazioni termali, di mobili, ville, castelli, servitori, cavalli, teatri, signori distinti, cani, giardini, corse ippiche, lotterie, abiti e sarti riempivano le sue notti quando vegliava e i suoi sogni quando dormiva. Clienti non ne serviva più da un pezzo. Josephine Matzner le dette dei consigli; sebbene anch'essa fosse stordita dalla fortuna travolgente che aveva colpito la sua pensionante, aveva tuttavia conservato abbastanza giudizio per poter dare alla Mizzi i migliori consigli.

«Sposa Xandl» le consigliò la signora Matzner. «Fagli aprire un locale in grande, un bel salone da parrucchiere, al centro. Poi una parte del denaro la metti nel negozio di mercerie e una parte nella mia azienda. Tutto davanti al notaio! Il ragazzo lo mandi in collegio a Graz. E se Xandl ti viene a noia, ti prendi un amante! Denaro ne hai a palate; basta che tu lo collochi bene. Altrimenti cominci a spenderlo e in due anni se n'è andato tutto. Lasciati consigliare da chi ti vuol bene».

Ma Mizzi non era in condizione di seguire dei consigli ragionevoli. Pensava spesso a un uomo, che era l'irraggiungibile capitano Taittinger. Amava immaginarsi che egli potesse lasciare il servizio e sposarla, ora che era ricca.

Il gioielliere Gwendl stimò le perle circa cinquantamila corone. La Banca Ephrussi gliene aveva anticipate diecimila. Anche questi conti spaventavano e stordivano la povera Mizzi. Mille corone in biglietti di banca se le portava sempre dietro in una calza, cento, in monete d'oro da dieci, nella borsetta; altre cento in argento le conservava la Matzner.

Un giorno la Mizzi pensò che doveva vedere in tutti i modi Taittinger; questo desiderio era così prepotente che essa prese una vettura, si recò da Grünberg nel Graben e acquistò lì per lì quattro abiti. Tre li fece mandare a casa e quello che le parve più bello lo indossò. Poi si fece portare nella Herrengasse, alla cara e ben nota casa. Lì apprese che il capitano era stato rimandato al suo reggimento. Allora fu presa da un'agitazione anche maggiore, le sembrò che senza quella tempesta d'oro che l'aveva inebriata, stordita, avrebbe potuto conservare l'amante del suo cuore, l'unico uomo amato. Ormai era presa dall'idea di raggiungere la guarnigione di Taittinger e disse alla Matzner che doveva partire.

«Prima scrivigli,» disse la Matzner «non si piove così in casa della gente; e neanche è il caso di buttarglisi al collo, così come se niente fosse, ora che tu sei da più di lui».

Mizzi scrisse che era diventata ricca e che aveva nostalgia di rivedere Taittinger, e chiedeva quando poteva venire.

Il barone ebbe la lettera nella fureria. La scrittura gli pareva di conoscerla, ma da alcune settimane sentiva ripugnanza appunto per le scritture conosciute; si mise in tasca la lettera e decise di aprirla la sera. Ma andò a letto solo verso le tre della mattina venendo direttamente dal caffè Bielinger. Trovò la lettera due giorni dopo, e solo perché l'attendente aveva vuotato le tasche della giubba.

Al barone sembrò troppo spiacevole incontrare di nuovo la Mizzi; essa gli ricordava la sua azione sconsiderata. Avrebbe preferito cancellare tutto quell'episodio della sua vita; ma si può cancellare dalla nostra vita quello che è avvenuto?

Il capitano disse dunque al furiere Zenower, uno dei pochi 'simpatici' del reggimento, che comunicasse, per così dire d'ufficio, alla signorina Mizzi Schinagl presso Matzner che il signor capitano era in licenza per motivi di salute e che sarebbe rientrato al reggimento solo dopo sei mesi.

Mizzi Schinagl pianse ben bene e a lungo quando ricevette la lettera. Le sembrava che la sua vita fosse definitivamente spenta, e per l'appunto nel momento in cui avrebbe dovuto cominciare. Allora decise di andare a prendere suo figlio e di tenerlo per il momento presso di sé. Forse sarebbe stata una consolazione.

Si stabilì a Baden dove prese in affitto una casa nella Schenkgasse per due anni. Le perle le comprò il gioielliere Gwendl e il denaro lo amministrava il notaio

Sachs. Cinquecento corone andarono al vecchio Schinagl, cinquecento alla signora Matzner, cinquecento al parrucchiere Xandl, mille al sarto Grünberg nel Graben. Tutti erano soddisfatti, ad eccezione di Mizzi stessa.

XIII

Infatti fu evidente dopo un po' che la stazione termale di Baden non faceva bene alla Mizzi. Soprattutto per via delle corse al trotto. Prima non era mai stata alle corse, ora le sembrava di dover andare a tutte. Era come se una forza diabolica la costringesse a sfidare continuamente quel destino che già una volta aveva soffiato su di lei una così benedetta ventata di fortuna.

La Mizzi non aveva conoscenza alcuna della natura maschile, come non può essere altrimenti dopo il soggiorno in una cosiddetta casa di tolleranza, in cui si fa tanto poca esperienza del mondo reale quanto in un collegio per fanciulle. Essa giudicava gli uomini che incontrava secondo i criteri che potevano valere, sì e no, per i suoi ospiti di un'ora in casa della Matzner. Era inevitabile che essa scambiasse avventurieri e scioperati per seri signori della migliore società. Era sola. Sentiva nostalgia per la casa della signora Matzner. Ogni giorno mandava cartoline illustrate a suo padre, alla signora Matzner, a ciascuna delle sue diciotto pensionanti, e anche al reggimento di Taittinger, con l'aggiunta: «Si prega vivamente di inoltrare. Grazie. Schinagl». Scriveva sempre le stesse cose: che faceva una bella vita e che finalmente si godeva il mondo. Da Taittinger non veniva nessuna risposta. La signora Matzner mandava ogni tanto una giudiziosa cartolina postale con consigli e ammonimenti. Le pensionanti rispondevano tutte insieme su carta azzurra orlata d'oro cominciando così: «Ci fa molto piacere che ti vada bene e pensiamo spesso a te». Seguivano le firme: Rosa, Gretl, Vally, Vicky e tutte le altre secondo l'età e la loro importanza nella casa. Mizzi aspettava impazientemente ognuna di queste lettere, le leggeva con una singolare tensione, ed era per lei più un tormento che una gioia.

Per quanto riguardava gli uomini la Mizzi se ne occupava solo perché era convinta che la vita senza uomini fosse altrettanto impossibile quanto senza l'aria. Quando, ancora povera e sprovveduta, era dalla signora Matzner, si era fatta pagare. Ora invece poteva amare per niente. Le faceva bene amare per niente. Anzi qualche volta era lei che dava denari agli uomini. Molti di quegli uomini si facevano prestare soldi per imprese commerciali, come dicevano. Nessuno di loro le piaceva. Gli uomini erano il suo pane di tutti i giorni, di tutte le notti. Era come un povero animale selvatico che andasse, lui stesso, a cercarsi i propri cacciatori.

Una volta aveva sentito una grande nostalgia per il figlio, ma ora quel sentimento le sembrava vano e sprecato. Suo figlio non le piaceva. Le era di impaccio sopra tutto perché essa credeva di doverlo portare dietro dovunque: nei caffè, alle corse, nelle *hall* d'albergo, a teatro, dagli uomini, alle passeggiate in carrozza. Coi suoi grossi occhi sporgenti di un blu acquoso il bambino osservava cheto quei mondi nuovi con una malevolenza muta e sinistra. Non piangeva mai, e Mizzi alla quale tornava in mente che da bambina aveva pianto spesso e alla quale un buon istinto suggeriva che i bambini che non piangono divengono uomini cattivi, provava spesso a picchiarlo senza motivo, solo perché si mettesse a piangere. Ma lui si lasciava picchiare e sembrava non sentire dolore alcuno. Per quanto sapesse ancora parlar poco, tuttavia da quel poco che riusciva a dire appariva chiaro che era deciso a non desiderare se non quello di cui credeva aver bisogno in quel momento: un pezzo di carta, un fiammifero, una cordicella, un giocattolo, un sasso.

Dopo qualche settimana Mizzi dovette confessarsi che suo figlio le era più estraneo di qualsiasi bambino estraneo. Questa fu la seconda disillusione della sua vita, dacché le era toccata quella spaventosa fortuna, e l'addolorò più del trasferimento del capitano Taittinger. Anche il figlio ebbe una specie di trasferimento. Molto prima che la stagione a Baden finisse essa si recò in fretta a Graz col bambino. In realtà voleva liberarsene. Si proponeva di trovargli un collegio come quelli in cui si mandano i ragazzi della buona società. Aveva diversi indirizzi, ma non andò affatto in tutti gli istituti che le avevano suggerito e si limitò al primo che si trovava sul suo elenco.

Così suo figlio, Xandl Schinagl, entrò nel convitto per minorenni, con annesso giardino d'infanzia, del professor Weissbart. E Mizzi, ormai decisamente avviata verso il sud, non poteva trattenersi a Graz e neanche ritornare a Baden. Era del parere che stesse male rimanere a Graz in vicinanza di suo figlio senza andare a vederlo: e vederlo non voleva, almeno per il momento. Anche a Baden non ci voleva ritornare; laggiù l'aspettava Lissauer che le era già costato tanto denaro. Solo Dio sapeva perché avesse vissuto con lui le ultime tre settimane!

Non solo la infastidiva che quell'uomo l'aspettasse, ma anche che tutti gli altri uomini sembrassero aspettarla. Tutti l'aspettavano, ad eccezione di Taittinger. Lui non aspettava!

Lissauer non pensò neanche lontanamente ad aspettare il ritorno di Mizzi. Quando vide che non rientrava prese il treno per Vienna, andò dalla signora

Matzner e si fece dare il suo indirizzo. Disse che doveva darle un'importante notizia da parte di Taittinger.

Era deciso a non lasciare più la Mizzi, anzi a seguirla fin dove era possibile. Andò quindi a Merano.

Mizzi si rallegrò quando lo scorse sulla passeggiata. Il vederlo nei suoi pantaloni fiammanti alla Pajacewitsch, giacca blu, stivaletti abbottonati di pelle marrone, suscitò in lei un sentimento di tenerezza e anche una specie di pentimento. Aveva paura! paura della propria ricchezza, paura della nuova vita a cui quella ricchezza la impegnava, paura del gran mondo nel quale si era avventurata sconsideratamente, e soprattutto paura degli uomini. In casa di Josephine Matzner lei era stata superiore a tutti gli uomini: conosciuti, estranei, connazionali, esotici, signori, bellimbusti. Quello era il suo territorio, la sua patria. Ma non aveva né la disposizione né l'esperienza per trattare con uomini che non fossero venuti per comprarla. Sapeva valutare i loro sguardi avidi, i loro cenni, indovinava bene il senso dei loro discorsi velati, dei loro scherzi puerili. Ma sola nel mare del mondo si sentiva inetta, spaesata, andava alla deriva senza timone, senza vela, senza remi, e aveva paura, una paura senza nome, indefinibile. Cercava qualcosa di noto, qualcosa che le fosse almeno un po' familiare. Ed era incline ad accogliere ciò che le era semplicemente noto come se fosse anche veramente familiare. Perciò salutò con sollievo Franz Lissauer.

Egli dovette indovinare ciò che avveniva nell'animo di lei, grazie a quell'istinto sicuro che in certe nature si risveglia o addirittura nasce nel momento in cui esse avvertono la minaccia di un pericolo oppure il richiamo del cibo, del sesso o della preda. Accennò un saluto col suo panama color di sole e disse distratto: «Ah, anche tu sei qui?». «Sono così felice!» rispose lei – e lo abbracciò.

In quel momento Lissauer definì il suo piano. Si trattava della vecchia faccenda dei pizzi di Bruxelles.

A quel tempo i pizzi di Bruxelles erano apprezzati come i gioielli, e talora desiderati dalle donne anche di più. Se ne facevano perciò diverse imitazioni e nelle meglio riuscite commerciava un amico di Lissauer, Xavier Ferrente, il quale, benché fosse di Trieste, faceva arrivare la merce da un porto straniero e piuttosto lontano, cioè da Anversa. I pizzi apparivano perciò 'sdoganati', come si dice con termine tecnico, ma in realtà venivano dal negozio Schirmer nella Wienzeile. Concesso che Lissauer lavorasse, il suo lavoro consisteva nel procurare al suo amico Ferrente acquirenti, soprattutto grossi acquirenti, e grossi intermediari, ma accanto a questi anche altri più modesti. Per questo lavoro riceveva volta per volta dei diritti di provvigione, ma non una partecipazione agli utili. «Una partecipazione sarebbe possibile solo portando del capitale» diceva Ferrente. «Coi soldi alla mano si va lontano» aggiungeva con una massima ricorrente presso i giocatori di tarocchi del caffè Steidl.

Ora finalmente, dopo anni e anni che sgobbava quasi gratis per Ferrente, come a volte diceva, Lissauer scorgeva una possibilità di partecipare al commercio dei pizzi con un capitale, col capitale della Schinagl.

Dopo aver preso questa decisione Lissauer cominciò a trascurare la Mizzi in modo palese. Faceva viaggetti con una certa signorina Korngold, mandava fiori alla signora Glaeser, si faceva vedere sulla passeggiata con la Brandl, si mostrava poco puntuale agli appuntamenti con la Mizzi o addirittura non vi andava e le faceva capire che non contava nulla per lui. A volte diceva persino che sarebbe partito presto per certe sue ragioni.

Dopo che si fu così condotto per alcuni giorni, si recò a Innsbruck e di là telegrafò alla Schinagl: «Partito per affari importanti, aspettami domani sera».

La sera dopo arrivò effettivamente e non solo si mostrò gentile e compiacente come da tempo non faceva più, ma addirittura affettuoso. Nello stesso tempo appariva agitato, parlò con entusiasmo ed eccitazione di una grossa fortuna e disse che era finalmente sul punto di diventare ricco. «Ti sposi?» domandò la Mizzi. Fu la prima cosa che le venne in mente; altrimenti come avrebbe potuto diventar ricco da un momento all'altro? «Sposare?» fece Lissauer. «Ma... forse». E si finse pensoso.

Dei pizzi di Bruxelles la Mizzi sapeva solo che erano cari e niente di più. Del resto non sarebbe stata in grado di distinguere una tendina di mussola da un velo di sposa. Nel suo negozio era stata sì e no cinque volte, ma capiva che un pizzo comprato per una corona e ottanta e rivenduto per cinque corone e cinquanta poteva essere merce redditizia. «Dividiamo,» disse Lissauer «metà e metà. D'accordo?». «D'accordo» disse Mizzi e non pensò più affatto ai pizzi.

Cominciavano a spengere i lampadari nell'atrio dell'albergo. La bianca solennità della scalinata e delle balaustrate, la magnificenza dei tappeti di un rosso sanguigno fattosi improvvisamente nero, emanavano una tristezza indicibile. Le palme gigantesche nei vasi giganteschi sembravano venute allora dal cimitero. Anche il verde cupo delle loro foglie era ormai quasi nero e faceva pensare a una specie di armi morte e consunte da tempi immemorabili. La luce a gas ronzava verdastra e velenosa nei candelabri, e il grande specchio, rossastro, con la cornice di falso bronzo, rifletteva Mizzi Schinagl tutte le volte che essa vi rivolgeva di sfuggita lo sguardo impaurito: un'altra Mizzi Schinagl, una che lei non conosceva, che non le sembrava di aver mai visto, una Mizzi Schinagl che non era mai esistita.

Si fece molto triste. Attraverso la sua anima semplice guizzò per qualche istante un bagliore di quella luce che rende tanto felici e tristi i piú saggi e chiaroveggenti: la luce dell'intendimento. Essa riconobbe come tutto fosse disperato e vano: non solo i pizzi, non solo Lissauer, non solo il suo patrimonio, ma anche suo figlio, e Taittinger, e il suo desiderio di una casa, dell'amore di un uomo, e il falso amore di suo padre e tutto, tutto... E dal suo cuore si levò un soffio maligno, come dalla gelida cantina di casa sua a Sievering quando era ancora bambina e aveva creduto fermamente che là sotto fossero in attesa l'inverno e tutti i venti cattivi.

Quella notte Lissauer andò con lei, giacché sapeva bene che ora doveva assicurarsela con tutti i mezzi. Mizzi se ne accorse. Era stanca; stanca e indifferente.

Durante la notte, mentre giaceva sveglia, prese la decisione di tornarsene indietro il giorno dopo. Ma indietro – dove? La casa di Josephine Matzner era stata ancora per lei una patria. Ora non l'aveva più. Si ricordò del respiro pesante, della barba dal profumo dolciastro, della pelle giallo-bruna, delle mani morbide, dello sconcertante bianco degli occhi del sovrano di Persia, autore della sua fortuna, e si mise a piangere sommessamente. Era un sonnifero di provata efficacia. Nel grigio dell'alba si addormentò.

XIV

Per molto tempo nessuno della cerchia della signora Josephine Matzner notò che insieme al suo corpo anche il suo modo di essere si trasformava. Vedevano solo che invecchiava. Anche lei lo sapeva sebbene si guardasse di rado allo specchio. Aveva per dir così lo specchio in testa come certe persone hanno in testa l'orologio.

Pochi anni prima le facevano ancora piacere quei complimenti alquanto grossolani e maldestri che all'occasione le rivolgeva questo o quello dei suoi clienti abituali. Erano complimenti senza significato, non indicavano nessun desiderio da parte dell'ospite, come non ne destavano alcuno nell'animo della signora Matzner. Avrebbero dunque potuto continuare in eterno, così come certi usi convenzionali di una società sono indipendenti dall'età di coloro che li praticano. Ma ecco quel che accadde: anche quei complimenti simbolici di cui la signora Matzner era stata l'oggetto per tanti anni divennero ormai sempre più rari e una bella sera cessarono affatto. Sembrava quasi che gli uomini si fossero messi d'accordo. Quando l'ultimo cliente fu scomparso, le ragazze furono andate a letto e il maestro di musica si fu levato il frac, la signora si guardò per un fuggevole attimo nello specchio dietro la cassa. Sì, tutto era come lei già sapeva da un pezzo; fra i capelli grigi appariva ancora un brutto riflesso del color rosso di una volta, così attraente e provocante. Due spesse rughe si partivano, direi quasi senza ragione, dalla radice del naso. Le labbra erano aride, screpolate e bluastre. Gli occhi sotto le palpebre grinzose erano come due piccoli stagni prosciugati. La testa affondava nelle spalle come se non poggiasse sopra il collo. E sul seno, sotto lo spesso strato di cipria, apparivano macchie gialloros-sastre simili a insetti.

Quella notte la signora Matzner si accorse che la vita era ormai passata. Non si era mai fatta illusioni. Era decisa ad affrontare coraggiosamente la sua vecchiaia come aveva affrontato una volta la sua gioventù, il suo mestiere, i suoi uomini, la sua azienda. In ogni momento della vita si era sempre resa perfettamente conto della sua posizione. Conosceva anche i diavoli in potere dei quali era stata durante la sua vita e avrebbe potuto chiamarli quasi tutti per nome. Ma non conosceva uno di quei diavoli della tarda età, che insinuandosi spesso nell'animo delle vecchie ne indurisce il cuore e ne colma i sensi ammuffiti di una voluttà nuova: l'avidità di denaro. Non si accorgeva di come diventasse più avara e più avida di denaro.

D'altra parte era anche avvenuto qualcosa che poteva dare una parvenza di giustificazione alla sua avarizia o almeno alla sua parsimonia: e cioè la casa non 'andava' più. Quanto sono mutevoli le mode a questo mondo! La casa della Matzner non era più di moda. Ne erano sorte due nuove, una in prossimità della Wollzeile e un'altra nella Zollamtsstrasse. Del resto le ragazze che erano rimaste fedeli alla signora Matzner diventavano vecchie – e le giovani diventavano infedeli. Dov'erano i tempi in cui la signora Matzner poteva ancora dire: «Le mie sono ragazze d'oro» e in cui quelle ragazze d'oro la chiamavano con gaie voci di giovani uccellini «Zia Finchen» oppure «Finerl»? Ora si diceva solo signora Matzner e le ragazze non facevano venire in mente l'oro, ma piuttosto il rame del poco denaro che ancora rendevano. «Arriva soltanto a monetine!» gemeva la Matzner.

La notte non poteva dormire. Quando si coricava aveva la sensazione di esporsi indifesa, perché sarebbe stato in certo modo più facile alle angosce precipitarsi dall'alto sopra di lei. Perciò si alzava e si avvicinava ansando alla poltrona. Gemeva spesso, convinta che questo l'avrebbe alleviata, ma osservava subito: «Come devo star male, se io, Josephine Matzner, sono già al punto di gemere». Ogni tanto prendeva anche un sonnifero, ma alla paura, all'ansia, all'angoscia non poteva dare sonniferi.

Si vedeva già nell'ospizio dei poveri all'Alsergrund, in quello dei vecchi nella Bachergasse, nel refettorio dei Frati della Misericordia; oppure a strofinare i pavimenti nella bottega della Dworak, la lattaia; o infine nell'ufficio della polizia, in tribunale, o addirittura in prigione. Giacché le appariva evidente che il bisogno, crescendo a poco a poco, l'avrebbe alla fine costretta a rubare; e si vedeva nell'atto di rubare e sentiva già il terrore del ladro che sta per essere sorpreso.

Andava sempre più spesso dal suo banchiere, il signor Ephrussi. Tutto in lui la rassicurava: il patrimonio, la serena saggezza, la rettitudine, il buon nome, l'età. Era un vecchio tranquillo, di una bontà d'animo calcolata, l'unica che non provochi dei guai a questo mondo.

La signora Matzner sedeva davanti a lui nell'ufficio antiquato su una sedia scomoda, molto bassa. Il banchiere usava ancora il vecchio tipo di leggio altissimo col piccolo sedile imbottito, senza spalliera e fissato su una grossa vite; vi stava più appoggiato che seduto. Per compiacenza verso la Matzner si girava sul seggiolino, ma per quanto potesse abbassarlo egli rimaneva sempre assai più alto della testa di lei, né gli riusciva di vederle il viso, che era nascosto da un largo cappello, e solo dal tremolare delle piume di struzzo violette Ephrussi si accorgeva se la signora Matzner assentiva o disapprovava.

«Lei ha delle 'Albatros' per cinquemila corone,» egli ripeteva ormai per la venticinquesima volta «dei titoli di stato per tremilacinquecento, diecimila le ha investite nel negozio di mercerie, duemila nella panetteria Schindler. Non so quanto valga la sua azienda, ma il suo notaio lo sa certamente; e anche lei lo sa, del resto. Lei ha cinquantatré anni».

Qui la Matzner lo interrompeva: «Cinquantadue, signor Ephrussi». «Tanto meglio,» continuava lui «dunque se la sua azienda non va e lei non vuole limitarsi a ritagliare cedole, lavori ancora per otto buoni anni nel pieno delle forze, per esempio nel negozio di mercerie... oppure ne metta su uno di modista... lo compri... lei ha gusto». La vista delle penne di struzzo riconduceva sempre il banchiere all'idea del negozio di modista.

«È proprio come lei mi dice, signor consigliere imperiale?» domandava Josephine Matzner. «Glielo posso dimostrare» diceva Ephrussi, e agitava il campanello da tavolo. Come al solito veniva il contabile, apriva i registri, la Matzner guardava con espressione ottusa le cifre blu, le linee rosse, i tratti verdi. Tutto ciò era rassicurante. Si alzava, salutava col capo e diceva: «Signor consigliere imperiale, lei mi ha levato una pietra dal cuore». E finalmente usciva.

Un giorno le venne l'idea di vedere come andavano le cose nella merceria della Mizzi, ma prima ancora di entrare nel noto negozio le sembrò al primo sguardo che qualcosa fosse cambiato ed ebbe il presentimento di un guaio. Aveva visto nella vetrina due specchi nuovi con cornici dorate e sul vetro della porta un cartello con la scritta «Pizzi di Bruxelles autentici». Ma il cuore le si arrestò quando scorse nell'interno il signor Lissauer. Conosceva questo tipo di ospite della sua casa (ma 'cliente' sarebbe stata una designazione più giusta per gente simile). «È un pezzo che non ci vediamo, signor von Lissauer!» disse. «Già, tutti ci hanno lasciato, non siamo più abbastanza moderni per i signori. La mia casa è molto più seria di quella della Zollamtsstrasse, per esempio».

«Che vuole, s'invecchia e si mette giudizio,» disse Lissauer «e poi, come vede, io sono molto occupato qui».

Già, lo vedeva. Fece scorrere per tutto il negozio uno di quegli sguardi rapidi e acuti per i quali una volta era tanto temuta nella sua casa, nei negozi dove soleva fare acquisti, in tutto il quartiere e perfino al commissariato di polizia, dove conosceva tutti, guardie e agenti in borghese. Ma era ancora un negozio di mercerie, quello? Dov'erano le piccole, graziose scatolette con bottoni e bottoncini di ogni qualità, colore, forma e grandezza? dove i ganci e i gancetti automatici così carini e tuttavia così solidi? dov'erano gli articoli più belli della merceria, le magnifiche gale per guarnizione? Dove tutte quelle cosine senza importanza e senza peso che si tenevano in vendita solo come accompagnamento alla vera merce, a quella seria, ma delle quali nessuna sarta del quartiere avrebbe potuto fare a meno?

E che significavano quei pizzi di Bruxelles? Chi poteva in quel quartiere, fra quei clienti, comprare pizzi di Bruxelles? A lei, alla signora Josephine Matzner, non occorreva che spiegassero che cosa erano i pizzi di Bruxelles. Non poté trattenersi dal dire a Lissauer: «Ma lei ha vuotato il negozio completamente!». «Vuotato, vuotato ha detto?» esclamò il giovanotto, e con la zelante loquacità che gli era propria e che gli aveva procurato tanti successi altrimenti inspiegabili, cominciò a raccontare alla signora Matzner quale voga aveva preso il negozio e quanto egli aveva guadagnato coi pizzi e quanto pensava di guadagnare ancora. Come tanti altri ai quali la mancanza di scrupoli ha procurato per lungo tempo guadagni e prosperità, anche Lissauer sacrificava talora la prudenza alla vanità. Così, sebbene sapesse di non essere autorizzato a investire la parte della Matzner nell'affare dei pizzi, si sentiva tuttavia sicuro, nel suo stolto ottimismo, che essa non solo sarebbe stata d'accordo ma che si sarebbe addirittura considerata sua complice. Egli respinse il pensiero penoso che i registri non erano in ordine e che inoltre aveva speso per proprio uso un terzo degli incassi. Mizzi non chiedeva mai spiegazioni, perché le avrebbe dovute chiedere la Matzner?

Questa non poté più nascondere un lieve malore. Si appoggiò al banco e chiese un bicchier d'acqua e una poltrona. Bevve a piccoli sorsi e restò a metà sdraiata nella poltrona nonostante il rigido busto che le corazzava crudelmente il corpo. A poco a poco si riprese. Estrasse lo spillone dall'enorme tetto di paglia che le faceva da cappello e rivolgendo quell'arma contro Lissauer disse: «Lissauer, voglio vedere i registri. Poi parlerò col mio notaio».

Lissauer andò a prendere i registri. Ancora una volta la povera Matzner vide cifre nere, cifre blu, tratti verdi, linee rosse; ma questa volta non si rassicurò.

«E dov'è il capitale?» domandò. «E il guadagno?».

«Il capitale lavora, signora Matzner» disse Lissauer sottovoce. Chiuse i registri di colpo e continuò a parlare. Essa non udiva più bene, afferrò solo qualche parola come «tempi nuovi, metodi commerciali nuovi, niente capitale morto» e simili, e pensò con terrore che le sue diecimila corone erano perdute.

Si congedò subito senza badare alla mano che Lissauer le tendeva. Andò alla posta. Il pericolo era grave. Teneva ancora in mano lo spillone; il cappello vacillava. Voleva mandare un telegramma alla Mizzi a Baden: «Vieni subito» stava per telegrafare, ma rifletté un istante con la matita fra le labbra. Era certo che Mizzi non sarebbe venuta; perché spender soldi per il telegramma? La Matzner si accingeva già a mandare una cartolina postale quando un'idea preziosa le fu suggerita da uno di quei buoni spiriti della menzogna che per tanto tempo avevano guidato le sue azioni. «Taittinger ti aspetta domani» telegrafò.

Naturalmente nelle prime ore della mattina arrivò la Mizzi. Essa entrava di nuovo in casa della Matzner dopo molto tempo. Tutto le era diventato estraneo. Nel ricordo se l'era rappresentata non solo costosa, ma anche splendida; ma ormai si era abituata da tempo a stanze e ad abitazioni splendide. La casa della Matzner appariva misera, persino squallida, coi suoi specchi opachi, col candelabro della sala dal quale erano caduti tanti cristalli da ricordare un albero spoglio a metà, coi larghi buchi grigi delle tarme nel velluto rosso del divano, col rivestimento scrostato della cornice di bronzo finto dello specchio, con la striscia di seta sfrangiata sul coperchio lucido e graffiato del pianoforte e con le tende polverose alle finestre. Ma che cosa erano i ricordi al confronto dell'attesa? Presto avrebbe riveduto Taittinger. Portava nella borsetta l'ultimo ritratto del figlio e l'ultima pagella, per altro poco allegra. La condotta non era 'sufficiente' e il profitto 'appena sufficiente'. Fin allora il ragazzo aveva ripetuto tutte le classi. Alla Mizzi egli era indifferente. L'ultima visita gliel'aveva fatta a Natale. Alla stazione Xandl aveva chiesto per prima cosa una tazza di cioccolata e lei lo aveva accompagnato al buffet. Lui si era bevuta la cioccolata con gusto, poi aveva subito aperto la valigia e tirato fuori i regali che stavano sopra, quindi l'aveva richiusa e gridato: «Cameriere, il conto!». Così era suo figlio. Ma la notte prima Mizzi aveva inventato qualche storiella da raccontare a Taittinger: Xandl era bravo in ginnastica, aveva un cuore d'oro, aveva disposizione al canto. E una volta aveva perfino salvato un bambino che annegava. Questa del resto non era una storia inventata, Xandl aveva veramente ripescato un bambino dall'acqua così come aveva l'abitudine di acchiappare pesci, ranocchi e lucertole.

Tutto questo appunto voleva raccontare la Mizzi. Le sembrava di stare aspettando da molto tempo. La signora Matzner la lasciò aspettare. Finalmente entrò tutta bardata; non, come di solito la mattina, in vestaglia, ma ben stretta nel busto, pettinata, incipriata. Ci fu un accenno di abbraccio, un bacio fuggevole e freddo.

«Taittinger non viene,» disse subito la Matzner «ragioni di servizio!». A Mizzi mancò il respiro, si risedette. «Ma, ma...» cominciò. Tacque per un po' e finalmente trovò una debole consolazione. «Eppure mi voleva vedere». «Sì,» fece la Matzner «ma per il momento non può per ragioni di servizio. Tu gli puoi sempre scrivere! Hai pure il suo indirizzo».

Mizzi rimaneva seduta, la Matzner stava dritta davanti a lei, minacciosa, simile a un gendarme.

«Ho da parlarti seriamente» cominciò. «Tu mi hai imbrogliato, tu e il tuo Lissauer. Mi avete derubato, mi avete truffato. Tutto per la mia troppa bontà. Sono stata per te come una mamma. Ti chiamavo 'la mia bambina d'oro'. Vi siete mangiati tutti i miei soldi. Ora mi accompagnerai. Andiamo dal notaio. Guai a te se scappi!».

Nella Mizzi non c'era più nulla di vivo. Le sembrava che il suo cervello fosse morto e il cuore anche. Solo una cosa era ancora viva in lei: una gran paura senza nome. Anche la paura può talora illuminare, e così alla Mizzi tornò in mente la storia dei pizzi e si ricordò tutte le carte che aveva ricevuto da Lissauer e che aveva firmato senza leggere. Affiorò nella sua memoria anche una frase udita da tempo e poi dimenticata che Lissauer aveva pronunciato in un momento di tenerezza: «Se mi acchiappano, mettono in prigione te». Ormai si era a quel punto.

La Mizzi si alzò e si avviò; come se già fosse arrestata, camminava senza più volontà accanto all'inesorabile Matzner.

XV

Nelle settimane seguenti la signora Josephine Matzner sentì fluire in sé nuove forze. Queste forze invero non la rendevano affatto più giovane, ma al contrario accentuavano i segni esteriori della vecchiaia che si era abbattuta tanto rapidamente su lei. Lei stessa però non lo notava e si sentiva leggera, sana, ringiovanita e di buon umore. Le sembrava di dover adempiere a una missione, quella cioè di salvare il suo denaro o piuttosto (cosa che le era ancora più gradita sebbene al tempo stesso ne soffrisse) di vendicare il denaro perduto. Uno straordinario impeto maligno la riempiva, la scaldava, la infiammava addirittura. Un'ira bollente la spingeva. I suoi giorni, le sue notti erano mutati. L'antico placido ritmo, l'innocuo tran-tran senza senso della sua vita era cambiato. Dormiva serenamente un sonno sano e senza sogni, si svegliava ogni mattina rinvigorita e pronta per ogni genere di attività. Rivelò anche una capacità meravigliosa a capire le leggi, a spiegarsele, a parlare con gli avvocati e a comprenderli. Ora ne aveva due, per maggior sicurezza: il dottor Egon Silberer, avvocato di corte, e inoltre il dottor Gollitzer, che era una specie di praticone, dei cui pareri lei si serviva non tanto per il processo quanto come passatempo piacevole e insieme istruttivo. Giacché l'avvocato di corte Silberer poteva dedicarle appena una mezz'ora tre volte alla settimana, mentre Gollitzer era a sua disposizione ogni giorno per molto tempo. In fondo essa ricorreva a Gollitzer perché diffidava di Silberer. Era Gollitzer che le insegnava come si deve trattare con gli avvocati di grido; era lui che la informava sulla vita privata dei giudici, sulle possibilità che la legge offriva e sulle insidie segrete che essa nascondeva. Nel tetro studio di Gollitzer al numero 43 della Wasagasse, al terzo piano, essa ricevette un'educazione che la trasformò gradatamente in una specie di 'canaglia giuridica'. Là conobbe gioie mai prima sperimentate.

Essa aveva provato molti piaceri proibiti e anche condannati, ma solo ora conobbe la vera voluttà, là nella Wasagasse, allorché apprese che proprio quelle leggi che essa istintivamente, per tutta la sua vita, aveva temuto, le si potevano sottomettere come cani addomesticati. Durante la sua esistenza era rimasta nell'idea errata che donne come lei vivessero fuori della legge e dipendessero, per la vita e per la morte, dal buono o dal cattivo umore di qualsiasi commissario di polizia. Nel fondo della sua anima aveva sempre sonnecchiato la nostalgia di un'esistenza conforme alla legge. Già da molti anni aveva sperato di poter vivere, se una volta avesse avuto denaro, sotto la benefica ombra borghese delle leggi, da qualche parte, molto lontano dalla sua casa che aveva pensato di vendere nel momento migliore, al prezzo più elevato. Si proponeva di vivere come Josephine Matzner, 'benestante', senza professione, senza pericoli e provvista di molto denaro. Ma ora c'era il pericolo di rimanere senza più denaro. Senza più denaro! Dopo tutta una lunga vita al di fuori della legge! Che condizione spaventosa per una donna che invecchiava, una donna che aveva sperato di poter finalmente, da vecchia, entrare nelle mura protette della vita borghese! Ebbene, nonostante tutto le leggi parlavano a suo favore, tutt'e due gli avvocati glielo assicuravano. Josephine Matzner non aveva più con le leggi i rapporti che può avere una persona rifiutata e al margine della società, ma ne era la signora e per dir così la beneficiaria.

Oltre l'avvocato praticone Gollitzer le era accanto anche il suo vecchio amico, l'agente in borghese Sedlacek. Oh, da tempo non trattava più con lui come una volta; non più come persona in certo modo fuori legge, ma anzi quasi con gli stessi diritti. Essa passava molte ore nell'ufficio di polizia sullo Schottenring. Frattanto gli uomini di Sedlacek correvano per la città, per il territorio dell'impero. Una faccenda grossa: pizzi di Bruxelles falsi, fabbricati a Vienna, mandati a Trieste, di là ad Anversa, di là di nuovo a Vienna. Anche Sedlacek si era fatto vecchio e stanco. La sua occupazione 'mondana' non gli piaceva più. I suoi tre figli, tutti maschi, crescevano con rapidità paurosa; con rapidità paurosa invecchiava sua moglie; con rapidità paurosa invecchiava anche lui. Aveva perciò bisogno di un 'bel colpo' per essere promosso e poter finalmente sedersene tranquillo come direttore di polizia a Graz, a Innsbruck, a Linz, a Brunn, a Praga, a Olmütz. Era nato a Koslowitz e sebbene avesse vissuto tanto tempo a Vienna e per il suo servizio fosse penetrato nelle più alte sfere, ora che invecchiava Olmütz tornava a sembrargli una residenza felice, una città grande ma non troppo grande, appunto come conveniva a lui. Voleva andare in pensione col grado di ispettore capo.

La faccenda dei pizzi era molto adatta a essere gonfiata e il destino stesso, così sembrava all'agente in borghese Sedlacek, ve lo aveva coinvolto fin dall'inizio. Quanto tempo era passato! Lo Scià di Persia (dal quale anche Sedlacek aveva ricevuto un'onorificenza, su proposta del capo della polizia, a riconoscimento delle sue prestazioni per la sicurezza personale dell'augusto ospite) si stava preparando per un secondo viaggio a Vienna, così dicevano i giornali. Lazik, il redattore di cronaca nera della «Kronenzeitung», amico intimo di Sedlacek, trovò ora opportuno, anche nell'interesse della polizia, manipolare la storia in senso scandalistico. La vicenda conteneva tutti gli elementi necessari per farne un caso scandaloso: l'ambiente, l'origine favolosa del patrimonio (alla quale certo si poteva soltanto alludere, ma sempre in forma più che stuzzicante), i pochi anni di splendore di Mizzi Schinagl e poi il suo declino; la figura d'avventuriero di Lissauer; l'importanza dei pizzi di Bruxelles in generale; le rivelazioni sulla truffa del commerciante triestino durata anni e anni; infine l'intelligente vigilanza della polizia viennese ossia dell'ispettore Sedlacek. Materiale più che sufficiente per il redattore di cronaca nera Lazik!...

Regnava allora sul mondo una pace profonda e insolente. Sui giornali della monarchia si leggevano notizie della corte e notizie mondane: informazioni sul prossimo ballo dei vetturini, elzeviri sul Kahlenberg, sulle catacombe della chiesa di Santo Stefano, sulle feste folcloristiche a Zagabria, previsioni sulla raccolta del tabacco per opera dei bravi coloni svevi del Banato, relazioni sulle manovre militari nei dintorni di Leopoli, resoconti di una festa di ragazzi al Prater sotto il patronato di un'Altezza Imperiale, delle gare di birilli fra le leghe dei macellai, falegnami, calzolai, e di tutti gli altri pacifici, gioiosi e assurdi avvenimenti che potevano aver luogo nel mondo lontano e vicino. Casi criminali e giudiziari importanti erano rari in quel tempo, e i redattori di cronaca nera stavano seduti più spesso a Grinzing da Schopfner che nel caffè sullo Schottenring, vicino alla direzione di polizia. La storia dei pizzi di Bruxelles, pubblicata ogni giorno a puntate, ben presentata, colorita, graziosamente postillata, fece una vera e propria sensazione.

Il processo durò veramente solo due giorni. Si era al principio di settembre, la limpida estate trapassava fraternamente in un limpido autunno. Nell'aula del tribunale faceva ancora parecchio caldo. Il pubblico era folto. Dal carcere preventivo venne condotto davanti alla corte solo uno degli accusati, Franz Lissauer. Il suo mandante triestino era scomparso. A piede libero era rimasta soltanto la signorina Mizzi Schinagl: essa venne, accompagnata dal suo avvocato. La nota ditta Seidmann, che da tanti anni commerciava in pizzi di Bruxelles autentici e si sentiva danneggiata, reclamava un certo indennizzo. Anche questa ditta era rappresentata dal medesimo avvocato di corte dottor Silberer che rappresentava la Matzner. C'erano tutte le probabilità che Mizzi Schinagl perdesse il resto del suo patrimonio. Il difensore di Lissauer si sforzò di dimostrare che la Schinagl, grazie alla sua femminilità demoniaca, aveva traviato il suo sprovveduto amante. Il suo passato era oscuro. Si era arricchita per un colpo di fortuna da favola orientale e nel giro di pochi anni aveva consumato in colpevole dissipazione la maggior parte del patrimonio, aveva lasciato che suo figlio, naturalmente illegittimo, quasi si depravasse – lo era andato a trovare solo una volta all'anno – e infine, com'era da aspettarsi, aveva degradato un uomo innamorato a suo strumento e lo aveva portato alla delinquenza.

Mizzi Schinagl capiva assai poco della procedura e dei discorsi che si tenevano nell'aula. Talora tutto ciò le appariva innocuo, più innocuo che una volta a scuola. Si ricordava che alla scuola elementare avveniva qualcosa di simile. Ci si alzava in piedi quando si era interrogati, e non si sapeva rispondere a tutte le domande, ma soltanto ad alcune; a quelle difficili ci si rifugiava in se stessi, un nodo stringeva la gola e venivano le lacrime agli occhi, ci si doveva soffiare il naso e le palpebre facevano male per via del sale acre delle lacrime. Qui tutto questo si ripeteva. Essa piangeva, taceva spesso, diceva «Sì» per l'imbarazzo e la disperazione quando il pubblico ministero la voleva mettere in difficoltà e «No» quando l'avvocato difensore cercava di salvarla. Era meravigliata solo dalla crudele inesorabilità di quegli uomini e in generale di quell'enigmatico sesso maschile che essa credeva di conoscere da molto tempo, se mai è vero che le esperienze portino veramente alla conoscenza. Ma quegli uomini indossavano delle toghe e avevano uno strano aspetto, come di cappellani o anche di solenni ermafroditi. Nella sala della Matzner erano venuti vestiti in tutt'altro modo.

Il difensore di Lissauer domandò al suo cliente: «Quante volte Mizzi Schinagl ha preteso forti somme?». «Almeno una volta la settimana» fu la pronta risposta. «E perché gliele avete procurate?». Lissauer abbassava il capo e taceva. «Non abbiate falsi pudori!» gridò l'avvocato. Lissauer sospirò che altrimenti la Schinagl gli si sarebbe rifiutata. «Non è vero!» gridava Mizzi con voce stridula. Ma la disperazione non ha una voce gradevole: essa suona come la voce della menzogna.

Quello fu il giorno più importante nella vita della signora Josephine Matzner. Alla domanda quale fosse la sua professione rispose soltanto: «Cassiera».

«Schedata come tenutaria di una casa di tolleranza nella Wieden» corresse il presidente.

Lei non aveva avuto che ingratitudine, solo ingratitudine, dichiarò la signora Matzner. Le ragazze le aveva sempre trattate bene. Qui cominciò a piangere. Al tribunale non chiedeva altro che la restituzione del suo denaro. Pregò che si usasse clemenza. Eppure le sue piume di struzzo violette, e fermate quel giorno alla tesa del cappello da un pappagallo lilla, oscillavano come investite da un vento impetuoso; a sinistra e a destra sporgevano le punte aguzze di due spilloni e lampeggiavano minacciose. La borsetta di seta celeste, gonfia e pesante, le pendeva dal braccio sinistro. Dei diamanti le scintillavano agli orecchi.

«Potete andare!» disse il presidente interrompendola a metà della frase. Essa era ancora stordita dall'eco delle proprie parole. «Basta così. Potete andare» ripeté il presidente. Finalmente capì, si inchinò profondamente, si drizzò di nuovo ed esclamò: «Vi prego di essere clementi!».

Uscì senza voltarsi.

All'ispettore Sedlacek si fece comprendere con discrezione che era tenuto per ragioni d'ufficio a tacere sull'origine del denaro della Schinagl. Egli riferì (e ciò facendo si commosse un po') che, per il suo servizio, era stato costretto a sorvegliare l'accusata da molto tempo. Le attribuiva solo della leggerezza, ma nessuna cosciente volontà di delinquere.

Le richieste d'indennizzo ammontavano in tutto a circa ventiquattromila corone. L'avvocato di Mizzi Schinagl dichiarò che la sua cliente avrebbe fatto fronte con quindicimila, quanto cioè possedeva ancora. A questo modo gliene salvava cinquemila con le quali, sottratto l'onorario dovuto a lui, avrebbe potuto vivere.

Fu tuttavia condannata. Lissauer ebbe tre anni di reclusione, la Schinagl sedici mesi.

La Mizzi piangeva, ma sei mesi, un anno, dieci anni o a vita, in quel momento le era indifferente. Il suo avvocato le promise di far di tutto perché fosse liberata prima.

«Ma io non voglio!» essa disse.

Per tutto il lungo percorso dal tribunale alla prigione non pianse più. Nel corridoio c'era un odore di biancheria umida e sporca, di rigovernatura e di minestra avanzata. La spogliarono in una stanzetta, la fecero salire su una bilancia e la misurarono col metro. Una suora della Misericordia le portò il camice blu. Lei lo indossò. Guardò poi con indifferenza un'altra suora che riponeva in una scatola il suo bell'abito a giacca blu scuro, gli alti stivaletti con le punte di vernice e la borsetta rosa, e vi appendeva una marchetta di riconoscimento. Poi la fecero sedere con le spalle alla porta; questa si aprì ma lei non osò voltarsi. Sentì avvicinarsi da dietro un ticchettio metallico; il ferro gelido e una mano calda toccarono a un tempo la sua testa. Mizzi emise un grido acuto; la suora le prese ambedue le mani. All'intorno cadevano a ciocche i suoi giovani capelli biondo-cenere. Avvertì un'impressione di freddo alla pelle del capo. La suora fece scomparire pettinini e forcelle.

Le portarono una cuffia blu che dovette mettersi. Cercò intorno uno specchio, ma non ce n'era. Questo la stupì. Le ordinarono di alzarsi e lei si alzò; si aggrappò al braccio della suora, i suoi sandali batterono sulle lastre del corridoio. Delle chiavi tintinnarono. Una luce grigia filtrava dalle poche finestre a tetto, si sentiva cinguettare un uccello fuori, da qualche parte nel libero mondo.

La cella 23 era vuota, sebbene ci fossero due letti.

«Sceglitene uno, figliola» disse la suora che non aveva da offrire altra consolazione se non la libertà di scelta fra il tavolaccio di destra e quello di sinistra. Mizzi si lasciò cadere su quello di sinistra e si addormentò subito.

Un'ora dopo qualcuno la svegliò. Era la detenuta Magdalene Kreutzer, ex acrobata e a quel tempo proprietaria di una giostra al Prater, come Mizzi avrebbe presto appreso.

XVI

Ancora due giorni dopo il processo la signora Matzner aveva abbondanti occasioni di compiacersi della sua improvvisa notorietà. Era ancora mezzo stordita dalle giornate che aveva passato nell'aula del tribunale, dall'udienza, dalla sua propria deposizione e dal suo grandioso e magnanimo appello alla clemenza dei giudici, e già cominciava a fantasticare del proprio avvenire in infinite immagini confuse ma consolanti. Appena due giorni fu dato ancora alla signora Matzner di rimanere in questo regno beato di esaltazione e di sogni, tanto a lungo cioè quanto i giornali ebbero voglia di concedere qualche strascico a quel caso, il che del resto avvenne in articoletti sempre più brevi. La signora Matzner non badò a spese, comprò tutti i giornali, e del resto vicini e conoscenti le portarono dei ritagli. Ma il terzo giorno i discorsi intorno ai pizzi di Bruxelles cessarono come ad opera di un incantesimo maligno e, per quanti giornali la Matzner comprasse anche quel giorno, non vi trovò da nessuna parte una sola parola che ricordasse il processo neanche da lontano. La signora si sentiva come se fosse entrata in una zona di tremendo e assoluto silenzio, quale può regnare di notte nei cimiteri o nelle catacombe. Ma no! Non era stata lei a entrare in quel macabro silenzio, ce l'avevano cacciata.

Essa soffriva le amare, crudeli sensazioni di tutti gli abbandonati, di tutti i traditi; prima lo stupore della sorpresa, la meraviglia di chi non si rende conto, la speranza ingannevole che sia soltanto un sogno, la dolorosa constatazione che purtroppo si è svegli, l'amarezza, l'impotenza e da ultimo la sete di vendetta. Essa nascose quei maledetti giornali che non contenevano niente perché non cadessero nelle mani di qualcuna delle sue ragazze.

Scese giù in strada, restò per un po' sul portone per darsi di nuovo il contegno che aveva mostrato in tutte quelle settimane, giacché le sembrava di avere un aspetto accasciato e intristito. Prima di tutto nessuno se ne doveva accorgere. Andò a fare acquisti in diverse botteghe per quanto non avesse bisogno di nulla. Ma si sentiva spinta a vedere delle persone e a indagare se anche da loro non emanasse già qualcosa del maligno, mortale silenzio che regnava nei giornali. Non aveva bisogno di ciambelline salate, il suo appetito era scomparso da tempo ed essa credeva che in vita sua non avrebbe più avuto bisogno di un solo boccone. Non aveva bisogno dei ganci automatici, non pensava affatto a riparare i suoi abiti vecchi. Non aveva bisogno di un corno per le scarpe, né di un nastro nuovo per il busto, né di un pettinino, né di nocciole. Ma comprò tutte queste cose, erigendo intorno a sé addirittura barricate di pacchi involti in carta di giornali, di quei giornali volubili e traditori. Il suo sguardo cadde sul cartoccio delle nocciole, vi era scritto in grassetto: «Il processo dei pizzi di Bruxelles». Erano passati tre giorni e già quelle pagine servivano a incartare delle nocciole! Per non parlare di quale altro destino era loro ancora riservato allorché, tagliate in quadrati regolari e disposte in blocchi, pendevano alle pareti delle toelette nelle birrerie e nei caffè.

La signora Matzner cercò ancora di parlare coi fornitori nel suo abituale tono dall'alto in basso. Tuttavia le sembrò di non far più quella grande impressione di prestigio che aveva fatto fin allora. Non si poteva disconoscere una certa familiarità nel modo di esprimersi della gente. Grazie alla sua sensibilità esercitata essa se ne rese conto e cominciò subito a temere di essere addirittura considerata molto meno di prima.

«Ebbene, lei ha ottenuto tutto,» le diceva Ephrussi «tutto!». E dicendo così pensava evidentemente solo al denaro...

Qualche settimana dopo essa decise di ritirarsi dalla sua attività, giacché la casa non si poteva più sostenere. Non comprava più lo spumante da Weinberger, fornitore della casa imperiale, ma da Baumann a Mariahilf. E perché no, del resto? I buoni clienti di una volta erano diventati ora così rari, e anche quei pochi le sembravano mutati, intristiti addirittura. Erano appena immagini ingiallite e sbiadite di se stessi. Gli ospiti erano impalliditi, i corpi e i visi delle ragazze, ormai invecchiate, appassivano a vista d'occhio, il frac del pianista aveva riflessi verdognoli, le tappezzerie alle pareti si andavano lentamente scrostando, il divano cigolava solo a sedervisi, sullo specchio si estendevano le macchie opache e perfino la donna delle pulizie, Clementine Wastl, soffriva ormai d'artrite. Non ci si poteva più far nulla. La signora Matzner si assoggettò alla crudele legge del tempo e vendé la casa, che divenne una filiale a buon mercato della casa più mondana della Zollamtsstrasse.

Il distacco non la immalinconì. Una sera, nel crepuscolo autunnale, approfittando del breve intervallo fra l'estinguersi del giorno e l'accendersi dei lampioni, si allontanò in una vettura di piazza. Non si voltò indietro. Le ragazze non le appartenevano più, dipendevano ormai dalla Zollamtsstrasse.

Sembrò dapprima alla signora Matzner di avere ormai concluso la sua vita, ma si ingannava, e anche lei dovette accorgersene. Giacché invece di ritirarsi, com'era stata sempre sua intenzione, in qualche luogo di provincia quieto e lontano dal mondo dove nessuno la conoscesse, decise improvvisamente di restare a Vienna, anzi nel centro di Vienna, nella città vecchia. In modo del tutto naturale, avarizia e avidità di denaro si mescolavano in lei con la paura di restare isolata dal mondo, esposta prima del tempo alla morte e alla vecchiaia, e anche con la paura di perdere il contatto col luogo d'origine della sua fortuna. Avrebbe tradito il suo denaro, pensava, se lo avesse abbandonato a Vienna: sarebbe rimasto orfano, un figlio indifeso. No, non voleva andarsene. Al contrario, prese in affitto una casa nel cuore della città, nella Jasomirgottgasse.

Nei primi due giorni si sentì un po' spaesata e benché fin dalla sua giovinezza conoscesse molto bene la città vecchia, le sembrava talora di non trovarsi affatto a Vienna. Le botteghe erano diverse, le insegne diverse. Perfino gli animali: i cavalli, i cani, i gatti e gli uccelli, erano diversi da quelli della Wieden. Le sembrava che a un merlo del primo distretto cittadino non potesse venire in mente di andare a cercarsi il cibo nel quarto. Aveva anche un po' di paura delle sue due camere, che le sembravano troppo grandi e ammobiliate troppo lussuosamente. Nessun oggetto in quell'appartamento le era familiare. Ogni volta che guardava un mobile le veniva in mente che pagava per tutti il cosiddetto 'diritto di uso', e sebbene l'importo di questo diritto fosse fissato in anticipo, era sempre assalita dalla paura non solo che i mobili a ogni contatto si consumassero troppo poco ma anche che il costo fosse maggiorato per qualche invisibile insidia nascosta nel contratto d'affitto.

Per sentirsi un po' più a casa sua in quell'ambiente estraneo prelevò dalla Banca Ephrussi cinquecento corone in contanti, metà in oro e metà in banconote. Così almeno sapeva che l'aspettava qualcosa di buono quando la sera tornava a casa dopo lunghe e inutili camminate per le strade, dopo ore di sonnolenza passate su una panchina nel Parco di Città o in quello del Rathaus.

Era stata la vedova di un maggiore, trasferitasi a Graz presso il genero, a darle l'appartamento in affitto, e la signora Matzner ereditò qualcosa del prestigio sociale di cui la proprietaria aveva goduto presso il portiere e presso gli inquilini e i loro servitori. Dalla denuncia anagrafica essa risultava 'nubile' e 'benestante'. Mezzi, pareva certo averne. Nessuno la conosceva. Aveva maniere gentili, una mezza dozzina di abiti buoni, tre cappelliere e della biancheria personale di lino di buona qualità. La portinaia teneva le stanze in ordine e qualche volta cercava nei cassetti lettere e documenti, ma non trovò neanche una fotografia, neanche un libretto di risparmio. Finalmente rinunciò alle ricerche e si decise a considerare la nuova inquilina come una persona agiata, discreta, che viveva sola e sulla quale un giorno si sarebbe appreso qualcosa di più preciso.

Nel vecchio baule che essa aveva ereditato dai suoi genitori, un solido baule su rotelle, con rinforzi di ferro, la signora Matzner conservava il denaro; i biglietti di banca erano in un portafogli e le monete d'oro in una reticella d'argento. Quando rientrava, la signora Matzner tirava fuori la chiave dalla borsa, apriva il lucchetto, sfilava il paletto dagli anelli e sollevava il pesante coperchio del baule. Quindi apriva il portafogli e la reticella d'argento, aveva un respiro di sollievo, poi si irritava perché era troppo poco, infine rifletteva che dopo tutto si trattava di una piccola parte del suo patrimonio e respirava di nuovo sollevata. Allora si levava il cappello, riabbassava il coperchio del baule, lo chiudeva a chiave e scendeva dalla portinaia che era solita slacciarle ogni sera il vestito. Poi portando la pellegrina di seta sulle spalle ritornava al primo piano, e tutte le volte, facendo le scale, le veniva regolarmente di pensare che era una leggerezza lasciare tutto il denaro alla banca. Ne avrebbe potuto portare a casa di più. Decideva allora di ritornare l'indomani da Ephrussi, ma per far questo era necessario un coraggio non comune. Allora tornava regolarmente indietro e mandava la portinaia a comprarle un gotto di buona birra, di Okocim o di Pilsen... per addormentarsi, diceva, in realtà per cominciare fin dalla sera a procurarsi, bevendo, il coraggio per il giorno dopo.

La mattina successiva era seduta nell'ufficio di Ephrussi ma il coraggio non l'aveva più. La blanda saggia voce di Ephrussi, molto alto al di sopra di lei sul suo sedile girevole, cadeva lieve sul cappello largo della signora. Del resto lei non aveva più nessun sospetto, nessuna paura per il suo denaro. «Anche se arriverà a centovent'anni, signora Matzner,» soleva dire Ephrussi «lei non soffrirà la fame e avrà un bel funerale, un degno funerale con quattro cavalli, se vorrà, e in più potrà lasciare anche qualche cosa in eredità».

«Tante grazie. Tante grazie per le informazioni» diceva allora la signora Matzner. «La riverisco, signor consigliere imperiale!». E si avvicinava al sedile girevole e tendeva in alto la mano al banchiere. Poi, se la giornata era calda, se ne andava al Parco di Città fino alla rotonda e si sedeva accanto alla casetta del barometro. In quei giorni consolanti se ne andava più tardi nella birreria annessa al ristorante Kriegl nella Wipplingerstrasse.

L'autunno di quell'anno rimase a lungo caldo, benigno e limpido. Nel ristorante del Volksgarten suonava al pomeriggio la banda del reggimento dei Deutschmeister. La banda cominciava puntualmente alle cinque; ma se si arrivava un quarto d'ora prima e si ordinava caffè con panna, non si pagava il supplemento di cinque kreuzer per la musica, ma soltanto trenta kreuzer e quindici per una fetta di focaccia. Era sopportabile, anche se era un po' uno scialo; ma in compenso quella banda procurava alla signora una voluttà impagabile: la voluttà della nostalgia. Erano le ore per dir così poetiche nella vita della signora Josephine Matzner, cioè ore in cui essa sentiva i brividi paurosi e benefici della tristezza, un dolore salutare, una certezza consolante e al tempo stesso terribile che tutto era ormai passato. Essa poteva godere ogni amarezza, poteva crogiolarvisi tutta. La musica suonava melodie a lungo dimenticate, polke, mazurke del tempo in cui Josephine Matzner era ancora una giovinetta e aveva sperato di diventare la moglie del capostazione Anger. Ora non lo amava più, da molto tempo; e come avrebbe potuto? Ma la sua gioventù, quella l'amava ancora, e anche il modo in cui aveva dissipato quella sua gioventù. Tutte le altre ragazze che aveva conosciuto a Budapest quando 'lavorava' presso Jenny Lakatos, erano andate in rovina, in un modo o nell'altro. Anche a loro adesso pensava con nostalgia. Lei sola era riuscita a 'farsi un'esistenza', lei era 'qualcuno', aveva dei mezzi. E ora? – Ah, la musica dei Deutschmeister risvegliava dolci e teneri ricordi del passato, rendeva la vecchiaia leggera, l'amarezza amabile, indorava la pena, e quando cessava e i suonatori sgombravano il podio dei leggii, degli spartiti e degli strumenti, la musica che avevano suonato rimaneva ancora a lungo nell'aria, come avessero lasciato le melodie su nelle nuvole, e gli alberi del Volksgarten, con le loro foglie già appassite e dorate, sussurravano in accordo con le voci interiori della signora Matzner, un po' perplessi ma insieme fraternamente consolatori: E ora? E ora?

Ma un tardo pomeriggio mentre la signora si abbandonava al godimento del caffè, della focaccia e della musica, udì all'improvviso una voce: «Salute, zia Fini!». Era la voce distaccata e nasale di un signore della buona società, come la signora pur così trasognata ebbe a notare. Alzò gli occhi: sì, era un signore, un viso ben noto. Da principio essa non riusciva a ricordarsi a chi appartenesse, poi si alzò di scatto, come se il ricordo la tirasse su. Si alzò come se fosse stata ancora seduta nel salotto della sua casa o alla cassa. Ma sì, era lui: il barone Taittinger – in borghese però. Non si era tolto il piccolo cappello verde da cacciatore. Sorrideva soltanto. I denti brillavano ancora come una volta; ma proprio da quel brillare immutato la signora Matzner si accorse che qualcosa era mutato. Un momento dopo notò anche cosa fosse: i baffi del capitano erano diventati quasi grigi, brizzolati insomma...

La signora Matzner rimaneva in piedi per un antico riguardo verso il capitano, ma anche per una specie di riverenza per quei baffi così mutati. Il barone dette un rapido sguardo intorno e poiché nelle vicinanze immediate non scorse nessun viso noto, disse: «È permesso, signora Matzner?». E si sedette. Si levò il cappelluccio verde e la signora vide che il capo del barone era anche più grigio dei baffi – quasi bianco. Ora restava in piedi più per lo stupore che per rispetto. Gli anni passavano dunque così presto? O gli anni di uno passavano più presto di quelli di un altro? Oppure il barone era ammalato, o infelice?

«Ma si accomodi!» fece lui e lei allora si sedette rigida e guardinga sull'orlo della sedia appoggiando i gomiti al tavolino in un atteggiamento che a lei pareva distinto e adatto alla circostanza.

«Ebbene, ci si diverte sempre da lei?» cominciò il capitano.

«Da me? La casa è venduta, signor barone, io non sono più la vecchia zia Fini, non sono neanche più la 'signora Matzner'. Io sono di nuovo la signorina Matzner come venti anni fa! Abito nella Jasomirgottgasse e risulto una cittadina nubile e benestante; e nessuno si interessa di me. Ah, signor barone, i vecchi tempi! Si ricorda? E ora la solitudine!». Tacque e sospirò.

«Ma racconti, racconti!» disse allegro il capitano, come se da questa introduzione si aspettasse una quantità di storielle divertenti.

La signora Matzner raccontò con ordine preciso quasi tenesse un rapporto militare. Mentre raccontava la storia dei pizzi, si interruppe due o tre volte: «Mizzi Schinagl, il barone ricorderà...» disse e fece ancora una pausa.

Sì, sì. Il nome di Mizzi Schinagl suscitò nel capitano un complesso senso di disagio.

«Io ho anche pregato il tribunale di essere clemente» continuò la signora Matzner. Si aspettava un po' di ammirazione, o solo un po' di riconoscimento, una semplice paroletta, uno sguardo d'approvazione. Ma evidentemente il capitano non aveva sentito quella frase così importante; d'improvviso si era messo a fissare in alto il fogliame ingiallito degli alberi, e una larga foglia secca e dorata, come se egli l'avesse tirata giù con lo sguardo da un ippocastano, prese a volteggiare lieve e lenta e andò a posarsi sull'ampia tesa del cappello della signora. Egli contemplò la foglia gialla sul velluto violetto. Perché ora gli veniva in mente Kagran? Perché Kagran così all'improvviso?

«Ora è in prigione» disse la Matzner, e tornò a sospirare.

Appunto, ora Taittinger si ricordava. Era avvenuto qualche settimana avanti: in fureria aveva dovuto firmare una ricevuta. Si trattava di una raccomandata; la scrittura gli era nota e sulla busta era stampigliato «Verificato per censura». Quelle parole ancor più della scrittura sapevano di 'storia noiosa'. Era una brutta busta ordinaria, verde-azzurra, che ricordava nello stesso tempo la povertà e la legge. Il capitano aveva firmato, aveva aperto distrattamente la lettera e gettato appena uno sguardo sull'intestazione della carta. Vi stava scritto: «Penitenziario Femminile - Kagran». Non ebbe la curiosità di saperne di più. In vita sua non era mai stato troppo curioso. Una lettera con un'intestazione così ridicola, triste, e soprattutto 'noiosa', apparteneva ai fenomeni inspiegabili che ogni tanto perseguitavano il barone Taittinger, come per esempio le lettere del suo amministratore Brandl, i conti del cameriere Reitmayer, alcune superflue comunicazioni del borgomastro di Oberndorf, il comune dove si trovavano le sue terre. Erano per lui quasi fenomeni occulti; non avevano niente a che fare con l'amore, con la società viennese, col servizio, coi cavalli. Tutto ciò non era più neanche noioso ma addirittura *ennuyeux,* il grado più alto della noia.

«Racconti, racconti» andava ripetendo fermamente deciso a non ascoltare più. Dopo molte settimane aveva trovato, ancora una volta, la forza di venire a Vienna. Ancora una volta, come ormai gli avveniva spesso dopo la spiacevole faccenda dello Scià e dopo il brusco richiamo al reggimento, lo aveva afferrato quella pena intensa, insidiosa ed enigmatica alla quale non sapeva dare un nome. Era una strana mescolanza di dolore, vergogna e nostalgia, amore e smarrimento. In quei momenti il capitano arrivava a una visione chiara della propria frivolezza e lo rodeva il rimorso, tanto che ne sentiva, quasi fisicamente, i denti aguzzi. Invano si domandava perché nella sua vita avesse fatto questo, perché avesse omesso di far quello o non avesse còlto quelle occasioni. Tutto quanto era avvenuto nella sua vita, dall'arruolamento in poi, gli sembrava senza senso. Cercava di ricondurre a forza i suoi ricordi alla scuola militare, alla madre, al padre, ma i ricordi non gli obbedivano e correvano avanti per fermarsi sempre alla contessa W., allo Scià, al simpatico Kirilida Pajidzani e al sinistro Sedlacek col suo cilindro; quei ricordi prima si fermavano e poi si mettevano a roteare intorno a quelle quattro figure. Questa storia scabrosa era sepolta da tempo, nessuno la conosceva: né il colonnello né i colleghi ne sapevano niente. Ma quale giovamento ne aveva Taittinger? C'era nella sua vita un episodio del quale non avrebbe mai potuto parlare a nessuno. Gli circolava nel sangue come un corpo estraneo, gli arrivava ogni tanto nella regione del cuore e lo premeva, lo pungeva, lo trapassava. In quei momenti non c'erano che tre vie d'uscita per Taittinger: o fuggire a Vienna, luogo del suo primitivo splendore e patria della sua vergogna o ubriacarsi; oppure... oppure spararsi. La guerra sarebbe stata anche una via d'uscita, ma ovunque nel mondo regnava la pace, una pace soddisfatta, compiaciuta, insolente.

Sì, ora lo sapeva: dunque era stata la Mizzi a scrivergli dalla prigione... a lui!... da una prigione! C'era un'analogia col saluto confidenziale che una volta gli aveva rivolto quel ripugnante agente in borghese, Sedlacek. Dunque, quelle situazioni penose potevano rinnovarsi a ogni istante! Come si poteva fare per evitarle? Per quanto poco il povero Taittinger s'intendesse delle leggi che regolavano la vita del mondo civile, sapeva tuttavia che era consentito a un prigioniero di spedire lettere a chi viveva in libertà. Il direttore del carcere le leggeva, quindi aveva letto anche l'ultima lettera della Schinagl. Taittinger stava ancora contemplando la foglia gialla che era scesa volteggiando sulla tesa violetta del cappello della Matzner.

Oh, egli non inclinava di certo ai sentimenti poetici! Tuttavia in quell'istante cominciò a sentire una curiosa, ridicola tenerezza per la povera fogliolina. Essa annunciava l'autunno senza dubbio! quante volte ormai egli aveva veduto foglie appassite che annunciavano l'autunno! Questa foglia particolare, però, annunciava a lui, solo a lui, Taittinger, il suo particolare autunno, ed egli ebbe un brivido.

Poi a un tratto udì un tintinnare di sciabole e temette che dei colleghi da lui conosciuti potessero vederlo al tavolino della Matzner; allora tirò fuori l'orologio e disse bruscamente, interrompendo il discorso instancabile, e pieno di sospiri, della signora: «Bisogna che io vada. Ci vediamo domani a quest'ora... ma dove?». Rifletté un po'. Dov'era che si poteva stare tranquilli e non visti? Gli venne in mente e disse: «Da Grützner! Le va bene, signora Matzner?». «Come fa piacere al signor barone» rispose lei. Taittinger chiamò il cameriere e si rimise il cappelluccio. Pagò anche per la Matzner, la quale notò con preoccupazione e spavento che il cameriere metteva in conto i cinque kreuzer extra mentre lei invece era venuta un quarto d'ora prima della musica.

Taittinger le porse con distacco le punte di quattro dita. Essa si alzò con un inchino e la foglia cadde dal cappello sul tavolo.

Poi il barone scomparve nel buio del giardino pubblico.

XVII

Per la prima volta in vita sua il barone Taittinger doveva provare che cosa vuol dire 'intraprendere dei passi'. Nella vita militare non si intraprendevano passi. Tutto vi era regolato. Non c'erano complicazioni, o se qualcuna ce n'era, era la conseguenza di certe prescrizioni e disposizioni che avevano il potere di eliminare quella complicazione nell'atto stesso che la creavano. Ma nella vita borghese si doveva spesso 'intraprendere dei passi'. Ogni tanto bisognava rimediare da soli a una situazione perché evidentemente le leggi non avevano il compito di regolare la vita degli uomini ma, al contrario, di portarvi il disordine. Tali riflessioni non fecero dormir bene il capitano quella notte; egli si svegliò presto, quando il mattino autunnale cominciava ad albeggiare. Il giorno prima gli era venuto in mente il medico della polizia, dottor Stiasny, che ogni anno veniva richiamato per le esercitazioni come tenente medico della riserva presso il reggimento di Taittinger. Sarebbe stato impossibile per Taittinger rivolgersi per esempio al commissario capo della polizia, barone Handl, una lontana conoscenza, per il semplice motivo che non lo aveva ancora mai visto in uniforme. Col dottor Stiasny invece era stato più di una volta insieme al circolo degli ufficiali a giocare a domino.

Taittinger si sentì a disagio alla direzione di polizia. Era in borghese e fu inevitabile che le due guardie di servizio all'ingresso lo squadrassero senza riguardo e che agenti e spie, di cui i corridoi formicolavano, lo perseguitassero con sguardi sfuggenti ma penetranti. A ogni momento avrebbe potuto incontrare l'ispettore Sedlacek. La situazione era noiosa e imbarazzante. Dovette aspettare un penoso quarto d'ora seduto su una panca verniciata di marrone insieme a persone che classificò come 'postulanti'. «Il signor dottore prega di entrare» annunciò infine un funzionario.

«Ah, barone!» esclamò il medico della polizia e si alzò. Era grassoccio, rotondo, e si fece premurosamente incontro al capitano sulle sue gambe corte. Taittinger se lo era rappresentato diverso, e ora gli restava difficile vederlo ancora come se lo era rappresentato. Quand'era in borghese il dottor Stiasny portava un *pince-nez* da cui pendeva un nastrino nero, e questo irritava il capitano. «La saluto, dottore!» disse con espressione di sofferenza. Il dottore veniva allora dall'ospedale e odorava di jodio e di cloroformio come una farmacia. Nel taschino del suo panciotto brillava l'aguzza punta di mercurio di un termometro. Taittinger si sedette confuso. Il dottore domandò come stavano i colleghi del reggimento. Il capitano ripeteva: «Grazie, benissimo» e aggiunse: «Che memoria hanno i medici!». Lui dimenticava la maggior parte dei loro nomi appena entrava nella stazione di una città di guarnigione per prendere il treno.

Era un vero martirio attendere tanto a lungo prima di potere esporre quel che gli stava a cuore. E come poteva entrare in argomento? «Sa, dottore, c'è una ragazza, un peccato di gioventù, e ora si trova presso di voi» cominciò così e il dottore credette che si trattasse di una delle cosiddette 'malattie segrete' o addirittura di qualche indebita 'faccenda di levatrice', come lui soleva dire.

Ci volle un interrogatorio particolareggiato prima che il dottore potesse raccapezzare dalle frasi frammentarie di Taittinger com'erano andate le cose. Aveva l'impressione di dover annodare tanti pezzi di filo troppo corti. Quando finalmente capì, si meravigliò, a dir vero, un poco, ma si sentì alleggerito e disposto a recarsi nella mattinata stessa a Kagran insieme al capitano. «No, caro dottore, subito, la prego!» disse Taittinger. Non sarebbe stato in grado di aspettare mezz'ora di più. A un tratto, trovandosi davanti a quella tediosa Kagran, gli sembrava di sentire già in anticipo tutti gli orrori che essa gli riservava. Lui! in una prigione! ma era mostruoso! Il dottore Stiasny ne parlava con tanta naturalezza. Certo, non tutti sono medici della polizia e vanno ogni giorno in giro per le prigioni. Si doveva sbrigare la faccenda al più presto.

Durante la corsa in vettura verso Kagran, Taittinger se ne stava preoccupato e silenzioso; andavano quasi di galoppo. Quando furono arrivati, la noia, la preoccupazione e la paura lo avevano talmente afflitto che aveva quasi raggiunto uno stato di indifferenza.

Il direttore della prigione, consigliere Smekal, aveva lenti cerchiate d'oro, ma neanche quelle riuscirono a irritare l'infelice Taittinger. Fu presentato, tese la mano, fece tutto ciò che si doveva fare ed ebbe solo una sensazione confusa di ciò che avveniva di lui e intorno a lui. Sentiva il direttore parlare come da grande distanza e dire che gli era impossibile interdire a certi detenuti di spedire lettere. Gli era proprio impossibile. Capiva perfettamente i 'problemi' del signor barone, ma, come già aveva detto, «le prescrizioni»!... Avrebbe anche cercato di influenzare la detenuta Schinagl, nel senso che non scrivesse più se non a suo padre a Sievering e a suo figlio a Graz. E del resto la cosa più semplice sarebbe stata che il signor barone parlasse direttamente con lei. Non c'erano prescrizioni in contrario. Il consigliere Smekal poteva far venire subito Mizzi Schinagl anche lì, in direzione. Quanto a lui, doveva assentarsi proprio allora una mezz'oretta per un giro d'ispezione. Prima ancora che Taittinger avesse afferrato bene, il dottor Stiasny disse: «Ottimo!», e mentre uno strano languore di plumbea tristezza, mai prima conosciuto, calava sul povero Taittinger, il consigliere già suonava il campanello, dava l'ordine, toglieva il cappello dall'attaccapanni e diceva: «Dunque, fra una mezz'ora, signor barone». E anche il dottore Stiasny diceva: «Frattanto io vado nel cortile».

I due signori erano scomparsi e non si era neanche sentito aprire e chiudere la porta. Taittinger era ormai solo nella stanza del direttore, fra tabelle strane attaccate alle pareti, pacifiche pratiche foderate di verde e, proprio di fronte, un grande calamaio di acciaio che aveva spalancato diabolicamente le sue nere fauci infernali.

Un sorvegliante entrò, fece il saluto militare, uscì di nuovo. Dalla porta rimasta aperta Mizzi Schinagl entrò in direzione. Essa si spaventò visibilmente: prima si voltò come se volesse tornare nel corridoio, poi sembrò riflettere, si fermò sulla soglia e si coprì il viso con le mani. Le avevano detto soltanto che doveva andare dal signor direttore. Allorché scorse Taittinger, prima sentì di dover fuggire come davanti a una catastrofe, e subito dopo ebbe la paurosa certezza che tutte le vie di scampo le erano precluse. Ma un'intensa gioia la inondò, e poi subito una vergogna altrettanto intensa. Rimase così per alcuni lunghi secondi, con le mani davanti agli occhi. Le sembrava che se avesse staccato le mani dal viso non avrebbe più veduto Taittinger: egli sarebbe scomparso. Teneva la sua immagine ferma, a forza, dietro le palpebre chiuse. Finalmente allontanò le mani, ma i suoi occhi rimasero chiusi. Sentì che di lì a un momento avrebbe pianto; le rincresceva e al tempo stesso lo desiderava.

Taittinger era smarrito come non mai in vita sua. Si alzò ma non andò verso la Mizzi, bensì alla parete, e si mise a fissare con lo sguardo assente un'assurda tabella. Le sue mani giocherellavano col cappelluccio verde e coi guanti grigi. Passarono alcuni minuti prima che la sua frivola indifferenza, il suo disinvolto distacco, ritornasse. «Dunque sei qua, cara Mizzi! Lasciati guardare! Come stai?» disse col suo antico, tenero, nasale buon umore. La sua voce suonava amabile agli orecchi della Mizzi e per udir meglio essa aprì anche gli occhi. «Siediti, Mizzi» disse Taittinger ed essa obbedì, e si sedette sull'orlo della sedia, con le mani congiunte nel grembo, come una scolaretta. Egli pensò che sarebbe stato opportuno un piccolo complimento; ma in quelle circostanze non era possibile. «Hai proprio un bell'aspetto», per esempio, sarebbe stato certamente fuori di posto. «Tante grazie,» balbettò la Mizzi «che tu... che il signor barone sia venuto, chiedo scusa per la lettera». (Già, appunto, la lettera; era questo il motivo per cui lui era venuto, ma bisognava dirlo con garbo). «È stato tanto gentile esser venuto,» diceva la Mizzi quasi senza voce «quando l'ho chiesto... e sono tanto disgraziata. È stato così... così... nobile!». Aveva trovato questa parola con gran fatica e, quasi liberata a un tratto, un torrente di singhiozzi eruppe dal suo petto. Taittinger si avvicinò con passo elastico, e lei lo vide venire attraverso le lacrime; un angelo in completo grigio si librava verso di lei. Quando le fu accanto, egli non sapeva ancora che cosa dovesse dirle. A un tratto, una voce sconosciuta prese a dettargli, una voce che egli non aveva ancora mai udito. Parlò come essa gli suggeriva: «Mi fa tanto piacere quando ricevo una lettera gentile. La leggo subito lì, in fureria, sai: in fondo io sono un buon diavolo». Voleva continuare, voleva addirittura dire che la pregava di mandare tante lettere, ma a questo punto la sua lingua si rifiutò all'improvviso, e gli venne in mente che avrebbe dovuto dire esattamente il contrario. Perciò gli parve opportuno cominciare la frase seguente con un 'però'.

«Però, sai» continuò «il fatto è che Zenower, il furiere voglio dire, riceve tutti i giorni un mucchio tale di lettere... e può essere che nella fretta apra qualche lettera riservata e perciò ho pregato anche tutti gli amici e i conoscenti di non scrivermi più, eccetto... eccetto...» esitò, quella voce sconosciuta divenne a un tratto molto forte e gli dettava quasi con violenza, così egli disse: «... eccetto che indirizzando a H.v.T., fermo posta».

«H.v.T., fermo posta» ripeté la Mizzi. Ora Taittinger guardava la sua cuffietta blu. Stava in piedi davanti a lei e i suoi ginocchi toccavano il lungo camice a strisce. La cuffia lo irritava: era del tessuto rigido e fibroso con cui si fanno i sacchi e lui si ricordò della contessa Helene W. e dei capelli delle due donne, e improvvisamente, con un movimento brusco di due dita, tirò giù la cuffia. Nello stesso istante Mizzi Schinagl si coprì la testa con tutte e due le mani e ricominciò a piangere amaramente. I suoi capelli si drizzavano in ciuffi rigidi, ispidi, irregolari e Taittinger fece fatica a non retrocedere d'un passo. Orrore e pietà lo riempirono, lo inondarono. Sì, pietà. Per la prima volta in vita sua provava pietà. Si sentiva come uno che ha paura della sua propria felicità. Carezzava quei ciuffi ispidi con mano timida e si meravigliava di farlo. Non era più l'antico Taittinger, si perdeva, cadeva e quella caduta procurava una gioia nuova, sconosciuta, somigliava a un librarsi in alto. «Quando esci di qui?» domandò e coprì di nuovo con l'orribile cuffia la povera testa della Mizzi. «Non lo so,» rispose lei singhiozzando «sarebbe meglio che rimanessi qui!». «Vedrò quello che posso fare» disse Taittinger. «Grazie, signor barone!» disse Mizzi.

Egli non aveva più il coraggio di guardarla; gli sembrava ora di essere colpevole. Solo che non sapeva come, perché. Forse la Mizzi se ne accorse; si alzò con mossa improvvisa: «Posso andare, signor barone?» domandò, e c'era dignità e grazia nel suo modo di alzarsi, nel suo sguardo, nella sua voce.

«H.v.T., fermo posta» disse Taittinger. Mentre la Mizzi se ne andava si udivano i suoi zoccoli picchiare prima sull'assito della direzione, poi con suono più forte e secco sul lastrico del corridoio. Taittinger non si girò a guardare; stava rivolto verso la parete fissando con lo sguardo assente le assurde tabelle.

Soltanto allora gli venne in mente che si sarebbe dovuto informare del figlio. Dove si trovava ora? Oh, non si trattava affatto di senso del dovere! Lo addolorava solo di aver mancato alle regole della cortesia. Al tempo stesso si ricordò vagamente che, per esempio, il tenente Wander aveva un figlio illegittimo e doveva per questo sborsare ogni mese una certa somma. Perché lui, Taittinger, non avesse mai pagato nulla finora per il ragazzo non sapeva spiegarselo. Dipendeva certamente da quella cosa incomprensibile che erano le 'leggi'. Ma qualcosa lo addolorava, non sapeva neanche lui che cosa: sentiva soltanto che non avrebbe mai potuto dimenticare i capelli tagliati della Mizzi. Sembrava che anche alla sua mano destra fosse toccata una specie di memoria; anche la palma della sua mano destra avrebbe sempre mantenuto il ricordo dei duri, ispidi ciuffi della Mizzi.

Quando fu di nuovo in vettura insieme al dottore Stiasny per ritornare in città, cominciò quasi contro la sua volontà a parlare di cose fatue, a raccontare fatti della sua gioventù con vivacità e allegria addirittura infantili. Si ascoltò parlare per qualche istante e si accorse di essere ormai vecchio, avvertì il ridicolo dei suoi discorsi e provò indulgenza verso se stesso. Era come se fosse formato dai due Taittinger: uno giovane e sciocco e l'altro vecchio e più savio.

Triste e frastornato si recò nel pomeriggio all'appuntamento con la Matzner. Si fece raccontare nei particolari la storia dei pizzi e tutto quanto il processo. Con suo proprio stupore si accorse che capiva perfino le questioni d'affari.

La Matzner gli ripugnava alquanto; per la prima

volta anzi, sentiva la differenza fra noia e ripugnanza. Quando capì che solo l'avidità di quella donna era stata la causa del processo fu addirittura in grado di meravigliarsi che essa conservasse la coscienza tranquilla. Si sentiva stranamente respinto e attratto al tempo stesso, coinvolto irrimediabilmente in una 'faccenda estranea'. Quando la Matzner nel corso della sua narrazione lasciò cadere il nome di Sedlacek, il capitano fu anche preso dalla paura. Chiamò il cameriere, pagò alla svelta e se ne andò lasciando la Matzner disorientata. «Il mio indirizzo, signor barone» gli gridò dietro, e scrisse il suo indirizzo sul rovescio di una busta che aveva tirato fuori in fretta dalla borsetta.

Il capitano lo mise cortesemente nel suo portafogli.

La Matzner rimase seduta fino a tardi. L'aria della sera d'autunno era limpida, frizzante. Quando la Matzner si alzò per andare all'omnibus a cavalli, sentì un leggero capogiro e un brivido gelato addosso. Credette che dipendesse dal vino, al quale non era abituata, e anche dall'eccitazione che l'incontro col barone le aveva causato. Per strada, nell'omnibus, si propose di prendere una camomilla.

XVIII

Anche il giorno dopo la Matzner continuò la sua solita vita. Si svegliò abbastanza allegra. Giornali non ne leggeva da quando aveva riconosciuto definitivamente che il mondo non si interessava più di lei. Il duplice incontro col barone le procurava ancora per quel giorno una certa consolazione. Le notizie più importanti della «Kronenzeitung» e del «Neuigkeits-Welt-blatt» gliele portava la portinaia quando la mattina verso le nove veniva su per le pulizie. Sebbene la Matzner desse solo mance modeste e risultasse ufficialmente nubile la portinaia la chiamava 'signora' (di solito evitava il cognome).

Quel giorno dunque non si distingueva ancora, per il momento, da quelli passati. Le chiare, dolci giornate di autunno sembravano voler durare. La signora, mentre la portinaia le allacciava il vestito, si fece un programma. Prima sarebbe andata alla banca di Ephrussi, poi dal notaio e infine alla direzione di polizia per vedere ancora una volta l'ispettore Sedlacek. A suo avviso, era importante comunicare a Sedlacek che aveva incontrato il barone Taittinger.

Ma per la strada, allorché l'avvolse l'aria limpida,

mite e piena di promesse di quel benigno autunno, Sedlacek le parve sempre più importante. Si fece anche più insistente il desiderio di vantarsi del suo incontro col barone davanti a qualcuno che fosse in grado di apprezzare queste cose. Volse così il suo passo deciso verso il caffè Wirzl sullo Schottenring, dove l'ispettore soleva giocare a tarocchi dalle undici all'una coi redattori di cronaca nera. Non si può mai sapere, tutto è possibile. Può darsi che il barone sia venuto a Vienna per una faccenda importante. In borghese. Perché era in borghese? Può darsi che Sedlacek sappia qualcosa di più preciso. Può anche darsi che per lui sia importante apprendere qualcosa in proposito. Sedlacek era venuto assai spesso nella casa della Matzner per informarsi di quali signori erano stati da lei la sera avanti. Anche i redattori erano al caffè, e fra loro c'era Lazik. Poteva darsi anche che i giornali trovassero interessante la storia della Matzner.

In quel momento nel caffè Wirzl ci si riposava tra una partita e l'altra. Sedlacek e i suoi compagni di gioco mangiavano salsicce di Praga con radice di ramolaccio e bevevano birra extra. La signora Matzner fu salutata con rumorosa cordialità: «È un pezzo che non ci vediamo, zia Fini!». Le fu offerta una tazza di Marca Oro e un chifel, ed essa, sgranocchiando con gusto e in modo udibile quel chifel croccante, cominciò la sua storia con queste parole: «Dunque, signor Sedlacek, lei si meraviglierà. Io me ne stavo seduta buona buona al Volksgarten e chi vedo venir tutt'a un tratto? La musica suonava appunto "Lassù dove sono le nuvolette"... Ebbene, chi vedo venire?».

«Senti, senti!» ripeteva l'ispettore. Il redattore Lazik appuntò la data della partenza di Taittinger sul polsino, non si sa mai. «La ringrazio molto» disse Sedlacek. La Matzner si alzò e, simile a un pallone che abbia appena gettato la zavorra e si levi libero e superbo nelle regioni superiori, s'involò fuori della porta.

Andò da Ephrussi, ma quel giorno il consigliere imperiale non era in ufficio, per la prima volta dopo trent'anni. Il contabile, che oggi appariva mutato, con un'aria quasi d'estraneo, ricevette la signora Matzner e le comunicò che il consigliere era stato improvvisamente trasportato in clinica la sera avanti ed era sotto operazione. Si trattava di appendicite e c'era pericolo di vita.

«E che cosa avverrà del denaro?» esclamò la Matzner.

«Quale denaro?» domandò il contabile.

«Il mio, il mio!» gridò la signora e si lasciò cadere su una poltrona pesantemente, come se all'improvviso il suo peso si fosse raddoppiato.

«Calma, calma» disse il contabile «la banca resta la banca, signora Matzner, anche se, Dio ne guardi, dovesse accadere il peggio. Il suo denaro rimane il suo denaro!».

«È meglio che vada alla clinica,» disse la Matzner «mi voglio informare». Aveva già il pianto nella voce e sentiva un'oppressione al cuore. Una nebbia confusa ondeggiava davanti ai suoi occhi.

«L'indirizzo, l'indirizzo!» andava esclamando. Le fu dato l'indirizzo. Sebbene i piedi le tremassero e il cuore le battesse violentemente essa si trovò fuori in un attimo come per miracolo e già faceva cenno a una vettura di piazza: «Clinica Haselmeyer!» strillò, come se gridasse: «Al fuoco!».

Arrivò appena un quarto d'ora dopo che il consigliere Ephrussi era morto in seguito all'operazione di appendicite. La notizia le fu data in forma fredda e burocratica com'è nello stile delle cliniche.

Fu colta da svenimento. Si riebbe nella sala delle visite grazie all'effluvio acre-amaro dei sali d'ammoniaca. Scese a stento le scale al braccio di un infermiere. I suoi piedi sentivano ancora il terreno, la sua mano destra il manico dell'ombrellino, la sua sinistra la borsetta; ma i suoi pensieri non avevano più alcun punto d'appoggio, come uno stormo di uccelli impazziti essi si precipitavano di qua e di là in una sorta di strepito silenzioso, cozzavano fra loro con la testa e le ali, sparivano all'improvviso e ritornavano in rinnovata confusione. Il cuore faceva fatica a battere, saltava su e giù, su e giù. Qualcuno domandò alla Matzner il suo indirizzo, qualcuno la mise su una vettura, qualcuno la consegnò alla portinaia. Fu condotta nel suo appartamento, fu adagiata sul divano. Ebbe ancora abbastanza presenza di spirito per dire: «Lasciatemi sola, voglio dormire!». La lasciarono sola. Andò al baule e cercò il denaro, prese con sé il portafogli e la borsa di rete d'argento e introdusse l'uno e l'altra nella calza. Trovò gradevole il contatto della borsetta d'argento che scivolò giù dal polpaccio fino alla caviglia, una cara bestiolina! Poi si lasciò cadere nella poltrona e si addormentò con l'intimo desiderio di dormire una settimana, un mese, un anno intero.

Ma si svegliò la sera del giorno stesso; il sole non era ancora tramontato. La fronte le bruciava, le tempie erano dolenti e plumbee. Brividi di freddo le correvano per il corpo uno dopo l'altro. Si alzò, si accostò ansando alla porta, l'aprì, raccolse tutte le forze e gridò: «Signora Smelik, signora Smelik!» e si meravigliava di avere ancora una voce. La portinaia accorse, le allentò il busto e subito il corpo della signora Matzner sembrò una massa amorfa, traboccante, di una sostanza indeterminata, tenuta insieme dalla biancheria di lino. Le calze non permise che gliele toccassero.

Alla signora Smelik parve il caso di chiamare il dottore. Lo disse anche alla Matzner, sebbene credesse di aver capito che la malata non afferrava troppo bene quello che le si diceva. Ma si sbagliava. La Matzner domandò solo: «Quanto costa una visita?». «Mezza corona» rispose la portinaia. «Lo so dall'ultima volta che è venuto per la moglie del maggiore». «Ebbene, lo faccia pure venire» disse la Matzner. Pensava solo a levarsi le calze con dentro il denaro senza testimoni e a nasconderle nel letto, sotto il cuscino.

Il dottore arrivò. La Matzner era a letto, già spogliata; sentiva appena la calza col denaro sotto il cuscino. Le sembrò di essere lì distesa da lunghissimo tempo e di aspettare qualcosa. Il viso le bruciava e ogni tanto aveva la sensazione che la sua testa non appartenesse più al corpo, giacché questo era freddo come un pezzo di ghiaccio. Finalmente udì il rumore della chiave, cercò un istante di rammentare chi era che stava aspettando e chi potesse venire ora, ma non le riuscì di ricordarlo. Vedeva bene che la portinaia era entrata con un signore estraneo e sapeva che quella era la portinaia e quello un signore estraneo – ma nello stesso tempo aveva l'impressione che fosse entrata Mizzi Schinagl e dietro di lei il barone Taittinger. Come era cambiato il mondo! La gente arrivava a gruppi di due e di tre e non era più possibile raccapezzarsi. Il dottore (o era piuttosto il barone Taittinger?) fece un cenno alla portinaia (o era piuttosto la Mizzi?) perché uscisse, poi si avvicinò al letto e trasse fuori dalla tasca del panciotto un oggetto lucente. La Matzner mandò un grido, ma subito si calmò come narcotizzata dall'odore di sigaro e di acido fenico che emanava dal dottore.

Questi palpò, picchiò, auscultò, strinse il polso. Il suo contatto era tanto imbarazzante quanto benefico, tanto piacevole quanto umiliante: inquietava e al tempo stesso calmava l'animo della Matzner. Il dottore si allontanò e, simile a una scura nebulosa, se ne stava ritto da qualche parte, chino su una bacinella nella quale sguazzava infantilmente con le mani nell'acqua. La porta si aprì di nuovo, la portinaia ricomparve e questa volta era lei veramente e non un'ambigua e trasformata Mizzi; e anche il dottore era il dottore e non aveva niente a che fare col barone Taittinger. E la Matzner udì distintamente quello che il dottore diceva alla portinaia: «Pleurite! Ha la febbre alta. Manderò un'infermiera; sarà qui fra mezz'ora. Lei può rimanere frattanto?». «Sì, dottore» disse la portinaia, e rimase. Si sedette al capezzale proprio vicino alla Matzner. La faccia della portinaia si stemperò, si disfece in una poltiglia grigia. Quando finalmente l'infermiera arrivò la Matzner non connetteva più, raccontava dei fatti di quand'era bambina.

La mattina dopo migliorò, e non lasciò che il dottore ne dubitasse perché gli domandò subito quanto costava una visita. «Mezza corona» rispose il dottore. Ebbene, lei riteneva che se il dottore prevedeva di dover ritornare altre volte, sarebbe stato meglio accordarsi prima. E per disporlo meglio gli raccontò che la morte improvvisa del suo banchiere la metteva in pericolo di perdere anche 'il poco' che le rimaneva. Sì, rispose il dottore calmo, doveva tornare ancora e frattanto non c'era bisogno di chiamare il prete. Si sarebbero accordati meglio a guarigione avvenuta.

Fin tanto che il dottore fu nella camera la Matzner rimase serena. Ma quando se ne fu andato, la signora non ricordò, di tutto quello che aveva detto, se non l'allusione al prete. E a un tratto il bravo dottore le apparve falso e bugiardo, insidioso annunciatore di morte. Il prete! da molti, molti anni non ci aveva più pensato. Un prete! Si ricordò della sua prima comunione. Nella sua vita la Matzner aveva esclamato spesso «Gesù!», oppure «Gesù, Giuseppe e Maria!» così senza riflettervi. Ma perché il dottore aveva parlato del prete? Perché aveva detto che per ora non c'era bisogno di pensarci? E se aveva detto così, non era questa una prova che... al contrario, era proprio il momento di pensarci?... La morte? Era vicina? Che cos'era la morte? Una specie di prima comunione, ma in nero, probabilmente, invece che in bianco.

La Matzner prese solo un po' di semolino, si addormentò, sognò della sua prima comunione, dei suoi genitori, poi del processo, del giudice, del pubblico ministero, degli avvocati, dei giurati. Due o tre volte gridò forte: «Prego d'essere clementi!».

Alla sera la febbre salì; poco prima di mezzanotte chiese un prete. Era un uomo semplice. Svegliato a mezzo del sonno, era anche più semplice che di giorno. Da diverso tempo non aveva più somministrato i sacramenti a moribondi e tanto meno a febbricitanti, e non afferrava tutto quello che la Matzner gli diceva.

Per esempio, essa gli domandò se la professione esercitata durante la sua vita la dannasse all'inferno. E quando lui le domandò che professione avesse mai esercitato, lei disse di essere stata proprietaria di una casa nella Wieden. Il prete non capì e rispose che posseder case non era peccato. Gli disse ancora che era nubile, ma anche questo non era peccato per lui. Si stancò e chiuse gli occhi cosicché al parroco parve che si fosse addormentata, ma era sveglia e nonostante la febbre era anche in grado di pensare con chiarezza. L'immensa paura della morte scacciava la sua confusione. La paura dell'aldilà le schiariva il cervello e le rasserenava l'anima. Nel concetto meschino e sconsolato che in vita sua si era fatta del peso della colpa e delle possibilità di liberarsene o anche solo di alleggerirsene un po', il denaro era uno dei mezzi principali grazie a cui si potesse espiare. Mentre teneva così gli occhi chiusi, rifletteva freddamente che i doni potevano far rimettere i peccati: tutta quanta la sua vita peccaminosa, la casa di piacere e il processo per il quale Mizzi Schinagl era finita in prigione, le piccole trattenute, ingiustificate e perfide, messe talora nei conti delle sue pensionanti e qualsiasi altro peccato che si trovasse elencato nel catechismo, anche quelli più semplici come, per esempio, la maldicenza e le espressioni blasfeme di cui la sua vita formicolava.

Era persino decisa a dire al reverendo che voleva lasciare il suo denaro per opere di beneficenza e a favore della Chiesa, una parte anche, come riparazione, alla Mizzi, che doveva aver perso tutto. Sì, voleva lasciare tutto il suo denaro! Sebbene il banchiere Ephrussi fosse ormai morto (pensava di cercarlo da qualche parte, lassù) e lei sospettasse di quel contabile così equivoco, qualcosa alla banca doveva pure esserci rimasto. Qualcosa, non molto! Naturalmente doveva restare qualcosa anche per la sepoltura: doveva anzi riuscire un bel funerale, pensava, e si tirava su a sedere fra i cuscini. Parlando di gran carriera, come se recitasse qualcosa da tempo imparato a memoria, raccontò al reverendo che voleva lasciare un terzo del suo denaro ai poveri, un terzo alla Chiesa e un terzo a Mizzi Schinagl. Voleva far venire il notaio il giorno dopo, subito la mattina. Il parroco assentiva col capo. Essa gli chiese, con una nota di diffidenza nella voce, quanto pensava che venisse a costare un funerale di prima classe con quattro cavalli. Questo, secondo il reverendo, doveva saperlo la «Pietas», l'impresa di pompe funebri, e sarebbe stato facile informarsi. Comunque lui per la messa funebre non prendeva più di una corona, era un diritto fisso. Ora era anche pronta a morire, e il parroco cominciò la sua opera. «Confesso i miei peccati in contrizione e umiltà» disse la Matzner con voce sonora come una scolaretta.

Ricadde poi fra i cuscini e si addormentò subito. Dormì tutta la notte un sonno sereno e senza sogni. La mattina si svegliò con poca febbre, vivace come una volta nei suoi giorni migliori e piena di energia. Fece subito chiamare il notaio; non bisognava risparmiare, la portinaia dovette prendere una vettura. Era come se la Matzner si preparasse alla morte così come altri si preparano a importanti transazioni commerciali. Si fece porgere una cuffia da notte blu e una camicetta orlata di celeste. Così ricevette il notaio.

Prima di tutto gli domandò che cosa potesse essere avvenuto del denaro che era rimasto nella banca del compianto Ephrussi. Il notaio la rassicurò: non c'era pericolo, il denaro era sicuro. La Matzner chiese che il notaio stendesse il testamento e gli espose i suoi desideri attenendosi alla promessa che aveva fatto al parroco il giorno prima. Il notaio prese appunti su un foglio, tirò fuori penna e calamaio dalla sua cartella di pelle e si sedette al tavolo. Prima scrisse le formule d'uso con la sua scrittura lenta, con la cautela di uno che sta incidendo. Quando arrivò alle cifre si voltò verso la Matzner e chiese: «Sa con precisione a quanto ammonta il suo patrimonio?». Lei non lo sapeva. «Sono esattamente» disse il notaio e tornò a sfogliare le sue carte «ventitremila corone e ottantacinque kreuzer. Mille corone le ha ritirate dalla banca due settimane fa». «Quanto ha detto?» domandò la Matzner. «Ventitremila e ottantacinque» ripeté il notaio.

Tanto denaro! E lei doveva morire! Ma perché si era ammalata? Non era possibile che la malattia fosse un brutto sogno? Che cosa ne sanno i dottori? E se fosse stato il grande spavento per la morte di Ephrussi? Chi aveva poi detto che lei doveva morire? Dov'era scritto? E se avesse avuto da vivere ancora vent'anni, o diciamo magari dieci, non c'era abbastanza tempo per fare un testamento? «È sicuro, signor notaio?» domandò. «Sicurissimo» confermò il notaio.

Lei si abbandonò sui cuscini e rifletté a lungo mentre il notaio teneva pazientemente la penna che aveva estratto a un centimetro dal foglio. Finalmente la Matzner si decise. Si tirò su e un po' vergognosa disse: «Vorrei lasciare in eredità solo le mille corone che ho qui in casa, per ora. Se sarà necessario la farò ancora chiamare. Tre parti, signor notaio! Trecento per i poveri, trecento per la Chiesa e trecento per Mizzi Schinagl. Cento rimangono per spese varie». Non sapeva in che cosa potevano consistere le spese varie; aveva detto solo così per dire. Le sembrava di suscitare in questo modo l'impressione di una certa liberalità. «Spese varie?!» esclamò il notaio. «Ma bisogna specificare!» e propose: «Funerale e lapide al cimitero». Parole che alla Matzner, appena un momento prima disposta alla morte, suonarono sinistre.

E il notaio già scriveva lento ma inesorabile. Il suo corpo, la sua testa, il suo viso erano impenetrabili. Poteva pensare a qualsiasi cosa, o anche a niente. Era un funzionario, un ufficio chiuso a chiave. Che cosa si può sapere di quello che accade in un ufficio chiuso a chiave, in un imperial-regio ufficio di notaio?

La Matzner trattenne il respiro gustando tutta la solennità del procedimento – e, al tempo stesso, la segreta certezza che aveva ancora molto da vivere. La sua era, per così dire, una prova generale della morte. Tutti, compreso il reverendo del giorno prima, si rallegravano già della sua morte. Solo lei sapeva che sarebbe rimasta in vita. E che vita sarebbe stata da qui in avanti! La vita di una rinata, di una reduce dall'aldilà.

«E il resto del suo patrimonio?» domandò il notaio.

«Di questo parleremo!» disse la Matzner. Firmò con la penna che il notaio le porgeva. Poi questi introdusse accuratamente il foglio in una busta spessa, foderata di tela, e vi applicò un sigillo. Candela e ceralacca le tirò fuori dalla sua cartella. Davanti alla candela accesa, che ricordava la morte, la Matzner chiuse gli occhi. Li riaprì quando sentì che il notaio soffiava sulla fiammella. «Arrivederla» disse il notaio. Lei gli sorrise.

Mangiò poi con molto appetito un semolino e chiese anche qualcosa di più consistente. La prese una gran voglia di gulasch e di birra di Okocim. Non era malata, per niente; ma pensava di recitare quella parte ancora per un po': uno, due giorni. Tuttavia la sera, quando il dottore ritornò, non lo riconobbe. Grosse gocce di sudore le imperlavano la fronte. L'elastico della cuffia troppo teso le stringeva il capo. Ebbe l'impressione di portare una corona e pregò con voce piagnucolosa: «Toglietemi la corona», e nel ricordo confuso dell'assoluzione del giorno prima aggiunse: «La corona di spine». Ma nessuno badava a quello che diceva. Il termometro segnava quaranta gradi di febbre.

Improvvisamente mandò un grido. Sentiva un dolore lacerante alla schiena, come se le avessero cacciato nelle costole una spada dal doppio taglio affilato. Spalancò la bocca, il respiro le mancò; voleva gridare qualcosa come «Aria!» oppure «Aprite la finestra!» ma dimenticò subito. Sentì un gran caldo, uno spavento indefinibile l'afferrò, annaspò con le dita sulla coperta. Il dottore mandò l'infermiera a prendere l'ossigeno in farmacia e preparò una siringa di morfina. L'infermiera venne su con le bombole. In quel momento la Matzner si levò seduta sul letto e ricadde subito indietro. Un lieve tremore muoveva le sue palpebre e le mani si agitavano sulla coperta; poi la mano destra ricadde fuori dalla sponda del letto. La pace discese su Josephine Matzner.

La seppellirono in uno dei primi giorni piovosi di quell'autunno. Fu un funerale di terza classe con due cavalli e senza valletti gallonati. Il notaio, secondo le regole, pubblicò sui giornali l'annuncio consueto: «Si cercano gli eredi».

Due mesi più tardi si presentò un nipote della Matzner, coltivatore di luppolo nella regione di Saaz, benestante e senza alcun sentimento di gratitudine né verso il destino né verso la zia.

Il penitenziario femminile di Kagran ricevette la comunicazione che la detenuta Mizzi Schinagl era venuta in possesso di trecento corone quale erede della defunta e nubile Josephine Matzner.

Il redattore Lazik lesse la notizia sui giornali e nel suo cervello fecondo prese forma un piano preciso. Ne parlò al suo amico, l'ispettore Sedlacek, al caffè Wirzl sullo Schottenring.

XIX

Ovunque regnava una pace profonda, una pace persino crudele tant'era profonda, e il bollettino speciale della polizia, che soleva comunicare anche i casi più banali, consisteva di appena due pagine e mezzo al giorno. Il consorzio dei redattori di cronaca sedeva depresso al caffè Wirzl, esausto dalla calma insopportabile, paralizzato da quella pace priva di eventi, e senza la minima speranza di un fatto sensazionale. Appena la porta si apriva gli uomini sollevavano lo sguardo dalle carte da gioco. Quando si avvicinava qualcuno degli agenti in borghese che di continuo entravano e uscivano, lo guardavano con volti tesi come se gli occhi potessero già cogliere quello che gli orecchi non intendevano ancora. «C'è qualcosa?» domandavano cinque o sei voci tutte insieme. L'agente restava col cappello duro in capo, segno che non aveva intenzione di sedersi, cioè che non aveva nulla da raccontare, e le teste si riabbassavano sulle carte con sconsolata apatia. Il solo Lazik perseguiva in silenzio un suo progetto molto preciso. A guardarlo non s'indovinava nulla; del resto fingeva di essere anche lui, come gli altri, scoraggiato dalla mancanza di prospettive propria di quello sciagurato periodo di calma. Frattanto però preparava un filo dopo l'altro, li intrecciava in una maglia e poi tornava a dividerli, allacciava in nodi stretti elementi lontani fra loro e d'altra parte recideva e separava ciò che di per sé era congiunto, giacché gli occorrevano i singoli membri di una particolare famiglia di pensieri per formare altre parentele, altre concatenazioni. Solo lui avvertiva un'interdipendenza fra la morte del banchiere Ephrussi e quella di Josephine Matzner. Se ricordava bene Ephrussi aveva a suo tempo preso in pegno le famose perle della Schinagl e forse le aveva vendute ad Anversa. Certo non si potevano stabilire dei rapporti diretti fra le perle, la Persia, lo Scià, la Matzner, Ephrussi e la Schinagl, ma ne esistevano di indiretti dei quali valeva la pena di occuparsi perché promettevano sviluppi interessanti. Inoltre nel brutto inganno di cui lo sciocco musulmano era stato vittima, era coinvolto allora anche il barone Taittinger. Era una fortuna che la Matzner buon'anima fosse stata al caffè Wirzl poco prima della sua fine improvvisa! Il 'materiale' non scarseggiava. «In gamba, Lazik!» disse Lazik.

Una mattina, mentre erano seduti a giocare i loro deprimenti tarocchi, Lazik lasciò andare alla ventura un pesante sospiro. «Cosa c'è?» domandò Keiler. «Ti vuoi rimettere a scrivere poesie?». Era un'allusione malevola in quella cerchia. C'era ancora qualche giornalista che si ricordava di un volume di versi di Lazik, generalmente dimenticato. «Si diventa davvero malinconici,» disse Lazik «quando si pensa alla morte. Ben poco è passato da quando la povera Matzner era seduta qui, e ora la rodono i vermi. Però, quanto denaro ha lasciato!». Gli altri assentirono col capo. «Era tempo che morisse» disse Sedlacek. «Ormai i tempi sono cambiati e lei non aveva saputo adattarsi. La casa della Zollamtsstrasse le ha dato il colpo di grazia». «Il suo apogeo fu lo Scià. Ti ricordi delle perle?» domandò Lazik. «Ma dove sono andate a finire?».

«Da Ephrussi,» rispose Sedlacek «e anche lui è morto!». «Ah, se avessimo ora un caso simile!» ricominciò Lazik. «Non ritorna più lo Scià?». «Mi pare che nel "Fremdenblatt" sia apparso qualcosa in proposito, il dottor Auspitzer ne ha parlato una volta in redazione». «Noi non ne siamo informati» disse Sedlacek e pronunciò quel «noi» con rilievo, quasi con solennità. «Ephrussi avrà certamente venduto le perle!» fece Lazik con aria innocente e subito dopo gridò: «Re! Fante!» e sbatté le carte sul tavolo per fare sparire in quel rumore l'importanza che attribuiva alla sua osservazione. «Le affidò a Gwendl per la vendita. Rimasero in vetrina per dei mesi. Io le ho guardate spesso, col nostro esperto di gioielli, l'ispettore Farkas. Un bel giorno erano scomparse».

La conversazione languì. Si continuò a giocare. L'apatia abituale calò sul locale come una pesante afa estiva ritorna dopo un venticello ingannevole ed effimero.

Giocando con Keiler, Lazik perse venticinque kreuzer. Aveva voluto perderli. Era superstizioso: prima di un'impresa difficile sacrificava agli dèi. Si alzò all'improvviso. «Oggi sono invitato» disse, e già era scomparso senza salutare.

Prima si diresse verso la Wasagasse per ingannare gli amici. Sapeva infatti che era nella loro natura, e del resto anche nella sua, di uscir fuori dalla porta per spiare almeno la direzione che uno prendeva. Poi piegò nella Währinger Strasse, saltò sull'omnibus a cavalli, scese all'Opernring e proseguì per la Kärntner Strasse fino alla grande gioielleria Gwendl.

Chiese di parlare personalmente col signor Gwendl che lo conosceva bene. Il signor Gwendl stava seduto nel piccolo ufficio situato in fondo al negozio e tappezzato di verde, davanti a scatole e scatolette nere che aprivano le loro soffici gole di velluto turchino mostrando tutta la luccicante, scintillante, gioiosa magnificenza che avevano inghiottito. Il gioielliere chiuse tutti gli astucci, posò la sua lente d'ingrandimento e ricevette il redattore. «I miei ossequi, signor consigliere» disse Lazik.

«Signor redattore!» salutò il consigliere Gwendl. «In che cosa la posso servire? Gradisce un sigaro? Prego, si accomodi». E mentre il consigliere si chinava per prendere i virginia dal cassetto di sotto (i trabucos stavano in quello di sopra ed erano riservati agli ospiti di riguardo, come i colleghi d'affari o i clienti della nobiltà) osservava con occhio vigile le mani di Lazik e si sentì tranquillo solo quando la scatola dei sigari si trovò sul tavolo.

Prima si parlò delle novità, delle poche che c'erano in quel periodo di magra, se si eccettuava che nella redazione del «Fremdenblatt» si era parlato recentemente di una nuova visita dello Scià di Persia.

L'accenno a questo sovrano risvegliò nel consigliere ricordi quanto mai graditi. Essi si riferivano alla collana di perle della Schinagl che Ephrussi aveva affidato a Gwendl per la vendita. La collana aveva atteso a lungo invano nel negozio, poi l'aveva presa Keilpern, un mediatore di Anversa, e finalmente era stata acquistata dal gioielliere Perlester. Avevano guadagnato duemila corone, in due. Le perle erano state pagate cinquantamila e Perlester, a quanto si diceva nella cerchia dei competenti, le aveva rivendute a sessantamila. Comunque mille corone non erano affatto da disprezzare. Dunque lo Scià di Persia ritornava. Questo metteva Gwendl di buon umore. «Forse il signor consigliere sa dove sono andate a finire quelle famose perle?» domandò Lazik, chiamando il gioielliere con il suo titolo. Il signor consigliere poteva dire solo quello che sapeva, ma promise di informarsi dal collega Perlester circa l'ulteriore destino delle perle. Di lì a una settimana Lazik avrebbe avuto notizie più precise.

Si parlò ancora della stagione, della società di corte e del cattivo andamento del commercio in quella stagione, mentre negli anni passati gli affari 'fiorivano', secondo l'espressione di Gwendl.

«Pazienza. Presto è Natale!» osservò Lazik. E con questa costatazione si congedò dal gioielliere il quale si consolò cominciando pian piano a sperare che lo Scià musulmano venisse a Vienna per l'appunto nei giorni della festa cristiana. I suoi occhi spalancati vedevano una terra di sogno, un Oriente pieno di alberi di Natale.

Dopo alcuni giorni Lazik seppe quale via avevano preso le perle dello Scià, ma decise di non rivelare subito tutta la storia ai lettori della «Kronenzeitung», e tanto meno in una forma così grossolana come avrebbe fatto un giornalista di scarsa fantasia quale il suo collega Keiler. Al contrario, quella storia doveva essere orchestrata con cura; bisognava saperla orchestrare.

Egli annunciò una serie di articoli dal titolo: «Le perle di Teheran. I retroscena del gran mondo e del demi-monde». Cominciò con una semplice comunicazione, come fanno spesso anche i migliori romanzieri, cioè con la notizia che Josephine Matzner (Lazik scrisse: «una certa Josephine Matzner») era morta recentemente. E dopo la consueta domanda retorica «Chi era questa Josephine Matzner?» seguiva la descrizione della casa fin dalla sua fondazione nel 1857, delle sue pensionanti, dei suoi visitatori e ospiti abituali del gran mondo, senza nomi naturalmente ma con indicazioni inequivocabili. La serie di questi articoli fu pubblicata contemporaneamente in fascicoli, stampati con gli stessi caratteri del giornale ma legati con una copertina multicolore sulla quale si vedeva una simpatica ragazza semisvestita sopra un divano di un verde veleno. Essa era tutta colori e attesa. Se ne stava distesa languida e al tempo stesso pronta all'assalto. I fascicoli vennero messi in vendita negli spacci di tabacco e nelle cartolerie. Liceali, portieri, sartine e giovani lavandaie li compravano anche se avevano già letto gli articoli nella «Kronenzeitung». Non si parlava ancora affatto delle perle, come ogni giorno il titolo prometteva.

In quelle settimane Lazik veniva al caffè Wirzl solo per pochi minuti al giorno. Egli non aveva simpatia né per i colleghi né per gli agenti in borghese. Sentiva che lo invidiavano un po', ma anche che non lo trattavano più come uno che avesse diritti pari ai loro. Essi non erano 'autori', non lavoravano su 'fantasie'. Avevano 'notizie', grandi, piccole, sensazionali, ma mai delle 'storie'. In tempi di magra, come allora regnavano, piluccavano modestamente le modeste notizie del giorno: un duello a coltellate, la nascita di tre gemelli, una caduta dal quarto piano. Secondo loro Lazik aveva addirittura tradito il mestiere. Non lo si prendeva più neanche in considerazione come osservatore curioso alle partite di tarocchi.

Egli aveva spesso sognato di guadagnare molto denaro tutto in una volta e di abbandonare il lavoro. Si avvicinava ai cinquantasei anni, gli rimanevano in bocca solo pochi denti ed era del tutto calvo. Sua moglie era morta parecchi anni prima e sua figlia viveva con una zia a Podiebrad. Non aveva preoccupazioni grosse ma molti bisogni; piccoli debiti, creditori insistenti, interessi che ingrossavano pericolosamente, camerieri che non volevano più far credito. E la sua anima, ahimè, aveva sete delle cose squisite e preziose che si trovano nella buona società. Amava la vita dispendiosa, le corse di cavalli, i ristoranti silenziosi nei quali servivano camerieri alteri e dove clienti alteri, con espressione fredda e gesti rigidi e misurati, consumavano cibi e bevande per ritornare poi, in carrozza chiusa, alle loro case ancora più chiuse, ancora più fredde. Tutte le volte che Lazik lasciava il caffè Wirzl, con i suoi agenti in borghese e i colleghi, con le carte da gioco untuose e l'odore del caffè, della birra di Okocim, dei sigari a buon mercato e dei panini salati, gli sembrava di essersi declassato, di essere veramente decaduto. Era chiaro che la sua strada lo aveva condotto in basso: da autore che aveva mandato un suo dramma perfino al Burgtheater era divenuto stenografo di tribunale e infine redattore di cronaca nera. Per la prima volta dopo trent'anni il nome di Bernhard Lazik veniva stampato, e non già sul giornale ma sulla copertina colorata di quei piccoli fascicoli. Lazik li mandò a sua sorella e a sua figlia a Podiebrad. Che cosa sarebbe rimasto di lui? Una notizia in caratteri piccoli nella «Kronenzeitung»: «Ieri dopo aver collaborato per molti anni al nostro giornale decedeva...» e basta. E poche spanne di terra nel cimitero di Währing. La cameretta che egli abitava nella Rembrandtstrasse non era più spaziosa e neanche più luminosa di una tomba, perché dava sul pianerottolo. Risparmiare non gli era mai riuscito. Quella miseria che guadagnava la perdeva alle corse e al gioco. Lo pagavano due kreuzer a riga. «Ci vuole un colpo!» si diceva a volte. «Lazik, basta un unico colpo riuscito!».

Dopo alcuni giorni nei quali si era sentito molto solo e anche un po' amareggiato perché gli sembrava di non essere stato lui a cominciare ad evitare i suoi conoscenti, ma che al contrario erano stati loro ad evitare lui, prese ogni mattina a consultare negli uffici della pubblica sicurezza gli annunci dei nuovi arrivi negli alberghi. Di tutta la élite di coloro che erano stati di casa presso la Matzner a lui interessava soltanto il barone Taittinger. Lazik non sapeva ancora precisamente con quale pretesto si sarebbe presentato al capitano e tanto meno quello che gli avrebbe proposto. Sapeva soltanto che doveva parlare con Taittinger, e inoltre che il 15 novembre sarebbe scaduta la cambiale di trecento corone di cui era debitore a Brociner, quella sanguisuga. In quei giorni era come se Lazik si trovasse a un bivio della sua vita. Una vaga megalomania gli annebbiava il cervello e gli faceva talora credere che dovesse, allora o mai più, prendere decisioni definitive.

Un giorno trovò effettivamente negli uffici della pubblica sicurezza l'annuncio dell'arrivo del capitano. Era sceso, come sempre, all'albergo Imperial. Lazik si mise subito per strada prima di sapere esattamente quello che avrebbe detto al barone, anzi addirittura prima di acquistare coscienza di essersi avviato verso l'Imperial. Aveva in tasca alcuni dei suoi fascicoli e cammin facendo li tirava fuori continuamente per contemplare il suo nome sulla copertina. Era stampato a caratteri grossi e neri subito sotto il divano verde veleno sul quale riposava la ragazza. Pensava anche alla cambiale di trecento corone che scadeva il 15 novembre e quella sanguisuga di Brociner gli appariva più odioso e più pericoloso del solito, sebbene lo conoscesse da due anni e possedesse ormai l'arte di ammansirlo, «di spezzargli i denti del veleno», come diceva lui.

Era quanto mai spiacevole per il barone Taittinger ricevere delle visite. Non amava troppo le persone che conosceva, per lo più esse erano noiose, e anche quelle non noiose potevano diventare almeno 'insulse' se non ci si preparava convenientemente a incontrarle. Quando gli fu presentato il biglietto da visita di Lazik egli dapprima si spaventò. Il solo nome di Lazik destò in lui una sensazione estremamente penosa. Sotto il nome Bernhard Lazik stava la parola 'redattore': era una di quelle categorie i cui membri il barone Taittinger giudicava apportatori di disgrazia. Ad eccezione del giornale dell'esercito, Taittinger non ne leggeva altri. Anzi, quando capitava in una tabaccheria per comprare sigarette, non poteva esimersi dal distogliere lo sguardo dai giornali disposti in pile che emanavano un odore penetrante di inchiostro fresco. Non sapeva con precisione che cosa contenessero e addirittura perché esistessero. Quando in un caffè gli toccava di vedere uno di quei signori che siedono dietro una montagna di giornali fissati alle stecche era preso quasi dall'ira. E ora doveva incontrare addirittura un redattore in carne ed ossa! Inconcepibile! Posò il biglietto sul vassoio di metallo e disse al cameriere: «Non posso ricevere» e tirò il fiato.

Ma erano passati appena tre minuti e già davanti a

lui stava in piedi un uomo calvo, dal viso cinereo e con dei baffi grigi che pendevano tristemente. «Sono il redattore Bernhard Lazik» disse lo sconosciuto. La sua voce era malferma e ricordò al capitano una spinetta malinconica e scordata che lui doveva aver suonato da qualche parte, in qualche periodo della sua vita, forse nella fanciullezza.

«E che cosa vuole da me?» domandò Taittinger.

«Vorrei che il signor barone mi ascoltasse» rispose Lazik. «Nel suo interesse» aggiunse ancora più sommessamente, quasi con voce piagnucolosa.

«Ebbene?» disse Taittinger, ed era deciso a non ascoltare affatto.

«Se il signor barone permette,» cominciò Lazik «la cosa non è semplice. Detto in confidenza, si tratta di una faccenda che riguarda la polizia...».

«Non desidero nessuna confidenza» interruppe il capitano. Sebbene si fosse proposto di non ascoltare affatto, dovette lasciare che ogni parola di quell'uomo malinconico gli penetrasse nell'orecchio. Quella voce aveva un potere straordinario. «Neanche io volevo dire 'confidenza', signor barone,» continuò la voce «ma è morta recentemente quella certa Josephine Matzner...». Il nome colpì con una certa forza l'orecchio di Taittinger: sentì come se un oggetto solido gli rimbalzasse contro la tempia. «Ah, è morta?» domandò. Un barlume di gioia illuminò gli occhi di Lazik. «Morta,» continuò «e prima di quanto si poteva pensare. E ha lasciato una piccolezza alla Schinagl, che ora è in prigione. Troppo poco per un patrimonio così grosso». Lazik tacque per un po'. Aspettava. Il capitano non diceva niente ma il suo silenzio tradiva chiaramente dell'interesse, tanto che Lazik si sentì incoraggiato. La sua voce si fece più forte. È vero che stava ancora in piedi davanti al tavolino nell'atrio dell'albergo e sembrava ancora una specie di servitore, ma già osava appoggiare ambedue le mani sulla spalliera di cuoio di una sedia libera. Era come se almeno le sue mani avessero già il permesso di prender posto. Taittinger lo notò, dapprima contrariato ma subito dopo già con indulgenza. Egli non si confessava ancora che quel malaugurato lo interessava, sia pure in forma molesta, ma trovò che poteva dare nell'occhio il fatto che rimanesse lì in piedi ancora a lungo, e disse: «Si sieda!» e già Lazik era seduto. Lo aveva fatto così in fretta che Taittinger si pentì dell'invito. Il suo portasigarette d'argento stava aperto sul tavolino e lui aveva voglia di accendersi una sigaretta, ma lì davanti sedeva quell'individuo... non si doveva offrirne una anche a lui? Taittinger sapeva esattamente come si tratta coi pari-grado, coi superiori, coi subalterni e coi servitori, ma coi redattori non sapeva come fare. Dopo lunga riflessione decise di accendere prima lui una sigaretta e di offrirne solo dopo una al redattore.

Lazik fumava lentamente e con riverenza come se la sigaretta 'egiziana' fosse di un tabacco particolarmente squisito. Trasse di tasca i suoi fascicoli e li depose sul tavolo. «Sto pubblicando questi, signor barone!» disse. «La prego di dare un'occhiata all'inizio». «Non leggo fascicoletti» disse Taittinger. «Allora posso leggerle qualcosa io?» domandò Lazik. E prima che venisse una risposta cominciò a leggere. Tanto è indifferente, pensò Taittinger. Ma ecco che subito dopo la frase: «Chi era questa Josephine Matzner?» divenne curioso come un bambino. Con piacere non dissimulato si curvò in avanti per apprendere la storia della fondazione della casa Matzner, e dai segni caratteristici che l'autore aveva aggiunto alle iniziali degli ospiti abituali riconobbe con sua grande gioia questo o quello dei suoi amici e compagni di una volta, i 'noiosi', gli 'indifferenti' e i 'simpatici'. Quando Lazik faceva una pausa e domandava con modestia, quasi preoccupato: «Posso continuare?» Taittinger lo incoraggiava: «Legga pure, legga pure!». «Questa è la prima puntata» disse l'autore dopo aver letto il primo fascicolo. «Me li venda» disse il capitano. «Mi permetta, signor barone, di fargliene un omaggio» disse

Lazik e già batteva con la matita sull'orlo di metallo del tavolino e ordinava al cameriere: «Penna e calamaio!». Arrivarono subito ed egli intinse la penna e scrisse su ciascuno dei tre fascicoli la dedica: «Al signor capitano barone Taittinger rispettosamente dedicato dall'autore Bernhard Lazik».

«Tante grazie» disse il barone. «Mi mandi i prossimi. Li leggo volentieri».

«Molto lusingato, signor barone» rispose l'autore. «Ma c'è un problema. Mi sto rompendo il capo per trovare il modo di continuare la pubblicazione».

«Ma come?» esclamò Taittinger. «Lei è informatissimo, veramente iniziato, si direbbe!».

«Certo, certo, signor barone» rispose Lazik. «Ma tutto questo costa qualcosa e io cerco appunto dei cointeressati. Cerco, per dirla in breve, del denaro per continuare il lavoro che ho incominciato. Già, la vita è dura per noi!» sospirò Lazik reclinando la testa sulla spalla sinistra. Taittinger ne ebbe compassione e gli offrì una sigaretta. Quest'uomo non è affatto noioso, pensò. «Di quanto ha bisogno per i suoi fascicoli?» domandò. Lazik pensò dapprima a mille corone, e un improvviso gioioso spavento gli fece palpitare il cuore. Trecento corone a quella sanguisuga di Brociner, ne rimanevano settecento. Era un 'colpo', era il 'colpo', Lazik! Ma subito dopo la sua avida fantasia raddoppiò la somma: «Duemila!» disse la fantasia. Egli vide la somma in cifre e in lettere, scritta a mano e a stampa, e come denaro contante in venti biglietti azzurri da cento corone. Sentiva che le sue mani diventavano calde e umide di sudore, mentre un brivido gli correva lungo la spina dorsale simile a un filo gelido. Tirò fuori il fazzoletto con un gesto che dispiacque a Taittinger, il quale avrebbe voluto chiudere gli occhi per non vedere, si asciugò le mani sotto il tavolo e sussurrò: «Duemila, signor barone!».

«Costano duemila corone?» domandò Taittinger. Non conosceva esattamente il valore del denaro ma sapeva per esempio quanto costa un cavallo, quanto un'uniforme, quanto un barile di borgogna, quanto un caratello di 'Napoléon'. Alcuni anni prima, a Montecarlo, aveva perduto mille corone. Ma dei fascicoletti così sottili...! Bene! Quell'uomo non era noioso: questo no! Peccato solo che non avesse chiamato la gente col suo nome. Sarebbe stato divertente!

«Già, perché non chiama le persone col loro nome, ma solo con le iniziali?» domandò il capitano.

«Perché dopo... dopo... si parlerà anche del signor barone!» sussurrò Lazik.

«Di me, no, naturalmente!» disse Taittinger.

Mai in vita sua (che per altro in quel momento gli apparve molto lunga e ricca di esperienze) egli aveva sentito odio, ma allora egli provò per la prima volta improvvisamente una voluttà particolare all'idea che questo o quello dei 'noiosi' a lui invisi venissero designati col loro nome e con la loro qualifica in un fascicoletto così grazioso e multicolore; provava anche risentimento verso quei 'noiosi' che, da Vienna, lo avevano rimandato in guarnigione. Era un risentimento innocente, fanciullesco, un capriccio, una bizza, più che odio...

«Posso anche fare il nome di quei signori, come desidera il signor barone» disse Lazik.

«Bene!» disse il barone. «Magnifico!».

Lazik taceva. Il cuore gli batteva forte, le sue membra erano improvvisamente divenute pesanti come piombo, ma nello stesso tempo egli sentiva i suoi pensieri svolazzare leggeri qua e là nella sua povera testa come stormi di uccelli sperduti. Svolazzavano qua e là duemila pensieri, ogni pensiero una corona, duemila corone.

Il barone Taittinger domandò: «Duemila corone, non è vero?».

«Sì, signor barone!» sussurrò Lazik.

«Passi a prenderle domani» disse Taittinger.

Lazik si alzò con fatica; si inchinò profondamente e mormorò: «Le sarò riconoscente in eterno, signor barone!».

«Salute!» disse Taittinger e si mise in tasca i tre fascicoli.

Come aveva già fatto spesso mandò un telegramma al suo 'noioso' amministratore: «Duemila all'Imperial».

Le duemila corone arrivarono ma con un telegramma di accompagnamento: «Invio quanto richiesto, segue lettera urgente».

Il barone stracciò questo telegramma per una ripugnanza invincibile verso l'espressione «lettera urgente». Chiuse il denaro in una busta, ordinò al portiere di consegnarla al 'signore di ieri sera' e salì su un tiro a due. Non era più stato a Grinzing da molto tempo e all'indomani doveva rientrare in guarnigione.

XX

In treno di solito Taittinger si addormentava subito. Quel giorno invece lesse i fascicoli di Lazik, anche il primo numero che l'autore gli aveva già letto. Si immaginò che tutti leggessero quei fascicoli con lo stesso compiacimento ed entusiasmo. Il giorno dopo avrebbe raccontato al reggimento la sua scoperta letteraria ed eventualmente ne avrebbe lette delle parti al circolo degli ufficiali, naturalmente in assenza del colonnello. In questi pensieri piacevoli gli passò il tempo fino all'arrivo in guarnigione.

Era sera quando scese dal treno. Una pioggia sottile, noiosa e fredda cadeva piano ma con insistenza e avvolgeva di un alone umido le misere lampade a petrolio giallastre del marciapiede di stazione. Anche nel ristorante di prima classe gravava un'atmosfera cupa e deprimente, e la palma collocata sul banco lasciava pendere le foglie pesanti e affilate come se anch'essa si trovasse sotto la pioggia autunnale. Due lampade a gas, novità e orgoglio della stazione, avevano le reticelle rovinate e spargevano perciò una luce continuamente mutevole, verdastra e cupa. Ne usciva un ronzio lamentoso, un piagnucolio. Anche lo sparato inamidato del cameriere Ottokar mostrava macchie sospette di ignota origine. Lo splendore metallico del capitano irruppe vittorioso in tutta quella cupezza. Ottokar portò uno Hennessy, «per riscaldarsi», e la lista delle vivande. «Oggi abbiamo zuppa con gnocchetti di fegato, signor barone». «Chiuda il becco!» disse allegramente Taittinger. Sempre, quando diceva così, desiderava esattamente il contrario. Ottokar lo sapeva e perciò propose anche coscetto arrosto con ramolaccio e tortelli alla prugna, come piatto espresso. «Chiuda il becco e serva pure» disse Taittinger. Il cognac lo rese anche più allegro e rafforzò il suo appetito; solo allora si decise ad alzarsi per togliersi il cappotto. Ottokar accorse per aiutarlo. Dalla tasca destra spuntavano i margini colorati delle opere di Lazik e l'occhio curioso di Ottokar li scorse subito. «Storie del gran mondo e del demimonde» si permise di dire il cameriere. Quando il capitano diceva: «Chiuda il becco!» si poteva parlare con lui di tutto. «Ah, anche lei legge, Ottokar?» domandò Taittinger. «Leggo ogni mattina la "Kronenzeitung", signor barone, se permette la confidenza. Riporta le stesse storie, e ancora più fresche, appena sfornate».

«Ah, senti, senti» disse Taittinger. Mangiò con sano appetito, trovò il coscetto 'eccellente' e i tortelli alla prugna 'interessanti'; dopo la birra scura bevve uno slivovitz e decise di restarsene lì seduto nel ristorante fino all'arrivo del treno da Vienna delle undici e quarantasette, che qualche volta portava questo o quel collega ritardatario, anche se per lo più si trattava di ufficiali del reggimento di fanteria col quale i dragoni dividevano il servizio di guarnigione. Fintanto che si rimaneva in stazione era come se non si fosse ancora ritornati in guarnigione. Del resto fuori cadeva una pioggia schifosa; le vetture pubbliche erano pessime in quella città e il lastrico era in disordine. Meglio restar lì seduti. Ottokar sapeva fare dei solitari con le carte. Taittinger riteneva sconveniente farli lui stesso e il cameriere perciò disponeva le carte stando in piedi davanti a lui, curvo e attento col tovagliolo appoggiato sulla spalla come se fosse stato un secchio da muratori. Frattanto Ottokar parlava. Era ancora giovane e pensava di migliorare la sua posizione, aveva imparato a fare il cameriere a Vienna e voleva ritornarci presto. A Vienna capitavano ancora storie come quelle riportate dai fascicoli e dalla «Kronenzeitung». Già, e molti signori vi erano descritti così bene che si poteva perfino riconoscerli. «Ma certo che si riconoscono!» esclamò Taittinger. Sì, confermò Ottokar, il signor Hanfl (l'appaltatore del ristorante della stazione di prima, seconda e terza classe) sapeva tutto. Quando lo Scià visitò Vienna, Hanfl gestiva un ristorante nella Wieden. Conosceva la casa, la storia delle perle; l'intero quartiere allora non parlava d'altro. «Già, e perfino il signor barone» disse Ottokar sopra pensiero, ma tacque e finse a un tratto di riflettere con attenzione all'esito del solitario.

«Che cosa ha detto?» domandò Taittinger.

Non ci fu niente da fare, Ottokar dovette raccontare. Era dunque così, la storia di Taittinger era conosciuta. Ottokar dovette perfino andare a chiamare il gestore nel suo ufficio. Il signor Hanfl raccontò dei particolari ma non disse nulla di preciso sul barone. Raccontava col compiacimento delle persone che hanno atteso a lungo l'occasione di riferire qualcosa che solo loro possono sapere. «E lei come sa questa storia?» domandò Taittinger alla fine. Il gestore si chinò confidenzialmente verso di lui (troppo, pensò Taittinger) e sussurrò quasi come ad un complice: «Il signor ispettore Sedlacek è mio amico intimo, signor barone!».

A un tratto sembrò al capitano che il mondo fosse mutato, o piuttosto che cominciasse a rivelarglisi nel suo più orrido aspetto. In tutta la sua vita c'era stata un'unica storia penosa. Da molti anni essa lo strozzava come un grosso e nauseante boccone che non si riesce né a inghiottire né a sputare. Non c'era uomo al mondo a cui avrebbe potuto parlarne, e ora quella storia gli veniva incontro; i gestori dei ristoranti di stazione la conoscevano già. Forse ne parlavano anche i colleghi, o almeno quegli infidi ufficiali di fanteria. Gli riapparve la figura ripugnante dell'ispettore Sedlacek e rivisse quel momento sulla scala, rivide il cilindro un po' sollevato su quel volto ordinario dagli occhi chiari e vetrosi come lampadine azzurre, dai baffi castani attorcigliati all'insù, con la loro fulva e molle improntitudine, sotto cui si scorgevano i forti denti da cavallo lunghi e gialli.

Il gestore continuava a parlare, ma Taittinger non lo ascoltava più. Improvvisamente avvertì ciò di cui non aveva preso ancora conoscenza, il tambureggiare fastidioso della pioggia sulla tettoia di vetro del marciapiede della stazione e il ronzio lamentoso dei lampioni a gas verde veleno. Sebbene Hanfl fosse ancora nel bel mezzo del suo animato racconto, Taittinger si alzò, si fece aiutare a indossare il cappotto, mise il berretto, ordinò che gli mandassero la valigia e il conto all'Elefante Nero e uscì come un uomo già quasi perduto. Se non fosse stato il tintinnare dei suoi speroni, si sarebbe detto che fosse sgattaiolato fuori per la vergogna.

La Kaiser-Joseph-Strasse, che dalla stazione conduceva diritta al centro della città, fino al municipio, era tranquilla, abitata soltanto dalla pioggia gelida. Il capitano Taittinger era solo con la pioggia e la strada.

Fino a quel momento non aveva conosciuto presentimenti cattivi o che comunque lo inquietassero. Gli stati d'animo spiacevoli, cioè per lui 'noiosi', sapeva scacciarli facilmente, in modo esemplare. Questa volta tuttavia vi si abbandonò come alla pioggia, alla notte e alla Kaiser-Joseph-Strasse. Prima, tutte le volte che tornava da Vienna aveva fatto una capatina al circolo degli ufficiali per 'riacclimatarsi'. Quel giorno però si rifugiò subito al suo albergo. Vi abitavano anche i tenenti Stockinger e Felch, ma Taittinger non voleva assolutamente incontrarli. Andò subito in camera sua, ma non fece la solita lunga toilette notturna cui era uso attendere da quindici anni come a un nobile rito. «Lascia stare!» disse all'attendente che aveva come al solito cominciato a disporre sulla sedia pettine e spazzola, dentifricio, brillantina, la rete per tenere a posto i capelli, la vaselina e il burro di cacao. Il capitano si fece solo levare gli stivali. «Va' a dormire» disse poi. Si sdraiò sul letto in pantaloni e calze. Non osava svestirsi e non capiva perché per la prima volta in vita sua avesse paura della notte. Avrebbe quasi voluto prolungare il giorno, la sera. Aveva paura di quella notte. Non riuscirò ad addormentarmi, pensava; ma si addormentò subito. Cadde in un sonno profondo come se lo avessero narcotizzato.

Tuttavia la paura della notte era giustificata; infatti per la prima volta, dopo molto tempo, sognò cose terribili e altre indicibilmente tristi. Così, per esempio, si vedeva scendere la scala di marmo ricoperta di rosso mentre Sedlacek gli veniva incontro sollevando il cilindro; ma lui, Taittinger, era al tempo stesso Sedlacek; era lui che sollevava il cilindro, lui che si veniva incontro; saliva la scala ma al tempo medesimo la discendeva. Improvvisamente si trovava nell'ufficio del direttore del penitenziario di Kagran e il medico della polizia gli domandava: «Che cosa si sente? Perché non mi riferisce sulla situazione del mio reggimento?». Il povero Taittinger non sapeva rispondere. Temeva anche che il capo della polizia entrasse ad ogni momento e dicesse: «Il barone Taittinger non lo conosco affatto». Poi apparve anche la contessa Helena W., che aveva la testa rasata proprio come Mizzi Schinagl. Voleva indietro tutte le sue lettere. Taittinger sapeva solo dire che c'era un terribile errore, che egli non aveva mai ricevuto dalla contessa una lettera, e tanto meno raccomandata. «La prego, contessa,» diceva «domandi al furiere Zenower». «Troppo tardi, troppo tardi!» esclamava lei, e Taittinger si svegliava. Lo aveva svegliato l'attendente.

Era troppo tardi, un quarto alle sette, non c'era più tempo di farsi radere. Per quel giorno aveva chiamato a rapporto due caporali, Leschak e Kaniuk, perché tre giorni prima si erano presentati in piazza d'armi con la barba lunga. La coscienza del servizio, la coscienza militare tormentava il capitano. Comunque dovette mettersi addosso al più presto giubba, cheppì e stivali, e via in caserma. Tutto lo squadrone era già in sella. Non c'era tempo di fare l'appello. La pioggia cadeva lenta e inesorabile come la sera prima. Quella pioggia legava un giorno con l'altro come se in mezzo non ci fosse stata nessuna aurora, come se non dovesse sorgere più un nuovo sole!...

Il reggimento si dispose in formazione, l'ampio portone a strisce gialle e nere si spalancò e i reparti uscirono. Solo quando fu in sella Taittinger ricominciò a destarsi alla realtà. Solo ora riconobbe che tutte quelle cose terribili erano un sogno. Attraverso la sella e attraverso il cuoio dei suoi stivali gli arrivava il calore del cavallo e ne sentiva scorrere il sangue. Quel giorno gli faceva piacere cavalcare la sua cavalla saura. Si chiamava Wally. Egli l'amava sebbene non fosse certo intelligente come Pilade, il suo cavallo bianco; lo aveva battezzato così perché viveva nella convinzione che Pilade fosse stato un filosofo greco. Wally era lenta, qualche volta indocile e bisognava parlarle a lungo. Una leggera pressione delle cosce non bastava mai. Era poi capricciosa, non per niente era una femmina, e passava improvvisamente dall'inerzia alla baldanza. Ma, appunto, la si amava.

Quando, arrivato alla radura, smontò da cavallo, era di nuovo il vecchio, solito Taittinger. Tenne rapporto e punì molto severamente i due mal rasati con tre giorni di consegna a ciascuno. «È una vergogna per un graduato avere la barba lunga!» disse. Ma ciò dicendo si toccava involontariamente il mento ispido. Il sottufficiale furiere Prokurak se ne accorse. Se ne infischiava, lui! Ora venivano esercizi di ginnastica, di equitazione; istruzioni con la carabina. Il capitano Taittinger quel giorno era estremamente pignolo.

Però quattro ore più tardi, al ritorno in caserma, in fureria, era addirittura imbarazzato, quasi intimidito. C'era una raccomandata, ancora una volta. Dovette firmare la ricevuta. Il furiere Zenower aveva quel giorno un viso paurosamente serio, non come era avvenuto altre volte all'arrivo di raccomandate. La lettera era spessa e pesante e se Taittinger l'avesse lasciata cadere nel cestino avrebbe fatto un rumore davvero imbarazzante, sconveniente. Sulla busta gialla era scritto «Municipio di Oberndorf. – Il borgomastro». Meglio ora che dopo, si disse il barone Taittinger. Lacerò la busta e cominciò a leggere.

Il borgomastro comunicava a Taittinger che un minorenne di nome Alexander Alois Schinagl si era presentato in municipio dichiarando di essere il figlio illegittimo del signor capitano barone Taittinger e aveva chiesto l'indirizzo del padre naturale e quello della madre, la nubile Mizzi Schinagl. Era acclusa anche una lettera dell'amministratore. Questa veramente non era una lettera, ma somigliava a quegli insidiosi compiti in classe di matematica che si solevano dare agli allievi della scuola militare di Mährisch-Weisskirchen quando Taittinger la frequentava. Egli afferrò solo l'ultimo periodo che diceva così: «In seguito a quanto esposto sopra mi permetto di far notare rispettosamente al signor barone che il suo immediato arrivo quassù potrebbe offrire ancora qualche possibilità ovverosia prospettiva di soluzione». Taittinger decise di passare ambedue le lettere al buono e intelligente Zenower. Egli sapeva già da tempo che avrebbe avuto bisogno di lui. «Caro Zenower!» gli disse. «Lei oggi ha libera uscita in borghese, non è vero?». «Sì, signor barone». «Allora sia così gentile, si prenda questa cosa a cuore e stasera alle sei, dopo il servizio, io l'aspetto nella saletta riservata dell'Elefante Nero. Mi sappia dire che cosa vuole precisamente questa gente da me».

XXI

La sera, dopo il servizio, Zenower venne in borghese all'Elefante Nero. Appariva ancora più serio che in uniforme. Taittinger lo vedeva in borghese per la prima volta: non era più il sottufficiale furiere Zenower. Non era un inferiore e neanche un superiore, e in fondo nemmeno un civile, ma uno strano essere né di un mondo, né di una razza, singolare, incomprensibile, ma in ogni caso tetro e spirante cattivo augurio. Era il caso di bere un buon sorso, ciò dava sempre un po' di sicurezza. «Caro Zenower!» cominciò Taittinger «lei beve cognac?». Sembrava che il sentirsi bene di Taittinger dipendesse dalla disposizione di Zenower a bere cognac. «Certamente, signor barone» disse Zenower. Sorrideva perfino. Strano come la gente si trasformava. Zenower non era affatto 'noioso', per niente subalterno, per niente 'indifferente'. Se non fosse stato così serio, si poteva classificare addirittura fra i 'simpatici'. Bevvero il cognac. «Ebbene,» domandò Taittinger il quale si accorgeva che il cognac non lo rendeva più coraggioso «che cosa mi dice di bello, Zenower?». A un tratto si vide il vero volto di Zenower. Era duro e freddo, e il colletto bianco dell'abito borghese lo faceva apparire ancora più duro e freddo del bavero alto con le mostrine verdi dell'uniforme. Sulla sua fronte c'erano innumerevoli rughe e ancora di più ce n'erano sotto gli occhi e alle tempie. Perfino i suoi capelli apparvero a un tratto brizzolati. Era un signore anziano, austero, pensoso.

«Signor barone,» disse il signore pensoso «purtroppo non ho nulla di bello da riferirle. Vuol fare attenzione a quello che le dico, signor barone?».

«Certo, certo» disse Taittinger.

«Dunque, primo punto: riguarda il borgomastro. Comunica che Alexander Alois Schinagl, fuggito dal collegio di Graz e fermato dalla gendarmeria, si è presentato a lui. Il giovane Schinagl ha quattordici anni. È venuto accompagnato dal maresciallo dei gendarmi Eichholz. Il collegio di Graz non è stato pagato da sei mesi e il direttore ha accertato che la madre, la signorina Schinagl, si trova in questo momento nel penitenziario di Kagran. Essa ha anche scritto, in risposta a esplicita domanda del direttore, che il signor barone Taittinger, padre naturale del giovane, l'ha visitata nel penitenziario e che certamente provvederà al figlio. Il ragazzo deve aver rubato questa lettera perché gli è stata trovata addosso, tuttavia ha negato e ha domandato dove si trovasse la madre. Il suo tutore è il padre della stessa signorina Schinagl, il quale si trova ora nell'ospizio per i vecchi di Lainz. È paralizzato da ambedue i lati e la sua bottega a Sievering è stata sequestrata. Il vecchio Schinagl ha fatto comunicare al borgomastro che il signor barone Taittinger, padre del ragazzo, non ha mai pagato gli alimenti fino ad ora. Frattanto il borgomastro, considerate le circostanze, ha affidato il ragazzo al suo amministratore al fine di evitare uno scandalo maggiore. Si attende una sua decisione, signor barone».

«La Mizzi non ha mai chiesto gli alimenti» disse Taittinger. «Mi dispiace!... allora che cosa devo fare io, Zenower?».

«Se mi è consentito dare un consiglio, rimanderei il ragazzo a Graz e pagherei intanto il debito al collegio; sono circa trecento corone». «Sì, caro Zenower, lo farò».

«E ora il secondo punto, signor barone» disse Zenower e attese alquanto. «Il secondo punto è molto spiacevole. L'amministratore chiede scusa ma ritiene sia suo dovere informare il signor barone che dopo l'ultimo invio di duemila corone a Vienna altri eventuali prelievi di denaro potrebbero diventare pericolosi. Negli ultimi quattro anni il barone ha consumato circa diecimila corone. Ne rimangono in denaro liquido circa cinquemila. Tredicimila sono servite a pagare le cambiali del suo signor cugino, barone Zernutti».

«Un uomo noioso, quello Zernutti» disse Taittinger.

«Lo si potrà definire anche così» rispose Zenower. Egli aveva simpatia per il capitano così com'era, con tutta la sua allegra insensibilità, le poche idee stente per cui il cranio sembrava una sede troppo spaziosa, le minuscole manie e le passioni infantili, le osservazioni che gli uscivano di bocca a casaccio senza nessun rapporto con la realtà. Era un ufficiale mediocre; i colleghi, i soldati, la carriera gli erano indifferenti. Zenower non capiva l'intimo meccanismo che spingeva un essere come il barone ad azioni assurde, inutili e nocive a lui stesso. Per Zenower che rifletteva sul mondo e sugli uomini più di tutto quanto il reggimento, compreso il colonnello, Taittinger rimaneva un enigma della natura. Se almeno fosse stato decisamente stupido! O decisamente cattivo! Se fosse stato giocatore accanito o amante appassionato! Se almeno avesse sofferto in modo evidente per il trasferimento! E tuttavia, si diceva Zenower, dev'essere infelice. Forse l'ha colpito una disgrazia tale da privarlo di ogni facoltà umana di pensare e di sentire; o forse quella disgrazia è imminente e lui lo sa e le scivola incontro. Altrimenti come si può rimanere indifferenti a notizie simili? Ma come?! Si dice a un uomo adulto che il suo denaro è finito e lui sa rispondere soltanto: «Un uomo noioso, quello Zernutti».

«Anche nella tenuta le cose vanno male,» continuò Zenower «le ipoteche ammontano a trentamila corone, per quanto ho potuto ricavare dalla relazione, e anche quelle, in parte, sono state fatte per pagare i debiti di suo cugino. A quanto capisco si dev'essere indebitato molto al di là della quota di patrimonio che gli spetta per legge. Il suo signore zio buon'anima aveva disposto evidentemente che il suo signor cugino non potesse né prelevare denaro né contrarre prestiti senza l'approvazione del signor barone. È così?».

«Certo, è così senz'altro!» disse Taittinger. «Io ho sempre detto di sì, e del resto lui era troppo noioso. Spende tutto per i suoi ragazzini. Ma mi dica lei, Zenower, riesce a capire che gusto ci può essere ad andare coi ragazzini?».

«No, signor barone,» rispose seccamente Zenower «ma questo non è importante. Importante è che la sua proprietà da tre anni non rende più nulla. Due anni fa lei ha fatto abbattere la piccola abetaia. Il mercante di legname è fallito e ha pagato solo l'acconto. L'anno scorso ci fu quella nevicata in maggio che rovinò i seminati. Quest'anno il raccolto è scarso. La villa è mal ridotta; da più di dieci anni non vi abita nessuno. Non parliamo delle condizioni del bestiame: ci sarebbe bisogno di due cavalli da lavoro, ma non c'è denaro».

«Solo disgrazie!» esclamò Taittinger; batté le mani e ordinò altri due cognac.

Vuotò il suo in due lunghi sorsi. Non parlava; un leggero risentimento verso Zenower cominciava a salire in lui. Ma avvertiva pure un gran senso di abbandono e al tempo stesso anche una traccia di gratitudine. C'era qualcuno che si assumeva il compito di leggere tutte le lettere, di riflettere, di escogitare soluzioni. Era un uomo intelligente lo Zenower, e forse si comportava con Taittinger come solevano fare con lui tutti gli intelligenti a cominciare dall'insegnante di matematica, capitano Jellinek, alla Scuola Allievi. Prima spaventavano uno con cose noiose, lo buttavano giù, per rianimarlo poi con buoni e saggi consigli. Del resto non era necessario essere veramente giù; bastava fingere di esserlo, e allora tutto si rimediava.

Questa volta però Taittinger aveva sbagliato i conti, perché quando, applicando la formula che gli era sempre servita con i tipi in gamba, domandò al furiere: «Che cosa devo dunque fare?» Zenower rispose: «Per lei non c'è più nulla da fare, signor barone!». Che strana varietà di uomo in gamba, questo Zenower!

Tacquero tutt'e due per un po'. Poi Taittinger ordinò una bottiglia di Bordeaux bianco. Guardò l'orologio alla parete; mancava ancora un'ora alla cena.

Dopo che ebbe cominciato a bere il primo bicchiere Zenower cominciò: «Signor barone, mi permette di parlare sinceramente?». Taittinger assentì col capo. «Ebbene, lei potrebbe intanto vendere il suo cavallo bianco».

«Chi? Pilade?» protestò Taittinger. «Allora piuttosto la Wally!».

«No, non renderebbe abbastanza, e così dovrebbe comunque vendere anche il cavallo bianco. Una volta raccolto il denaro per i due cavalli da lavoro, lei deve chiedere una licenza per andare in campagna, far riparare la villa, trattare coi creditori per le ipoteche, parlare col borgomastro e cercare un nuovo tutore per il piccolo Schinagl. Occorrerà una licenza di tre mesi, signor barone. E quanto al suo signor cugino, s'intende che lei non deve più firmare nulla per lui. Se non farà tutto questo, prevedo un avvenire piuttosto buio. Dovrà farsi trasferire in fanteria».

«In fanteria? Ma io non so marciare, caro Zenower!».

«Questo è tutto» disse Zenower, e anche lui guardò l'orologio. «Permetta che mi congedi, signor barone». «No, Zenower, lei rimane!» disse Taittinger con lo sguardo implorante di un bambino che qualcuno voglia cacciare in una stanza buia. «Prego!» disse Zenower.

Il capitano andò all'attaccapanni e tolse dal suo cappotto i fascicoli multicolori di Lazik. «Li conosce, Zenower?».

Zenower sfogliò i fascicoli, lesse qua e là e li richiuse dicendo: «Orribile, signor barone!». «Al contrario!» esclamò Taittinger e raccontò che tutte le persone descritte erano «còlte perfettamente», che aveva conosciuto l'autore stesso e che anzi le ultime duemila corone le aveva date a lui per la pubblicazione.

«Questo è ancora peggio di tutto il resto!» esclamò Zenower. Già solo dal titolo indovinava di che cosa si trattava. Anche lui conosceva le chiacchiere che si facevano su Taittinger, quasi fin dal giorno in cui era rientrato al reggimento. Come sottufficiale anziano ed esperto conosceva bene quella varietà della debolezza umana che è la malignità fantasiosa e che caratterizzava molti degli appartenenti all'esercito. Già ben prima che Taittinger rientrasse al reggimento, diversi suoi colleghi avevano raccontato di lui storielle malevole la cui inattendibilità era evidente. Lo si invidiava per il suo posto a Vienna, ma quando poi fu di nuovo nel servizio ordinario come tutti gli altri, ci si cominciò a domandare per quale motivo era stato esentato dal suo incarico speciale. Il gestore del ristorante della stazione aveva raccontato parecchie cose, e da quando apparivano gli articoli nella «Kronenzeitung» anche il cameriere Ottokar aveva cominciato a fare delle allusioni. «Ma forse lei gli ha dato i denari perché non la nomini nel racconto?» domandò Zenower. «No,» rispose Taittinger «che ne sa lui di me?». «Non ci sarà invece qualcosa che lui sa e che potrebbe danneggiare lei, signor barone?».

Taittinger non rispose, si sentiva anche più a disagio che la sera avanti nel ristorante della stazione. Durante la giornata si era dimenticato della sera precedente, nonostante le due lettere. Già si pentiva d'aver chiesto consiglio a Zenower. Sarebbe stato meglio se, attenendosi alle esperienze di molti anni, non avesse aperto le lettere. Tuttavia qualcosa era cambiato negli ultimi tempi, anche se non era facile dire che cosa. Se proprio fosse stato necessario si poteva forse ricordare quando quel cambiamento era cominciato. Anzi si poteva ricordare con precisione: era stato nel momento in cui Taittinger aveva visto la testa rasata della Mizzi. Sì, era stato allora.

Era tutto così difficile, così disperatamente confuso! Anche se avesse avuto la forza di raccontare tutto a Zenower, compresa la nota storia, in quel momento non sarebbe stato capace di allineare due sole frasi in ordine logico. Sentì che Zenower diceva: «Se lei permette, signor barone, io andrei». «No,» esclamò Taittinger «rimanga per amor di Dio! In questo momento non riesco a parlare, bisogna che rifletta, caro Zenower!». Ma non rifletteva affatto. I suoi occhi erano vuoti, due biglie di vetro azzurro. Ma anche non riflettere era molto faticoso. Bevve, fumò, cercò invano di sorridere, si sforzò di trovare una battuta, una barzelletta, ma nulla giovava e lui si vergognava di dover tacere così paralizzato. Al circolo degli ufficiali, coi suoi pari, gli veniva sempre in mente qualcosa di adatto in ogni situazione. Coi suoi pari! Si aggrappava a questa parola, essa gli spiegava il motivo per cui era caduto in un tale imbarazzo: appunto perché Zenower non apparteneva ai 'suoi pari'. Per un momento credette di aver ritrovato equilibrio, fermezza, contegno, e con quella condiscendenza con cui era solito parlare ai subalterni disse: «Mi racconti qualcosa, caro Zenower, qualcosa della sua vita, per esempio». «La mia vita non è affatto interessante, signor barone. Sono in servizio da tredici anni. Prima facevo l'orefice; molto tempo fa. Non sono sposato. Sono venuto a fare il militare come volontario a ventidue anni perché la ragazza di cui ero innamorato aveva sposato un altro». «Non fu bello da parte della ragazza» osservò Taittinger. «Appunto, signor barone, e fu l'unico dolore della mia vita, anche l'ultimo».

«Curioso!» esclamò il barone. «E i suoi genitori vivono ancora?». «Non li ho. Mia madre è morta da tempo. Faceva la cuoca. Di mio padre non so nulla; sono figlio illegittimo». «Interessante,» ripeté Taittinger «e lei è cresciuto tutto solo?». «Nell'orfanotrofio municipale di Müglitz, e poi a sedici anni andai come apprendista». «Lei è un uomo intelligente, Zenower,» disse il capitano «perché non dà l'esame di ragioniere?». «Lo voglio dare,» disse Zenower «sebbene poi non possa arrivare oltre il grado di capitano d'amministrazione. Ma ci sono anche difficoltà per via della nascita illegittima. Però ho un amico che è ragioniere capo al ministero della Guerra». «Bene, vedrà che riuscirà!» lo consolò Taittinger. «Ma la sua vita è molto interessante, Zenower! Lei sarebbe dunque, come si dice, un vero figlio del popolo! Non l'avrei immaginato». «Già,» disse Zenower «un figlio del popolo! Non so bene che cosa intendano con questa parola; so soltanto che sono figlio di una cuoca». Taittinger si ricordò della vecchia cuoca della sua casa paterna. Si chiamava Karoline; era molto vecchia e piangeva sempre, tre volte all'anno, quando Taittinger tornava a casa: per Pasqua, per le vacanze estive e per Natale. Ma improvvisamente disse – e non sapeva affatto di parlare ad alta voce: «Caro Zenower, prima pensavo che non sarei riuscito a parlarle con franchezza; ora so il perché, ed è che davanti a lei mi vergogno, la invidio e farei tanto volentieri il cambio con lei!». Si spaventò lui stesso di questa frase, della sua sincerità e soprattutto della rapidità con cui aveva saputo rendere conto dei suoi pensieri. Si era sorpreso a dire una verità e, per la prima volta dopo molti anni, era diventato rosso come diventava rosso un tempo, da ragazzo, quando lo sorprendevano a dire una bugia. Zenower disse: «Signor barone, non occorre che lei invidi o faccia il cambio con nessuno, purché sia sempre sincero con se stesso... E oggi anche con me!» aggiunse. «Certamente, Zenower» disse il capitano. Egli sentiva una grande tristezza e al tempo stesso una grande serenità. «Ci vediamo dopo cena da Sedlak? Sa, dove vado spesso. Vuol venire? Io lascerò il circolo fra due ore». Strinse la grande mano di Zenower e la sentì al tatto come un unico muscolo, caldo, pieno di vitalità; sentì che ne veniva qualcosa di buono e di forte e anche qualcosa di eloquente, di udibile. Era come se la mano di Zenower avesse detto una parola buona.

XXII

La trattoria di Sedlak si trovava dietro il passaggio a livello, di fronte ai cosiddetti 'monti di sabbia'; per raggiungerla ci voleva una mezz'ora. Vi si incontravano fittavoli, mercanti di grano, allevatori; e di gente di ceto superiore solo, qualche volta, i due veterinari. Comunque si era sicuri di non incontrarvi delle uniformi. Quando Taittinger lasciò il circolo, cominciava a nevicare piano piano. «Chiedo scusa, ho un appuntamento» disse sulla porta al tenente Zschoch. «E come si chiama?» domandò Zschoch, ma Taittinger non sentiva più. Era la prima neve quell'anno. Taittinger, sul quale i fenomeni naturali, sia quelli abituali che quelli inattesi, non avevano mai fatto una qualsiasi impressione, sentì per la prima volta una gioia fanciullesca alla vista di quei fiocchi soffici, blandi, benevoli che gli cadevano pigri e trasognati sul berretto e sulle spalle, e su tutta quanta la larga strada che conduceva ai 'monti di sabbia'. Gli sembrò significativo che la prima neve cadesse proprio quel giorno. Camminava allegro attraverso quel fitto velo bianco. Il passaggio a livello era chiuso ed egli dovette aspettare a lungo. In ogni altro giorno avrebbe chiamato la ferrovia 'noiosa'; invece attese perfino con piacere. Pensava che rimanendo così, fermo in piedi, si sarebbe coperto ben bene di neve. Passò un treno merci che non finiva mai. Che cosa ci poteva essere in quei vagoni silenziosi? Bestiame, legname, cassette d'uova, sacchi di grano, botti di birra? «Guarda che pensieri mi vengono oggi!» si disse Taittinger. «Ci sono tante cose al mondo di cui non abbiamo idea! Gente come quel Zenower, la cui madre faceva la cuoca e che è cresciuto in un orfanotrofio, sa molte cose». Il treno merci non finiva mai di passare. I vagoni potevano contenere dei bagagli, come un tempo i molti bauli dello Scià di Persia che arrivarono così in ritardo. A Taittinger venne in mente il simpatico Kirilida Pajidzani. Che cosa faceva ora a Teheran? Forse nevicava anche là. Beato quel Pajidzani! Non aveva nessuna storia sulla coscienza, nessuna Mizzi Schinagl, nessun noioso cugino Zernutti, nessuna lettera raccomandata, nessun amministratore, nessun fattore! Ora il treno era passato, le sbarre del passaggio a livello si alzarono lentamente come se sollevassero a fatica il lieve peso della neve. Racconterò la vecchia storia a Zenower, decise Taittinger nel momento in cui scorse attraverso la neve le due finestre illuminate della trattoria.

Zenower era già seduto là dentro e leggeva i fascicoli con la copertina a colori: Taittinger li riconobbe fin dall'ingresso; si ficcò involontariamente la mano in tasca pensando che quelli che si trovavano sul tavolo di Zenower fossero i suoi stessi fascicoli.

Ma no! Zenower ne leggeva altri. «Ah, si è convertito?» domandò Taittinger. «Sono gli stessi che ho io?». «No, signor barone. Nel breve periodo dopo il suo ritorno qui, ne sono già usciti due nuovi. Purtroppo!». «Mi faccia vedere» disse Taittinger. «Dopo, signor barone,» disse Zenower «non sono piacevoli, niente affatto piacevoli per lei!».

Bevvero vino di Vöslau. Come faceva presto Zenower a mutare! Soltanto al pomeriggio aveva un aspetto diverso. Non era l'abito borghese che lo cambiava, perché portava ancora lo stesso completo marrone. Era un po' più giovane del capitano, ma i suoi radi capelli biondo chiaro avevano riflessi grigi sotto la luce della lampada a gas e il chiaro sguardo di soldato era scomparso dai suoi occhi grigi, era rimasto in caserma con la sciabola, il berretto e l'uniforme. Quelli che ora guardavano il capitano erano occhi tristi, preoccupati e indagatori. Taittinger li sosteneva a fatica ma non sapeva decidersi a definirli 'noiosi'. Del resto non sapeva come classificare Zenower; non si adattava a nessuna delle tre categorie: neanche a quella dei simpatici o a quella degli indifferenti. Che cosa mai si celasse in quello Zenower lo si sapeva così poco come il contenuto dei vagoni merci appena visti. E tuttavia faceva bene starsene lì seduti con lui, e tutte le cose terribili che diceva avevano un suono quasi consolante.

«Lei è la prima persona a cui posso finalmente raccontare quella mia storia» cominciò Taittinger. «Non è necessario, signor barone,» disse Zenower «la conosco già. È stampata qua, in questo fascicolo accessibile a chiunque sappia leggere. Lei non è nominato ma è descritto con precisione».

Taittinger impallidì, si alzò, si sedette di nuovo, si afferrò il bavero della giubba.

«Stia calmo, signor barone» disse Zenower. «Per ora io ho comprato tutti i fascicoli esistenti nelle tabaccherie della città». E tirò fuori di tasca un grosso pacco. «Bisognerà rifletterci un poco, ma io non vedo nessuna via d'uscita. Parliamoci chiaro: questo Lazik non ha peli sulla lingua. Egli scrive, per esempio: "l'alto lenocinio". Si direbbe che alte personalità, anche lei, signor barone, siano semplicemente dei profittatori. È spaventoso».

Tacque a lungo. Taittinger beveva frettolosamente ma a piccoli sorsi. Sentiva il bisogno di tenere almeno occupate le mani. Voleva parlare per sfuggire in certo modo con le parole a qualcosa che lo minacciava da lontano. Ma contro la sua volontà pronunciò la frase terribile che gli risuonava incessantemente nel cervello: «Sono perduto, caro Zenower!».

Ora poteva sostenere senza fatica lo sguardo triste di Zenower; esso era la sua unica consolazione. «Qui di perduto non si può parlare, signor barone. Lei non conosce i perduti. Il mondo in cui lei vive, mi perdoni, non è un mondo in cui si possa essere veramente perduti. Il mondo vero è molto grande e procura ben altre possibilità di perdersi. Ma per ora non è ancora perduto nulla, neanche nel senso che lei dà alla parola. Lei è soltanto minacciato. Questo giornalista è certamente pericoloso, ma anche molto stupido. Dovrebbe essere facile renderlo innocuo. Nella buona società questi fascicoli non arrivano certamente, e quanto agli altri lettori, essi non hanno importanza. Ma c'è il pericolo che l'autore stesso vada a trovare i signori interessati, così come è venuto da lei. Non credo che gli altri gli diano del denaro, ma lui potrebbe nutrire speranze simili, e può sempre a buon diritto richiamarsi al suo esempio».

«Che cosa devo fare allora, caro Zenower?».

Il capitano aveva l'aspetto di un ragazzo invecchiato. Si mordeva le labbra, si osservava le mani come se volesse accertarsi se erano ancora le sue o quelle di un estraneo, di un uomo perduto.

«Mi permetta di parlare con questo Lazik» disse Zenower. «Domani chiederò un permesso di tre giorni».

Certo tutto si sarebbe chiarito. Taittinger riacquistò il suo antico buon umore. Zenower, quel bravo, intelligente Zenower, sarebbe andato a Vienna, avrebbe parlato, regolato tutto; anche le altre faccende. Il piccolo Schinagl lo si rimanda a Graz; nella tenuta si accomoda tutto; si vende Pilade. Domani, subito dopo l'istruzione, si fa un salto all'ufficio postale: ci sarà una lettera della Mizzi da Kagran. Da ora in avanti non si avrà più paura delle lettere, delle firme, insomma di tutte quelle cose terribili che esistono al di fuori della caserma, del circolo ufficiali, dell'albergo Imperial a Vienna e della 'buona società'. Egli era ormai 'sinceramente' convinto di essere diventato, dal giorno prima, più vecchio di molti anni, più ricco di molte e amare esperienze, di avere superato parecchi ostacoli; tutto grazie a questo Zenower. E pensare che era un figlio del popolo!

«Il popolo è buono!» disse Taittinger ad alta voce.

«Lei non lo conosce, il popolo!» disse Zenower. «Il popolo è fatto di uomini. L'uomo è buono e cattivo». Con questo, si alzò così deciso che Taittinger non trovò il tempo di pregarlo che rimanesse ancora un po'. Ora Zenower, così come appariva nel cappotto borghese dal bavero di velluto nero, col cappello duro e i guanti nella sinistra, col bastone appeso al braccio, non ricordava più a Taittinger, per la terza volta nella giornata, lo Zenower a lui noto. Era cambiato ancora: estraneo, severo e buono e – tuttavia – anche un pochino 'noioso'. Ma la sua mano era forte, calda ed eloquente come nel pomeriggio, e quando egli se ne fu andato Taittinger ne sentì nostalgia. Lo rattristava anche il fatto che lo si fosse lasciato solo. Bevve ancora una bottiglia, vide gli ultimi avventori andarsene, e speranza e conforto rifiorirono nel suo cuore. Si accomoderà tutto, pensava. Nevicava ancora, sempre più fitto. In che mese si era? Ah, in novembre. La neve ricordava il Natale e Taittinger pensò: entro Natale si sarà accomodato tutto! Quella notte dormì bene, senza preoccupazioni né sogni.

La mattina dopo la neve era alta, solida e gelata. Gli zoccoli di Pilade, che Taittinger aveva voluto cavalcare per un sentimentale e doloroso congedo, sdrucciolavano pericolosamente sull'acciottolato dal quale era stata spazzata la neve. Il suono delle trombe arrivava incerto, velato, attutito. «Pilade,» disse il capitano quando smontò in piazza d'armi «Pilade, è l'ultima volta!». Carezzò il collo del cavallo bianco, tolse un pezzo di zucchero dalla bandoliera e lo introdusse fra i denti dell'animale tenendo a lungo il cavo della mano contro le narici calde e molli, contro la grossa lingua riconoscente, insieme scottante e fresca. Sentiva che non avrebbe avuto la forza di ritornare quel giorno in caserma cavalcando Pilade. Ordinò al sergente maggiore di rimandare indietro il cavallo e consegnò lo squadrone al tenente Zschoch. Durante l'intervallo delle dieci chiese licenza al maggiore Festetics e s'avviò rapidamente a piedi verso la città; camminava sempre più svelto facendo quanto più rumore era possibile per stordire la tristezza e anche la leggera paura per le lettere che forse lo aspettavano allo sportello del fermo in posta.

C'era solo una lettera vecchia di tre settimane con l'orribile bollo di Kagran. Essa diceva: «Gentilissimo signor barone, è stato un onore per me come anche una grande gioia nel mio cuore che il signor barone abbia pensato a me. Io sto bene, anche le suore sono buone e ora lavoro nella sartoria dove si può anche cantare. Presto sarò rimessa in libertà e oggi è già ottobre. Con ossequio e con affetto la saluta, Mizzi Schinagl».

Taittinger dovette leggere la lettera due volte, lì nell'ufficio postale, perché era scritta su carta da involgere grigia e porosa, e la scrittura era sbilenca e interrotta da grossi scarabocchi. Taittinger era commosso, sia dalla lettera, sia, ancor di più, per avere avuto la forza di andarla a prendere e di leggerla due volte, ma soprattutto a causa del commiato da Pilade. Si ristorò nella saletta di Tartakov con aringhe e slivovitz. Poi voleva passare dalla fureria per vedere Zenower prima che partisse per Vienna. Decise di non desinare al circolo ma fuori di città, da Sedlak. L'aria era chiara come vetro e investiva piacevolmente col suo gelo i sentimenti malinconici del capitano. Il sole gli riscaldava la schiena, ne sentiva il calore attraverso la spessa giubba. Tutto nel mondo sembrava buono e ordinato. Non c'erano più sorprese. Era come se ieri, con Zenower, non solo si fossero discussi i problemi più gravi, ma si fossero anche risolti. Era press'a poco come dopo gli esami.

XXIII

Purtroppo la sventura precipitò con un tale impeto sul povero Taittinger che egli non ebbe più tempo di passare dall'allegria, in cui si sentiva già perfettamente a suo agio, alla disperazione. Non ebbe neanche il tempo di spaventarsi. Senza parlare e senza rendersi ben conto ascoltò la comunicazione che gli faceva Zenower in fureria. Zenower in uniforme era tornato ad essere l'antico sottufficiale. Quando il capitano entrò si mise sull'attenti, aveva di nuovo il suo chiaro, militare sguardo di servizio, e con la sua abituale voce di servizio disse: «Signor capitano, le comunico che ho avuto dal signor colonnello tre giorni di licenza e che partirò domattina. Devo anche comunicarle che il signor colonnello ordina al signor capitano di presentarsi immediatamente; il signor colonnello sta aspettando!». «Riposo!» ordinò Taittinger. «Può sedersi, Zenower» e si sedette lui stesso sulla scrivania. «Ma che cosa vuole il vecchio?». Uno sguardo lontanamente simile a quello 'borghese' del giorno prima balenò per un istante negli occhi di Zenower. «Signor barone, il signor colonnello è molto agitato. Ha ricevuto oggi una raccomandata dal ministero della Guerra; l'ho vista sul tavolo dell'aiutante maggiore, signor barone...». Più di questo il sottufficiale furiere Zenower non disse. «Andiamo, parli pure!» disse Taittinger. Ancora una volta Zenower si irrigidì sull'attenti: «Signor capitano, mi permetto di ricordarle che il signor colonnello ha ordinato che il signor capitano si presenti immediatamente nei suoi uffici».

«Ah, capisco!» disse Taittinger che continuava a non capire. Uscì, traversò il cortile. Il vecchio a volte spiava dalla finestra, dietro la tenda: si doveva perciò attraversare il cortile con passo sollecito e rispondere a norma di regolamento a ogni saluto dei soldati che vi si incontravano. Forse ha sentito dire che voglio vendere Pilade, disse Taittinger fra sé. Quel cavallo gli è sempre piaciuto.

Entrò nell'ufficio del comando. Il colonnello Kovac era quasi irriconoscibile. Era un ometto grasso e tondo dal cranio sferico, il naso rossiccio, i baffetti grigi, i minuscoli occhi neri che sembravano formati solo dalle pupille. La sue braccia corte, e per di più costrette in maniche anche più corte, finivano, senza transizione, nelle mani grosse e rosse che sembravano delle specie di martelli rivestiti di pelle. Ora, però, il colonnello Kovac sembrava addirittura magro: il suo naso era bluastro, le sue mani quasi bianche. Di traverso sulla fronte bassa, in cui si incuneava il triangolo ispido dei corti capelli a spazzola, c'era una vena azzurra fortemente rilevata, sintomo evidente di una straordinaria rabbia nascosta. Il colonnello andò a mettersi davanti alla scrivania, appoggiò una mano sull'anca e osservò attentamente il capitano che rimaneva immobile come una statua colorata. Il vecchio non disse 'riposo' e tanto meno 'salve'. Taittinger cominciò a sentirsi a disagio: non riusciva a riflettere. Gli occhietti scintillanti del colonnello scivolavano, su e giù, su e giù. Questo durò uno, due, tre minuti. Il silenzio era tale che si udiva il tic tac dell'orologio di Taittinger e di quello del colonnello.

Finalmente questi parlò con voce stranamente sommessa: «Signor capitano, lei conosce un conte W., caposezione del ministero delle Finanze?». Taittinger si sentì gelare i ginocchi; il gelo cominciava al di sopra dei gambali, non erano più neanche dei ginocchi; era difficile rimanere in piedi con le cosce che poggiavano su pezzi di ghiaccio. «Sì, signor colonnello!». «E conosce anche un... un certo redattore Bernhard Lazik?». «Sì, signor colonnello!». «Sa ora perché è stato chiamato qua?». «Sì, signor colonnello». «Riposo!» ordinò il colonnello. Il capitano avanzò lo stivale destro. «Può sedersi» disse Kovac e indicò una semplice sedia di legno. «Grazie!» disse Taittinger, e aspettava. «Si sieda, ho detto!» gridò Kovac. Il capitano sedette. Il colonnello camminava su e giù, in lungo e in largo, sul gran tappeto. Ogni tanto incrociava le braccia, le riapriva, chiudeva i pugni, li ficcava in tasca, faceva tintinnare delle chiavi, le tirava fuori, le faceva girare tenendo l'anello del portachiavi infilato nel pollice, le rimetteva in tasca. Sembrava sempre più magro, più pallido e più irreale. Il pomeriggio di novembre mandava ormai il suo crepuscolo nell'ufficio e solo il chiaro riflesso della neve fresca, che entrava dal cortile per le finestre, lo illuminava un po'.

«Ma parli una buona volta!» gridò il colonnello. Era un ruggito e al tempo stesso un grido stridulo. «Spieghi, signor capitano!».

«Signor colonnello,» disse Taittinger «si tratta di quella spiacevole storia per cui sono ritornato al reggimento».

«Spiacevole... spiacevole!» gridò il colonnello. «È spaventosa, indegna; un...» e finalmente trovò la parola «uno scandalo! sì! Non spiacevole, scandalosa! E questo a me!... ai nostri, no, signor capitano, ai miei uomini del 9°! Non ai suoi, oh no! Io non tollero, non tollero simili... simili signori presso di me. Io sono un semplice ufficiale di linea, sissignore, un ufficiale di linea. Non ho mai avuto incarichi speciali. Non ho amici a Vienna. Non conosco nessuna Eccellenza! Sì, per quanto è vero che sono il colonnello Joseph Maria Kovac, semplice colonnello, capisce, signor capitano, questa la pagherà! Ecco... lettere del genere!». Il colonnello andò dietro la scrivania e agitò la lettera del ministero della Guerra nel pugno alzato. «Sa che cosa c'è scritto?». «No, signor colonnello» rispose Taittinger. Ora la sua fronte era bagnata di sudore; i piedi bruciavano negli stivali, ma al di sopra dei gambali, nei ginocchi, c'era il gelo. Il cuore batteva così forte che quasi se ne vedevano i palpiti attraverso il panno spesso della giubba. «Dunque mi ascolti, signor capitano! Quando lei ritornò al reggimento dal suo incarico speciale io naturalmente sapevo che lei aveva fatto quel passo falso. La faccenda era morta e sepolta... Ma ora...! Lei non può star lontano da queste faccende di sottane. Lei è... lei è... Dunque, lei va in compagnia di un individuo... di un individuo dico... e gli dà duemila corone e partecipa ai suoi sporchi affari, al suo sudiciume, sudiciume dico... e quel figuro va dal caposezione W. e vuole denaro anche da lui e gli dice quanto ha già pagato lei, e il signor caposezione è purtroppo immobilizzato, una paralisi dico, da due mesi, e in questi luridi fascicoli si parla della signora contessa e il marito non si può battere con lei, e non lo farebbe neanche se fosse sano, e scrive al suo amico, il signor ministro della Guerra, a Sua Eccellenza personalmente... personalmente dico... e io, io! da quando esiste il nostro esercito... non dico più nulla! Sono a sua disposizione, signor capitano!».

Taittinger balzò su. «Signor colonnello!» esclamò. «Attenti!» ordinò Kovac, e poi: «Riposo! Si sieda!». Taittinger si sedette di nuovo.

Il colonnello gridava così forte che lo si udiva in tutti i corridoi dell'ala sinistra. L'aiutante, tenente von Dengl, stava da un pezzo davanti alla porta con alcune pratiche in mano e l'ordine del giorno pronto, per poter dire in ogni momento che era giusto sul punto di bussare. Il sottufficiale alla matricola, sergente maggiore Steiner, e i suoi due scritturali ascoltavano ogni parola attraverso la porta di comunicazione sebbene fingessero, tutt'e tre, di essere sprofondati nei registri di matricola, nelle denunce di diserzione, nelle comunicazioni della gendarmeria e nelle note informative. Perfino nel cortile, nella cantina, il chiasso dei sottufficiali che giocavano a carte cessò. L'aria vitrea, gelida di quella sera di novembre trasmetteva chiaramente ogni nota della voce ruggente del colonnello. Era la voce irata del dio della caserma, un fenomeno naturale di prim'ordine. Si seppe subito che si trattava di Taittinger; non solo perché lo si era visto andare dal colonnello – oh no! si erano letti anche i fascicoli di Lazik; non in ogni tabaccheria Zenower era riuscito a comprarli! Tutti erano in preda a un forte spavento, a un grande turbamento, sebbene il barone Taittinger fosse sempre stato, per loro, indifferente. Egli era fuori posto al reggimento, fuori posto in caserma. Tutti gli uomini del reggimento di stirpe contadina, che venivano dalla Bucovina, dalla Slovacchia e dalla Bacska, e non avevano mai veduto un salotto viennese, erano convinti, quando guardavano il barone Taittinger, che egli fosse al suo posto soltanto in un salotto. Eppure, essi immaginavano ora assai bene quanto egli soffrisse, grazie a quella solidarietà fra soldati che di squadroni e di reggimenti fa delle famiglie, dei superiori fa dei padri o dei fratelli maggiori, dei subalterni figli, delle reclute nipoti, dei sottufficiali zii e dei caporali cugini. Nella cantina si fece silenzio, e le carte da gioco rimasero immobili e lucide sui tavoli.

Frattanto il colonnello aveva taciuto improvvisamente e il suo silenzio era ancora più terribile delle grida di poco prima. Egli aveva esaurito la sua voce e il suo repertorio di parole. Anche lui si sentiva gelare e vacillare i ginocchi e dovette sedersi. Si prese il capo con ambedue le mani e disse, rivolto più alle carte sulla scrivania che a Taittinger: «Chiedete il congedo, signor capitano! Il congedo, dico! Non voglio nessun giurì d'onore! Ascolti. Io comunicherò che lei ha preso un congedo. Il medico del reggimento, dottor Kallir, sa già che lei sta molto male di salute. Ho già parlato con lui. Lei ha i nervi scossi, ha perduto la ragione. Il congedo! Non voglio trasferimenti con queste note informative, capisce, signor capitano?».

Il capitano Taittinger si alzò: «Sì, signor colonnello! Domani chiederò il congedo».

Il colonnello sentì una fitta al cuore. Voleva alzarsi, ma si sentiva troppo debole. Allungò la mano a Taittinger al di sopra del tavolo e disse: «Auguri, Taittinger!».

XXIV

Taittinger e il furiere Zenower passarono tutta la notte da Sedlak. Anche Zenower era stordito dalla rapidità del destino. Anche lui, il figlio della cuoca, era figlio dell'esercito. Anche lui, benché conoscesse il dolore vero del mondo al di fuori delle caserme, non si sentiva di sottovalutare il dolore di Taittinger; e anche lui era turbato, come tutti quel giorno, dal colonnello fino alle reclute. Certo, c'erano molte disgrazie sulla terra; ma qui ce n'era una visibile, concreta, una disgrazia della caserma dove si dormiva, si mangiava e si viveva. Ieri egli poteva ancora dire qualcosa al capitano, consigliarlo, aiutarlo. Oggi invece era muto. Anche Taittinger era muto, solo ogni tanto diceva: «Ma pensi un po', Zenower!...». Ma non sapeva neanche lui a che cosa propriamente Zenower dovesse pensare. Si sentiva il tic tac dell'orologio a muro; le lancette nere giravano instancabili, quella delle ore scivolava lungo le cifre del quadrante con tanta rapidità come se anch'essa segnasse solo i minuti. Tutt'e due gli uomini guardavano contemporaneamente l'orologio e tutt'e due avvertivano con la stessa chiarezza, davanti alle immutabili leggi del tempo, l'impotenza umana verso anche tutte le altre leggi, quelle note e quelle ignote. Le ore passavano, frazioni della vita. Taittinger aveva sciupato o tradito una, due, tre o anche dieci ore della sua vita; non era più possibile riparare.

Gli ultimi avventori se ne andarono. Il petrolio nella lampada di vetro diminuiva a vista d'occhio. Fecero portare delle candele e del vino e si trattennero ancora. Quando la lampada si spense del tutto, si vide il riflesso argenteo della neve fuori delle finestre. Il vento gelato cantava sottile e chiaro attraverso la notte e i vetri vibravano sommessamente. Per quanto non si fossero detti niente di preciso, tutt'e due sapevano che bisognava aspettare l'alba. Nessuno dei due poteva lasciare l'altro nel cuore della notte. E attesero.

«L'accompagnerò, signor barone» cominciò finalmente Zenower. «Domani andrà in licenza e io verrò con lei a Vienna. Avrei dovuto comunque andarvi per vedere quel mio amico, ragioniere capo al ministero. Credo che farò l'esame già a gennaio». «Sì, certo!» disse Taittinger.

L'oste Sedlak dormiva dietro il banco; ogni tanto balbettava qualcosa di indistinto. Zenower disse: «Ha un sonno felice!». Ma Taittinger, che non aveva affatto ascoltato, replicò: «Sì, ha dell'ottimo Vöslau». «Io preferisco una buona birra» disse Zenower. Dopo ci fu ancora silenzio, i loro sforzi di rifugiarsi in un colloquio indifferente rimasero vani. Non pensavano a quello che dicevano ma parlavano solo per non udire l'orologio: erano esorcismi assurdi, frasi senza nesso, piccole insulse falsità. Le due candele erano già consumate per due terzi allorché fuori delle finestre la neve cominciò a diventare azzurrina, il canto del gelo più forte, il cielo più pallido. Zenower andò al banco, svegliò Sedlak e pagò.

Si avviarono lentamente verso la città, fino alla caserma. «Domani sarò in borghese per sempre!» disse Taittinger allorché entrarono nella caserma e la sentinella fece il saluto. «Fa il saluto per l'ultima volta!» osservò. È poi così grave, pensò Zenower, non ricevere più il saluto militare? Ma anch'egli sentiva che era una riflessione ingiusta. Era una vita che finiva così. Come un moribondo si stacca dal suo corpo, così un soldato depone l'uniforme. Già, la vita borghese!... ma era un aldilà ignoto, forse pauroso.

Alle nove gli ufficiali andarono a rapporto. Taittinger ottenne subito la 'licenza per motivi di salute'. La diagnosi del medico del reggimento dottor Kallir denunciava espressamente un grave esaurimento nervoso ed esentava Taittinger anche dal dovere di accomiatarsi dal reparto. Alle due e quaranta del pomeriggio egli salì in treno, in borghese, insieme a Zenower. Alle sei arrivarono a Vienna. Zenower scrisse la domanda di congedo e Taittinger la copiò nella sala di scrittura dell'albergo Prinz Eugen con la sua grafia diritta e militaresca, quattro dita di distanza dal margine superiore e tre dita da quello laterale; poi firmò molto lentamente: «Capitano Alois Franz barone von Taittinger». Non sembrava affatto la sua firma abituale, tanta era la lentezza e la cautela con cui venivano tracciate le lettere. Era come se non si trattasse più del suo nome. Aveva firmato con un nome estraneo.

Zenower aspettava nell'atrio dell'albergo. Egli prese la domanda, finse di leggervi a lungo per dare l'impressione che la stesse esaminando meticolosamente, ma in realtà solo per non dover guardare subito il capitano: finalmente la ripiegò.

Taittinger disse: «Ora non sono più un superiore, Zenower!».

Si trasse di tasca l'orologio, un orologio d'oro che veniva dalla gioielleria del consigliere Gwendl: sul rovescio erano incise le iniziali di Taittinger e quelle di suo zio. Era appunto un regalo che lo zio aveva fatto al nipote quando era stato dimesso dalla scuola militare di Mährisch-Weisskirchen. «Accetti questo orologio» disse Taittinger. Per la prima volta in vita sua regalava qualche cosa; ad eccezione del denaro e dei fiori non aveva mai regalato niente. Zenower lo guardò a lungo, poi a sua volta tirò fuori un orologio d'argento alquanto ingombrante e disse: «E lei prenda questo, signor barone». Poi quando vide che Taittinger aspettava tenendo l'orologio d'argento sul palmo della mano, aggiunse: «Se ha bisogno di un amico...».

«Partirò oggi stesso per la tenuta» disse Taittinger e lasciò scivolare l'orologio nella tasca del panciotto. Poi assunse un'aria da uomo pratico. «Allora lei sbriga la domanda, non è vero? E vende i due cavalli, io non li voglio più. Mi scriva presto. La ringrazio tanto, caro Zenower! Il mio indirizzo lo ha già».

«Buon viaggio!» disse Zenower e si alzò.

«Il mio bagaglio!» gridò il barone, e si fece portare alla Stazione Est.

XXV

La tenuta di Taittinger non era facile da raggiungere. Si trovava nel distretto di Ceterymentar, rinchiusa fra i Carpazi nevosi. Si doveva cambiare treno due volte. Dalla stazione di Ceterymentar alla tenuta c'erano ancora sei chilometri e mezzo in salita e un chilometro e mezzo in discesa. Si chiamava Zamky ma Taittinger l'aveva sempre chiamata 'la trappola', fin da ragazzo quando lo zio lo invitava per le vacanze. Il borgomastro Wenk era un tedesco, uno dei pochi coloni sassoni, dispersi, che abitavano nella zona. L'amministratore veniva dalla Moravia, i contadini erano russi dei Carpazi, il servitore, diventato ormai sordo, era un ungherese che però aveva dimenticato completamente da dove, quando e perché era venuto a stare lassù. L'ultima cosa che ricordava era l'insurrezione di Budapest e la morte del suo padrone, il vecchio barone. Il guardaboschi era un ruteno della Galizia e il maresciallo dei gendarmi era di Bratislava: l'unica persona, per un buon tratto all'intorno, col quale Taittinger potesse ogni tanto scambiare due parole all'osteria.

Si era al principio di dicembre. Era gelato sulle vette intorno e anche in basso nella tenuta. I corvi posavano immobili e neri sugli abeti coperti di neve; quando, staccandosi lentamente, svolazzavano via e cominciavano a gracidare, c'era quasi da credere che fossero dei frutti stregati. Si era potuto riparare la villa soltanto provvisoriamente, tanto l'arrivo di Taittinger era stato improvviso e tanto poco denaro c'era a disposizione. L'amministratore pagò per altro agli operai solo la metà del convenuto, ed essi lo conoscevano abbastanza per sapere che il resto, promesso per dopo Natale, non lo avrebbero mai visto. Del resto c'erano due feste di Natale, una per i cattolici e una per gli ortodossi! Sul tetto furono sostituiti qua e là alcuni tegoli, ma vi rimasero i vecchi buchi. Quando, dopo molti anni, si ricominciò ad accendere le stufe i vecchi telai delle porte e delle finestre si curvarono, i chiavistelli e le serrature non funzionarono più e si sentirono sospiri e schiocchi venire dai massicci armadi nei quali le assi e le mensole si imbarcavano. Nello studio i tetri ritratti degli avi della famiglia Zernutti pendevano storti da ganci malfermi. Nell'enorme sala da pranzo prosperava la muffa; sulla veranda larghi cartoni marroni, blu e bianchi rattoppavano i telai vuoti delle vetrate. In cucina erano annidati due rospi vecchissimi, nutriti dal servitore Joszi con le rare mosche d'inverno che si trascinavano fuori quando si accendeva il camino e che lui subito scorgeva e acchiappava.

L'arrivo del barone fu una sorpresa sgradita; ma si pensò che sarebbe rimasto al più una settimana: avrebbe mandato via il figlio illegittimo, avrebbe dato un'occhiata intorno e poi se ne sarebbe andato. Quando però si apprese dal maresciallo che Taittinger aveva intenzione di rimanere, e che anzi aveva lasciato il servizio, si cominciò a prendere il barone in odio, quell'odio particolare che è suscitato dalla paura. Lo conoscevano bene. Finora era stato un uomo leggero, questo era pacifico: aveva dissipato i raccolti, il bosco e il denaro. Ma, ora che evidentemente si era accorto della sua povertà, non poteva darsi che fosse diventato più attento? Non aveva lasciato l'esercito appunto per questo? Se avesse voluto, avrebbe potuto chiedere conto di tante cose. Che cos'era successo della cantina? Chi aveva inventato ora le cavallette, ora un cattivo raccolto, ora il fallimento del compratore del bosco?

Già la prima sera si passa in albergo, perché la camera da letto, a quanto pare, non è ancora pronta. Taittinger deve dormire nella locanda. Ci sono ancora alcuni contadini seduti là, dietro l'ampio tavolo di legno scuro, vicino alla grande stufa di argilla. Janko, il locandiere, striscia intorno al barone benché sappia che Taittinger non dirà nulla, né è curioso di sapere qualcosa. I contadini sono abituati a parlare ad alta voce oppure a tacere. Che si possa parlare sottovoce non lo capiscono, e parlare ad alta voce non possono per via del barone. L'unica cosa che possono fare è di vuotare le loro pipe battendole non come al solito contro l'orlo del tavolo, bensì contro gli stivali sotto il tavolo. Ora, quando il maresciallo entra e si pianta sull'attenti davanti al barone e il barone lo invita a sedersi e gli dà la mano e beve perfino con lui, si fa un gran silenzio intorno ai contadini e dentro di loro. Abbassano il capo e guardano solo ogni tanto, di sfuggita, verso il tavolo del signore. Il barone e il maresciallo parlano in tedesco, si capisce solo una parola su dieci, ma si avrebbe paura ad ascoltare anche se i due parlassero slovacco o ruteno. Taittinger trova ovvio che i contadini siano così silenziosi. Da che è proprietario della tenuta, ma anche prima, egli è stato laggiù forse una diecina di volte e i contadini sono sempre stati così silenziosi. Il maresciallo però sa quanto chiasso facciano di solito e dice al barone: «Tacciono così per paura del signor barone». Paura... di me! pensa Taittinger. «Ma io non faccio loro nulla!» dice. «Appunto per questo, signor barone» spiega il maresciallo. «Ma è imbarazzante!» dice Taittinger. Il maresciallo va verso i contadini e dice loro in slovacco che il signor barone non vuole che stiano zitti per via di lui. È quasi un comando, ed essi dicono qualcosa parlando a due, a tre per volta, cose che non volevano affatto dire. Poi ricadono nel silenzio. L'oste porta gulasch e birra. Taittinger e il gendarme mangiano.

A un tratto si spalanca la porta; entra un giovane e si dirige direttamente verso Taittinger. Il barone smette di mangiare e con la forchetta e il coltello in mano guarda il giovane che non gli sembra di conoscere. «Ciao Xandl» dice il maresciallo. Tutti i contadini sanno che è il figlio illegittimo del barone e stanno a guardare. Quelli che volgevano le spalle a Taittinger si rigirano. Il barone non diviene loro per questo più familiare ma la curiosità è più forte della paura; e il piacere maligno è un ricco premio. Bisognerebbe che ora venisse anche uno dei molti creditori. I contadini sanno che il proprietario è indebitato. «Suo figlio?» domanda Taittinger al maresciallo. «No,» dice il giovane «io sono figlio suo». «Ah,» dice Taittinger «lei è lo Schinagl!». «Sì» dice il giovane. Taittinger lo guarda con attenzione. Xandl porta un vestito di velluto verde con maniche troppo corte e le sue mani sono troppo grandi, rosse e screpolate, le unghie sono disgustose. La testa potrebbe andare, e Taittinger si sforza di scoprire qualche somiglianza fra sé e il giovane; ma non ci riesce neanche con tutta la buona volontà. Il giovane ha occhi di porcellana blu cerchiati di rosso, storce continuamente la bocca, i suoi orecchi sono rosso-fiamma, la sua testa è rasata, cosicché non si può riconoscere il colore dei capelli; con le brutte mani gualcisce continuamente il berretto blu, macchiato d'inchiostro, con la visiera d'incerato consunta e grinzosa. Non può star fermo un momento. Si appoggia ora su un piede, ora sull'altro e qualche volta si dondola. Taittinger non ha mai visto un essere simile e già pensa di partirsene l'indomani.

«Ebbene, signor Schinagl,» egli dice «che cosa vuole?». Egli ha assunto la sua abituale, antica voce di barone, di capitano, una voce lenta, distaccata, e tuttavia con punte acute come di tromba. Il giovane dondolandosi indietreggia: «Vorrei sapere come sta la mamma». Parla molto forte; Taittinger sente che quella voce è, si può dire, arrossata come i pugni e come gli orecchi del giovane. È un tipo insopportabile, pensa Taittinger, e allontana il gulasch e beve la birra. «Che cos'è che vuole?» domanda il barone ancora una volta. «Voglio sapere come sta la mamma» ripete Xandl. Il barone riflette, non già alla salute della Mizzi, ma se debba dire: la sua signora madre oppure la sua signorina madre! Non gli viene in mente che si possa dire semplicemente: sua madre.

«È un pezzo che non ho più notizie della signorina Schinagl» dice infine.

«Ma il suo indirizzo?» domanda il giovane.

«Ma lei non sta a Graz, in collegio?» domanda il barone.

«Sì, ma mi hanno buttato fuori. La mamma non ha pagato. E poi ne ho anche combinata qualcuna, laggiù, e non voglio più ritornarci».

Il maresciallo ha finito di mangiare il suo gulasch senza scomporsi. Ha vuotato il suo gotto di birra, ne ha ordinato un altro e ne beve un lungo sorso; improvvisamente diventa rosso-blu e si asciuga i baffi con un fazzoletto, anche quello quasi altrettanto rosso-blu. Poi si alza, si mette in tasca il fazzoletto e dà uno schiaffo a Xandl. Il giovane barcolla; il maresciallo si siede e dice calmo: «Xandl, parlerai al signor barone come si conviene, altrimenti ti sbatto dentro e uscirai di carcere fra due anni. Sai come ti devi comportare?».

«Sì, signor maresciallo».

«E allora chiedi scusa al signor barone».

«Chiedo scusa, signor barone» dice Xandl.

I contadini ridono rumorosamente in coro e si battono le cosce con le palme aperte.

«Ehi, padrone,» chiama il barone «dia qualcosa da

mangiare a questo giovane. Nella stanza di là!» aggiunge. «E lei, quando ha mangiato, vada a casa dal signor amministratore e gli dica che domani tornerà a Graz».

«Tante grazie, signor barone, vorrei chiedere ancora una cosa».

«Ebbene?».

«Se per Natale posso ritornare qui».

«Sì» dice il barone.

«Mi perdoni la libertà, signor barone,» dice il maresciallo «ma da quello lì non verrà fuori nulla di buono».

«Non è colpa sua!» risponde il barone.

«Lo so, lo so» osserva il maresciallo. «I signori hanno sempre troppa indulgenza con questa gentaglia. Il signor comandante del nostro distretto, tutte le volte che denuncio dei sovversivi politici, dice sempre: "Non sarà poi così grave"».

«È un figlio del popolo!» dice Taittinger e pensa a Zenower, e che anche lui è un figlio illegittimo, forse di qualche Taittinger. Chissà? È tutto così confuso, a questo mondo.

Xandl ha mangiato, si è alzato, fa l'atto di andar via, rimane ancora un momento e dice: «Chiedo scusa» e porge al barone una busta, fa un orribile, disgustoso inchino e finalmente se ne va. Taittinger dà al maresciallo la busta: «Che cosa vuole?».

Il maresciallo legge ad alta voce: «Onoratissimo signor barone, il signor amministratore è disonesto e il borgomastro lo sa. La moglie dell'amministratore ha tutte le tovaglie, i tovaglioli e i lenzuoli con la corona, e anche il grande vassoio da pesce col ritratto di un'imperatrice. Questo si permette di comunicarle per gratitudine Xandl Schinagl». «Purtroppo è vero!» dice il maresciallo. «Non ci si può far nulla» osserva Taittinger e fissa lo sguardo nel vuoto. Lui non è fatto per questo mondo, lo sa già.

Dopo questo primo incontro con suo figlio Taittinger si accorge che ha in odio la tenuta, tutta quanta la regione, la casa, il ricordo del defunto zio Zernutti, il figlio di lui (il suo noioso cugino), le montagne, l'inverno, l'amministratore, il vasellame rubato, perfino il sordo Joszi.

In casa non si riscaldava certo con larghezza: nel mezzo della notte, quando il fuoco si spegneva nella stufa, la camera si faceva bruscamente gelida e umida, i cuscini e i lenzuoli sudavano freddo umido e mandavano odore di fieno marcio. Il Natale si avvicinava, festa insopportabile, piena degli auguri ipocriti di tutti i malvagi, di mani tese che cercano avide, di piccoli contadini travestiti e di angeli di cartone. E il Natale durava in quella regione, grazie al calendario russo, circa tre settimane. Per di più quel giovane Schinagl aveva minacciato di ritornare lassù per l'occasione. Senza il maresciallo era impossibile vedere il ragazzo. Ora i due cavalli erano stati venduti, per lo Schinagl era stato pagato il prossimo semestre al collegio, e al barone Taittinger rimaneva ancora abbastanza denaro per passare qualche settimana a Vienna: modestamente, certo, non all'Albergo Imperial. Tutte le notti, quando Taittinger lasciava la locanda di Janko per iniziare l'amara e gelida via crucis verso casa, aveva bevuto tanto di quello slivovitz da esser convinto che avrebbe potuto fare il bagaglio già quella notte, e la mattina dopo fare attaccare la vettura e partire. Ma quando entrava in casa e accendeva prima la candela e poi la lampada, lo afferravano la paura e il ribrezzo per le ombre dei mobili nella notte, per la muffa alle pareti, per gli scricchiolii delle porte e delle finestre. Si coricava subito mentre c'era ancora del fuoco nella stufa e cadeva in un sonno agitato; si svegliava tardi, beveva prima un caffè di cicoria e dopo un pallido vinello del luogo, quindi si vestiva e andava in giro per la campagna senza pensare e senza meta, desiderando ardentemente che venisse la sera. Quando poi era venuta, se ne andava alla locanda, dove aspettava il maresciallo; scambiava sì e no due parole col borgomastro e l'amministratore, che qualche volta andavano lì anch'essi, e si procurava ancora una volta, bevendo, un misero coraggio di due ore, quante cioè ne bastavano per rifare la via verso casa. Il barone Taittinger apparteneva a quegli uomini non rari che, cresciuti nella disciplina militare, aspettavano dal destino ordini e istruzioni come dai superiori.

E un giorno venne un ordine del genere. Il capitano Taittinger doveva presentarsi il 14 dicembre, alle nove e mezzo della mattina, davanti alla commissione medica superiore nel secondo ospedale del presidio di Vienna. Ciò avveniva in seguito alla sua domanda di prolungamento della licenza per motivi di salute. Avevano non poca fretta di liberarsi del capitano. In genere quelle pratiche non conducevano così presto davanti alla commissione superiore. Taittinger ne era offeso. Si sentiva addolorato, avvilito.

Si mise in viaggio già il 10 dicembre. Prima della partenza disse all'amministratore: «Sarò di nuovo qui in febbraio. Allora tutto cambierà». Al maresciallo che era venuto a salutarlo alla stazione disse: «Mi affido a lei: mi rimandi a Graz quel ragazzo, quello Schinagl. Comunque può rimanere una settimana dall'amministratore». Quando il capostazione ebbe dato il segnale di partenza, Taittinger lo salutò cordialmente dal finestrino con la mano, pieno di gratitudine, come se il capostazione avesse dato il segnale solo per far piacere a lui.

A febbraio ritorno, pensava, e pieno di una sicurezza del tutto gratuita diceva anche fra sé: a febbraio sarò tutt'altro uomo, oppure, a febbraio è già quasi primavera.

Pensava che sarebbe stato bene rivedere a Vienna il buono, caro Zenower, e da Bratislava, dov'era sceso fra un treno e l'altro, telegrafò: «Attendola Vienna urgentemente albergo Prinz Eugen», e pieno di speranza andò incontro alla commissione medica.

La diagnosi diceva: «Dilatazione cardiaca, debolezza dei muscoli cardiaci, grave nevrastenia; inabile per il momento al servizio attivo». Non lo avevano neanche visitato. Il generale medico del secondo ospedale del presidio di Vienna si era limitato a salutarlo e a firmare il foglio.

«Tanti auguri, capitano» disse poi. Erano condoglianze.

Questo era dunque il congedo dall'esercito. Il barone Taittinger se ne andava lungo la Währinger Strasse, camminando distratto nella neve fangosa che si stava sciogliendo, non più un militare, per la prima volta, da quando poteva ricordare, non più un militare! E che cos'era, allora? Un borghese, appunto. Ci sono quasi solo dei borghesi per la strada, però lo sono da molto tempo. Ma lui è, per dir così, una recluta tra i borghesi. Il congedo lo porta piegato nel portafoglio.

Non è facile diventare un borghese così di punto in bianco. Un borghese può avere magari dei superiori, ma non è per questo un subalterno. Un borghese può andare dove gli piace e in qualsiasi momento. Un borghese non è necessariamente tenuto a difendere il suo onore con le armi in pugno. Un borghese può alzarsi la mattina anche senza attendente: un borghese possiede una sveglia. Come se volesse rendersi ancora più borghese, Taittinger cammina senza badare alla neve fangosa, piega a sinistra nello Schottenring e vuole sedersi in un caffè. Non dà più un'occhiata attraverso i vetri come faceva una volta per assicurarsi che il locale sia dignitoso: un borghese può permettersi tutto.

Taittinger entra dunque in un qualsiasi caffè dello Schottenring, vicino alla direzione di polizia. È un piccolo locale, un cosiddetto caffè popolare. A uno dei pochi tavoli stanno seduti sei uomini col cappello in testa; tutti col cappello duro. Giocano a tarocchi. Non m'interessa, pensa Taittinger e si mette a guardare fuori la cupa giornata invernale bevendo caffè con panna.

Entra un altro avventore. Taittinger prende atto che

è entrato qualcuno, ma non altrimenti di come si prende atto della presenza di una mosca.

L'uomo non si leva il cappello, saluta alzando un dito, si siede accanto ai giocatori di tarocchi e si mette ad assistere alla partita. Nel momento in cui Taittinger chiama il cameriere l'uomo balza su e si guarda intorno. A Taittinger pare di averlo già visto da qualche parte. L'uomo si leva il cappello, si accosta e dice: «Signor barone, non mi riconosce? Lei qui, signor barone?».

Sì, è l'uomo dei fascicoli, ora Taittinger ricorda. «Posso sedermi?» domanda Lazik, e già è seduto. E si mette anche a raccontare: «Che mondo quello di oggigiorno! Ma ormai li conosco a fondo, quei vigliacchi, quei mascalzoni! Questi gran signori! Ciascuno di loro ha almeno una vita umana sulla coscienza. Sono degli assassini, degli assassini privilegiati! Hanno denaro, onori, decorazioni. Guardi invece me, signor barone, come son ridotto!». E Lazik si alzò, tirò su un poco i pantaloni, rovesciò le falde della giacca per mostrare la fodera lacera, sollevò un piede indicando la tomaia scucita, si toccò il colletto e disse: «Non lo cambio da una settimana». «È orribile!» fece Taittinger. «Signor barone, lei è un angelo: lei è stato il solo ad essere buono con me!» disse Lazik. «Le voglio baciare le mani, signor barone; mi conceda la grazia di baciare le sue mani». Lazik si curvò ma Taittinger nascose le mani nelle tasche. «Capisco, non ne son degno,» disse Lazik «ma almeno posso raccontarle un'ingiustizia che grida vendetta al cielo?». «Sì» disse Taittinger. «Dunque, allora sono andato coi miei fascicoli dal conte W. (ora è paralizzato, grazie a Dio! c'è ancora una giustizia divina) e parlo con lui come a suo tempo avevo parlato col signor barone. Ma purtroppo il signor conte ha ancora un braccio sano e lo allunga, suona il campanello, e viene il servitore e il conte dice: "Il segretario", e il segretario viene e il conte dice: "Tratti il signore come si conviene". Io parlo col segretario, senza sospetti, come un bambino innocente... e quando torno a casa ci trovo Rothbucher della brigata mobile che dice: «Lazik, ti devo arrestare!...”. Insomma, a farla corta, sequestrano e proibiscono i fascicoli e mi buttano fuori dal giornale. Ora vivo con l'aiuto di quei giovanotti là, anche loro sono della brigata mobile!».

«Orribile, signor redattore!» disse Taittinger.

«Il signor barone è ancora così gentile da darmi questo titolo» disse Lazik e gli si udivano già i singhiozzi gorgogliare nella gola. «Se mi è consentito in qualche modo contraccambiare, ho qui una piccola rappresentanza di medicinali». Tirò fuori dalle tasche tubetti e polverine. «A volte si soffre d'insonnia, non è vero, signor barone, e il dottore non vuol prescrivere certe cose!».

In quel momento i sei uomini si alzarono, salutarono con gli austeri cappelli duri e l'ultimo disse: «Scusi!» si mise in tasca tubi e polverine e ordinò a Lazik: «Vieni con noi!». Lazik si alzò, si inchinò e li seguì.

Il cameriere si avvicinò al tavolo: «Chiedo scusa, signor barone, ma le devo riferire da parte dell'ispettore capo Sedlacek (il signor barone non l'ha riconosciuto, lui dice) che il redattore Lazik traffica in cocaina e la polizia se ne serve, e io... io dovevo avvertire il signor barone che non lo incoraggiasse».

«Grazie» disse Taittinger. Uscì, fece cenno a una vettura e ordinò: «Kagran».

Quando fu entrato nel penitenziario e si fu fatto annunciare al direttore, ebbe la sensazione di essere andato là per farsi rinchiudere volontariamente. C'era sempre lo stesso direttore che riconobbe subito Taittinger. «Lascio il barone solo come l'altra volta» egli disse. «No, la prego!» esclamò Taittinger con tanta decisione che il direttore rimase seduto al suo posto. «Non vorrei parlare da solo con la signorina Schinagl».

Fu aperta la porta; Mizzi si fermò sulla soglia come l'altra volta; come allora si coprì il viso con le mani, Taittinger le andò incontro: «Ciao, Mizzi» le disse. Mizzi scorse il direttore dietro la scrivania, si impaurì e fece una riverenza goffa. «Si avvicini, Mizzi!» disse il direttore, e poi al barone: «È tanto brava; a marzo sarà libera». «Che cosa farai allora?» domandò Taittinger. «Oh, il signor barone è così buono!» disse Mizzi. Sembrò a Taittinger diversa dall'altra volta; le sollevò la cuffia e i capelli ne scaturirono biondi e folti. Il direttore disse: «Non siamo poi così crudeli, signor barone!».

«Tante grazie, signor consigliere!» disse la Mizzi e tentò ancora una volta una riverenza che non le riuscì. Poi tirò fuori il fazzoletto dalla tasca del suo vestito blu e si asciugò gli occhi. Ma i suoi occhi erano asciutti, il barone lo vide bene e non sentì alcuna commozione. Non era come l'altra volta. Volle essere buono, pensò che forse la Mizzi appariva così diversa per via del direttore o per via dei capelli che erano ricresciuti. «Tuo figlio è stato da me,» disse Taittinger «l'ho rimandato a Graz». «Xandl!» esclamò la Mizzi. «Che aspetto ha?». Purtroppo non il mio, voleva rispondere Taittinger, ma disse: «Buono, molto buono!». Mizzi cominciò a piangere veramente, ma questa volta si asciugò gli occhi col dorso della mano, e del resto finì subito di piangere. Con voce dura, metallica, indifferente chiese il permesso di andare. «Prego» disse Taittinger, e la Mizzi fu condotta via.

«Si trova bene qui, signor barone» disse il direttore compiacente. «Certo, si vede» disse Taittinger. «Lei è così gentile!». «Al suo servizio, signor barone!» e il direttore si alzò. «Sempre al suo servizio!» ripeté.

La vettura aspettava. Taittinger ebbe la chiara sensazione che qualcosa si fosse spezzato. Nello stesso tempo gli sembrò di non essere in grado, e che mai e poi mai sarebbe stato in grado, di comprendere un mondo così confuso. Era esattamente come una volta, quando a Mährisch-Weisskirchen si trovava davanti al compito in classe di matematica. Lui non era più un militare e non era ancora un borghese. Dipendeva tutto da questo? Non sapeva giudicare se una persona era buona o no. Se glielo avessero domandato non avrebbe saputo dire se Lazik era buono, debole o infame, se la Mizzi era una brava ragazza, oppure corrotta o cattiva, e neanche se il figlio di lei (mio figlio, pensò subito dopo) era una carogna o se era ancora salvabile... Se almeno fosse già lì Zenower!

Evidentemente era una giornata ricca di avvenimenti; gli venne in mente l'espressione 'gravida di destino' che aveva letto una volta da qualche parte. All'albergo gli dissero che il signor tenente Zenower era arrivato proprio allora.

Zenower appariva trasformato per la quarta volta, nella sua uniforme d'ufficiale, e ancora più estraneo che in borghese. Ora che non portava più i galloni di sergente maggiore ma la divisa così distinta e giovanile di sottotenente, sembrava vecchio, assai più vecchio di quanto fosse in realtà. Lui stesso se ne doveva accorgere. Non aveva più il piglio soldatesco ma l'aria, un po' di chi si traveste, dei militari di complemento. Non era in abito borghese e neanche in uniforme. Un sottotenente di amministrazione non porta speroni; e se dopo tredici anni si smette di portarli si finisce col credere o di essere in borghese o di non poter camminare. È quasi come se uno non avesse più piedi. Tutto questo raccontava Zenower con serietà, quasi con amarezza. Taittinger lo capiva perfettamente. In alta uniforme Zenower non portava più il cheppì ma un berretto rotondo, come un commissario distrettuale. Taittinger capiva questo dolore e passò molto tempo prima che smettessero di deplorare insieme la profonda ingiustizia con cui un regolamento ridicolo trattava gli ufficiali d'amministrazione. Tutta quanta la sua innata saggezza non giovava a Zenower; tredici anni di cavalleria avevano ormai la forza di una seconda natura. Era un sottotenente di amministrazione, un sottotenente non più giovane.

Non poteva mancare, quella notte, che cominciassero a darsi del tu, solennizzando con un brindisi la loro fratellanza. Ritornarono all'albergo tenendosi a braccetto. Il sottotenente d'amministrazione Zenower doveva partire il giorno dopo per una guarnigione lontana, dove c'era appunto bisogno di un sottotenente d'amministrazione: cioè il 14° Battaglione Cacciatori, a Brody, in capo al mondo, sul confine russo.

Si svegliarono presto ed ebbero appena il tempo di scambiare qualche parola non senza una certa difficoltà a ritrovare il tono confidenziale della sera prima. «Chissà quando ti rivedrò!» disse il barone. «Chissà se ti rivedrò!» disse Zenower. Si abbracciarono e si baciarono tutt'e due le guance.

Il barone rimase abbandonato, come un orfano, e si lasciò andare. La sua neghittosità acquistò a poco a poco perfino un certo ritmo. Non rivide più nessuno dei vecchi amici. Godeva per ore e ore a non pensare a nulla, a passeggiare senza meta, a mangiare senza appetito, a bere senza voglia, ad amare senza gioia, alla solitudine senza senso in mezzo al movimento affaccendato degli altri, e talora all'ebbrezza senza allegria.

Qualche volta pensava a Mizzi e al mese di marzo. Una sera scrisse al direttore della prigione e apprese che la Schinagl sarebbe stata dimessa il 15 di marzo. Egli non sentiva nulla di particolare per la Mizzi e neanche per il 15 di marzo, ma almeno era una data, un punto fermo, un termine, e i suoi pensieri inquieti si fermavano qualche volta davanti a questa data come davanti a una sbarra.

XXVI

Quell'anno la primavera fu precoce. A marzo il sole riscaldava già come a maggio. Nei giardini il citiso aveva cominciato a fiorire con improvviso rigoglio. I merli coprivano coi loro trilli tutti i rumori della città. Le foglie verde chiaro degli ippocastani si facevano a vista d'occhio più larghe e vigorose e le bianche infiorescenze a candelabro, orgogliosamente diritte, mandavano un odore forte. Quell'anno perfino le svelte rondini sembravano avere più confidenza quando, pacifiche frecce del cielo, sfioravano in volo le teste dei passanti. Dal Kahlenberg spirava continuamente un soffio leggero sulla città; e i muri e il lastrico della città lo ricambiavano, grati e discreti, col loro proprio fiato. Quando scendeva la sera, da ogni punto di Vienna si poteva vedere la luce rossa del sole carezzare benigna la guglia del campanile di Santo Stefano. Arrivava l'odore del sambuco che si destava, del pane fresco dalle porte spalancate dei fornai, dell'avena dai sacchi appesi ai musi dei cavalli di piazza, dei ravanelli e delle cipolle novelle dai mercati.

Uno di quei giorni, la mattina alle nove e quaranta,

Mizzi Schinagl fu dimessa dal penitenziario femminile. Da settimane Taittinger aveva considerato questo avvenimento un motivo per non ritornare troppo presto alla tenuta.

Qualche volta, quando se ne stava seduto solo solo nel giardino precocemente fiorito di una osteria dei sobborghi di Vienna e il vino lo aveva reso triste e l'aria d'altra parte lo eccitava, egli teneva muti dialoghi con se stesso. Non che lo tormentasse il rimorso! Se la Mizzi fosse o no andata a finire in casa della Matzner per colpa sua non era questione che lo interessasse, se non altro perché non vedeva nulla di doloroso nel destino di una donna perduta. Fra quelle ragazze ne aveva conosciute solo di spensierate, di allegre, la cui vita sembrava più divertente di quella, per esempio, delle mogli dei consiglieri ministeriali, dei capisezione, oppure di quella delle tabaccaie cattive e inacidite, delle cuoche piagnucolose, delle ragazze borghesi abbandonate dagli uomini. Inoltre con la sua storia disgustosa aveva procurato alla Mizzi alcuni anni buoni, favolosi addirittura; proprio grazie a quella stessa storia per cui egli aveva perduto il suo splendore, la sua tranquillità e, per un pelo, anche l'onore e il buon nome. Perché dunque si preoccupava ancora della Mizzi? L'amava forse?... Neanche questo era vero. Il cuore era fra gli organi di Taittinger che si erano atrofizzati. Egli non sapeva dare una risposta a questa domanda. Sentiva solo un legame inspiegabile e indissolubile con la Mizzi, con quella storia. Certo tutto ciò era inspiegabile ma, così gli sembrava, ormai concluso e sigillato. E contro ciò che era concluso e sigillato non c'era niente da fare.

Quando la mattina del 15 marzo si recò in vettura a Kagran, non riuscì a sottrarsi a una vaga impressione di solennità. Non si rendeva neanche più conto che la decisione di andare a prendere la Mizzi era dipesa soltanto da lui; gli pareva invece che non so quale cerimoniale gl'imponesse quel gesto assurdo. Inoltre la corsa in vettura attraverso il rigoglioso trionfo della natura era, quella mattina, quanto mai adatta a sciogliere le riflessioni incipienti di Taittinger in un'allegra ebbrezza.

E così, come se fosse stata la cosa più ovvia, arrivò nell'ufficio del direttore per prendervi la Schinagl. Per questo motivo essa fu condotta fuori della cella una mezz'ora prima del previsto. Portava la cappa marrone con cui era venuta lo scorso autunno. Il grande cappello di feltro con le ciliegie di vetro lo portava in mano per paura che nel frattempo fosse passato di moda. I suoi bei capelli, ricresciuti in abbondanza ma ancora corti, brillavano di rinnovato splendore e il suo viso impallidito appariva affilato, addirittura nobile. Ora somiglia veramente a Helene W.! – pensò Taittinger.

«Questa volta posso risparmiarmi la solita predica» disse il direttore sorridendo. «Mizzi Schinagl, il signor barone si interessa così generosamente di lei che io sono certo di non rivederla più qua. Signor barone, sempre a sua disposizione!».

Fuori la vettura aspettava Taittinger. «Dove vuoi andare?» domandò. Ma Mizzi si guardava intorno preoccupata. Evidentemente notava l'assenza di qualcuno. «Devo aspettare,» disse «deve venire la Leni. Mi hanno fatta uscire troppo presto!». Era un rimprovero. La libertà, la primavera, la carrozza in attesa e il barone non sembravano far piacere alla Mizzi. «Chi è la Leni?». «La mia amica, signor barone! Eravamo tutt'e due nella stessa cella. La Leni per concorso in pratiche abortive. È tanto una brava donna la Leni. Abbiamo fatto amicizia. Lei è uscita quattro settimane fa. Sarà di parola; verrà certamente».

E infatti in quel momento il barone vide qualcosa di imponente e vistoso che si avvicinava in fretta facendo dei cenni. Ora si potevano anche udire i suoni che venivano dall'apparizione: richiami acuti la precedevano. Si percepiva sempre più distintamente che gridava il nome di 'Mizzi' e che si trattava di un essere di sesso femminile, in abito giallo di seta cruda, con un cappello verde chiaro, largo come una ruota, con riccioli neri che ricadevano abbondantemente, stivaletti gialli, ombrello, boa e borsetta alla Pompadour. Era Magdalene Kreutzer, concessionaria di una giostra al Prater. Le due donne si baciarono affettuosamente. «Ah, lei è il signor barone, io la conosco già! Non importa che mi dica nulla; so già tutto dalla Mizzi. E questa è la carrozza, allora saliamo, prima di tutto andiamo dal tuo babbo che è paralizzato, sennò sarebbe già venuto qui!». E prima che Taittinger si rendesse ben conto di ciò che avveniva, era già seduto nel sedile posteriore, di faccia alla Mizzi e alla Leni, imbarazzato e in posizione estremamente scomoda, coi ginocchi rialzati. Abbassò la testa. Al di sopra di lui passavano a volo espressioni incomprensibili, guizzavano esclamazioni come vividi lampi, scoppiavano risate come lieti scrosci di pioggia, in un dialetto che non aveva ancora mai udito così serrato e così da vicino e che ricordava a un tempo un fragore di ruote, un miagolio e il suono di un corno. Finalmente si arrivò a Sievering.

Qui la Mizzi era entrata una volta in trionfo come 'concubina' dell'imperatore di Persia. La portinaia viveva ancora e il parrucchiere Xandl si era sposato e si era trasferito a Brünn. La bottega era stata riaperta. Solo per quel giorno il vecchio Schinagl aveva avuto il permesso di lasciare l'ospizio di Lainz: non voleva far sapere alla figliola della sua 'vergogna'. Il vecchio paralitico stava seduto all'interno della bottega, vicino alla porta aperta. Contro lo sfondo scuro biancheggiavano le pipe di schiuma simili a ossa di scheletri. La bottega destò anche nel barone dei ricordi. Qui aveva visto la Mizzi per la prima volta. Il vecchio Schinagl poteva muovere solo le braccia. Anche la sua lingua era impedita: egli balbettava, singhiozzava e infine si soffiava il naso con insospettato vigore. Per vincere l'imbarazzo Taittinger comprò cinque pipe. La portinaia domandò se doveva andare a prendere del tabacco. Sempre per imbarazzo egli rispose: «Sì, prego, tante grazie». Il vecchio chiese balbettando se la Mizzi non avrebbe preferito rimaner lì. «No!» decise Magdalene Kreutzer. Era stato convenuto già da tempo: per il momento la Mizzi avrebbe abitato, anche per rimettersi un po', in casa della Kreutzer nella Klosterneuburger Strasse. Magdalene aveva anche biglietti da visita nella borsetta alla Pompadour, ne pescò uno, lo dette a Taittinger e disse: «Non lo butti via, signor barone. L'aspettiamo domani, domenica, terzo piano, porta a sinistra, interno 21; non si dimentichi, alle cinque del pomeriggio. Non venga troppo tardi, signor barone». Con questo si congedò da Taittinger che s'inchinò, disse al vetturino l'indirizzo della Kreutzer, pagò in anticipo la corsa delle due donne e si perdette nella prima strada laterale dove lo consolò la vista dei tavolini davanti a un caffè.

Non smarrì l'indirizzo e neanche si dimenticò dell'ora, mantenne quanto era stato convenuto, come sempre. Quella domenica sostò con un po' d'apprensione davanti alla porta dell'interno 21, sentì l'odore di crauti, di gatti e di biancheria infantile messa ad asciugare; udì voci che venivano da tutte le stanze, sotto, sopra, accanto, e ora distingueva anche la voce della Mizzi. Tirò con decisione la corda di un campanello e fu introdotto direttamente in una stanza che consisteva di velluto rosso, di un tappeto da tavolo verde, vasi gialli, torte, aranci, tazze e un'enorme focaccia. La Mizzi e la Leni, tutt'e due in abiti estivi bianchi a puntolini neri, se ne stavano sedute simili a due sorelle. Bruna l'una, bionda oro l'altra. Egli fece tutto quello che loro gli ordinarono: mangiò focaccia, gustò conserve di frutta, bevve caffè e poi sciroppo di lampone, fumò un trabuco sebbene sopportasse solo le sigarette, ascoltò, non capì niente, non pensò a niente e gli venne il bruciore di stomaco. Si decise a chiedere dove fosse il gabinetto; fu condotto in cucina, rinchiuso in un luogo irriconoscibile; si limitò a versare acqua nella tazza da un bidone e ad uscire. Si era appena rimesso a sedere quando suonò il campanello. Entrò un gigante mostruoso, un essere non di questo mondo. Ricordava un cocchiere, un macellaio e un monumento tutto vestito. Era Ignaz Trummer, l'amico di Magdalene Kreutzer. Così si presentò, e da tutto quello che disse subito dopo, con una rapidità che non corrispondeva né alle sue dimensioni fisiche né alla sua voce stentorea, Taittinger capì solo che il gigante si sentiva molto onorato. Trummer mangiò, bevve, parlò e fumò, bevve, mangiò e parlò. «Che si fa ora?» domandò infine. «Si esce un po'?». «Oh, Dio, Dio!» gridava di tanto in tanto senza motivo, e poi, sempre in dialetto: «Ah, maledizione!».

Questo non era il solito dialetto viennese: era come se un orso si fosse sforzato di parlare italiano.

L'omnibus a cavalli era gremito e Trummer (maledizione!) insisteva che si andasse al Prater a piedi, al loro 'esercizio' – intendeva dire la giostra. Taittinger, obbediente, camminava accanto a Ignaz, le due donne precedevano. Se si faceva un po' l'orecchio al dialetto si arrivava a capire qualche cosa. Trummer conosceva il gran mondo: una volta, infatti, era stato cocchiere, dal conte Zamborski; poi, dopo la morte del vecchio, aveva commerciato in cavalli. Aveva avuto allora delle difficoltà con una commissione militare per la requisizione dei cavalli. Tutto per far piacere a un amico! Aveva mandato un altro cavallo al posto di quello requisito e così aveva avuto poi delle seccature (ma il signor barone conosce bene questi pasticci con l'amministrazione militare). Adesso era socio nella giostra di Magdalene Kreutzer. È un'azienda che rende, e ora si potrebbe vedere di comprare a buon mercato anche il gabinetto delle figure di cera. È un genere più distinto, anzi è arte addirittura, una specie di museo...

In realtà la giostra era imponente, provvista di cavallini, carrozzine, barchette, slitte. Girava intorno a una grossa statua di cartapesta colorata, una ragazzona con le trecce biondo grano, le braccia gigantesche, una pettinatura torreggiante e una crinolina larghissima. Anche la ragazzona girava intorno al proprio asse. Dal suo interno veniva il suono di un organetto. La giostra poggiava sopra un alto basamento tondo di legno; vi si apriva una piccola porta e le due donne entrarono; Taittinger dovette seguirle e perfino il gigante riuscì stranamente a passare dalla porticina. Stando là sotto si udiva il chiasso della gente di sopra, la musica dell'organetto, lo sferragliare delle catene alle quali erano appesi i veicoli variopinti della giostra. C'era buio e umidità. Un asino grigio, che si confondeva con la penombra di quel luogo, camminava in tondo continuamente inseguendo un sacchetto d'avena che dondolava irraggiungibile davanti a lui. L'animale faceva funzionare la giostra. Un ragazzo, Schani, talora lo incitava, tanto che quello si metteva a galoppare come un cavallo.

«Non siamo così inumani,» dichiarò la Kreutzer «abbiamo anche un altro asino per dargli il cambio». Ritornarono tutti all'aria aperta stringendosi per uscire dalla porticina. Su ordine di Trummer dovettero andare al "Secondo Caffè". Una banda militare suonava, la gente rideva, vestita di bianco, allegra, sudata, in un'inconscia comunione. L'aria tuttavia era leggera, odorosa, elegante quasi, un'aria urbana, e c'era discrezione perfino nella rumorosità della gente: le grida suonavano come incoraggiamenti rivolti agli afflitti, come l'espressione del desiderio delle persone allegre di vedere intorno soltanto allegria, e anche Taittinger si sentì di buon umore.

La Kreutzer gli domandò se aveva mai visto un gabinetto delle figure di cera. Certo, rispose lui, e raccontò animatamente tutto quello che vi aveva visto: per esempio Barbablù, l'assassino Zingerl, Krasnik, il capo dei briganti della Transilvania, i comitati della Bosnia, i fratelli siamesi. «Il signor barone» disse Trummer questa volta in tedesco e con solennità «ha una testa formidabile!». Taittinger non aveva mai udito complimenti simili. La Mizzi voleva sapere quando avrebbe rimesso l'uniforme. Per il genetliaco dell'Imperatore, disse Taittinger. Sapeva di mentire, ma voleva far piacere a tutti. La gente che c'era lì era davvero popolo; erano assai simpatici, 'i figli del popolo', anche quel gigante, quel Trummer.

Per risollevare l'esistenza infranta della Mizzi era necessario procurarle un'occasione favorevole: l'unica che si presentasse in quel momento era il gabinetto delle figure di cera. La signora Kreutzer pensava che il barone non avrebbe avuto nulla in contrario. Taittinger giunse a dire: «Ma come, diamine!». La cosa era semplice, bastava non farsi imbrogliare e accordarsi su un prezzo giusto. «Vogliono troppo!» esclamò Trummer.

Ma no! Purché il signor barone volesse contribuire per qualche cosa, al posto degli alimenti diciamo, visto che la Mizzi aveva tirato su il ragazzo da sé e anche con tanta larghezza, come si conveniva al figlio di un tale padre.

Eh già – pensava Taittinger. A questo modo mi libero finalmente di quei noiosi alimenti. «Ma sì, si capisce!» disse. «Nei limiti delle mie possibilità,» disse questa frase non per cautela ma perché suonava così seria «nei limiti delle mie possibilità aiuterò la Mizzi!».

Purtroppo un momento dopo avvenne qualcosa di estremamente imbarazzante. Passò di lì il tenente Teuffenstein dell'11° Ulani dando il braccio alla sua fidanzata signorina Hoffmann von Nagyföteg ed esclamò: «To', ma quello è Taittinger!». Si determinò una situazione terribile, anzi, per essere più precisi, una situazione 'scomoda'. «Abito al Prinz Eugen,» disse Taittinger ai suoi compagni di tavolino «domani chiedano di me». Dimenticò perfino di pagare, si alzò, si fece incontro a Teuffenstein, fu invitato da lui a un altro tavolino, bevve del vino, dovette ridere, ascoltare delle barzellette, raccontare che ormai doveva limitarsi all'amministrazione della sua tenuta. «Capirai,» disse «è pur sempre un patrimonio, e rischiava di andare in rovina».

A notte inoltrata si mise a camminare solitario per

il Prater. La polvere del giorno mulinava ancora nell'aria. Per il viale principale tamburellavano smorzati gli zoccoli eleganti dei cavalli davanti alle silenziose carrozze dalle ruote di gomma. «Andare in ro-vi-na, in ro-vi-na» tamburellavano gli zoccoli. Dai cespugli ai margini del viale veniva il bisbiglio lascivo degli innamorati. Una fioraia gli offrì delle violette: lui ne comprò cinque mazzetti e li tenne distrattamente in mano finché gli venne incontro la prima ragazza, allora le dette i fiori e andò con lei in un albergo alla Stazione di Nord-Ovest. Perché aveva paura a passar la notte solo.

XXVII

La mattina il Prater mostrava la beneducata amabilità di un parco, la quiete misteriosa di un bosco e il movimento affaccendato di una vigilia di festa. Si vedeva allora spesso il barone Taittinger passare a piedi per il viale principale. Molti anni prima (ma ormai tutto un mondo lo separava da quel tempo) egli vi passava cavalcando in groppa a Pilade.

Qualche volta il barone camminava lungo il margine della pista d'equitazione e davanti gli passavano i cavalieri al trotto o al galoppo. Molti li riconosceva prima ancora di averli guardati, dal passo e dal ritmo del cavallo, dal modo del cavaliere di stare in sella, di tenere le briglie, il frustino, o anche dalla curvatura del dorso. Questa era la cavalla Glans. Laggiù cavalcava Tibor von Daniel. Dall'altra parte Emilio Casabona salutava proprio in quel momento il suo compatriota conte Pogaccio. Il cavallo del banchiere von Goldschmidt era un sauro delle scuderie del conte Khun-Hedervary e valeva le duemila corone del suo prezzo. Invece la Seilern e Aspang cavalcava una brutta cavalla dall'andatura pesante e dal didietro troppo largo. Ogni mattina Taittinger faceva con meticolosa serietà costatazioni del genere. Non andava più in nessun posto ma conosceva ancora tutti. Gli sembrava che fosse suo compito 'tenerli in evidenza'. Talora lo inquietava l'assenza di un cavaliere, che già da due giorni non si era fatto vedere sulla pista. Allora andava a sedersi nel caffè in fondo al viale, dove di solito si incontravano i cavalieri quando smontavano. Molti lo riconoscevano e gli domandavano che cosa mai gli era successo. Lui rispondeva sempre con la stessa bugia: «Mi sono inzotichito». Così diceva, e aggiungeva che la vita alla tenuta era orribile ma che la sua presenza era assolutamente necessaria, che si era estraniato dal mondo ed era diventato anche un po' misantropo, che non si sarebbe sentito più a suo agio in un salotto e che la vita aveva perduto ogni senso per lui. «Sarebbe veramente arrivato per te il momento di sposarti!» gli diceva il vecchio barone Wilmowsky, membro della Camera Alta e da anni dedito con passione a combinare matrimoni fra nobili un po' anziani e ragazze giovani di famiglie indebitate. Confessava apertamente di non riconoscere e di non praticare alcun'altra politica se non la politica di famiglia. «Avrei dovuto sposare la Helene quand'era tempo!» diceva Taittinger. «Ah, ora è molto infelice!» rispondeva Wilmowsky. «Il conte W. è paralitico. C'è il giovane Tschirschky che le fa la corte. Del resto suo marito è sempre stato un po' tonto».

Così le mattine erano dedicate all'aristocrazia; ma i pomeriggi il barone li dedicava al 'popolo', sempre al Prater. Passava spesso dalla giostra, si intratteneva con la Mizzi, con la Kreutzer e col signor Trummer; andava con loro a sentire la banda militare oppure al "Secondo Caffè" e si faceva riferire sullo stato delle trattative a proposito del gabinetto delle figure di cera. Il quale, del resto, gli piaceva; le figure di cera le trovava assai simpatiche, più di una giostra in ogni caso. Trummer diceva che – per tutti i sacramenti! – occorreva un bel po' di denaro per condurre in porto la faccenda. Comunque le possibilità di guadagno sarebbero state poi illimitate. Qualche volta avveniva che la Mizzi, quasi si fosse ricordata di un dovere a lungo trascurato, scambiasse il posto con la Kreutzer o con Trummer, si accostasse al barone e prendesse a carezzargli pian piano una mano; la prima volta lui si spaventò e diventò a un tratto taciturno. Poi si abituò a giustificarla: non è niente; la Mizzi è una brava ragazza, anche gli altri sono brave persone. Quello era il loro modo di fare 'popolare'. A poco a poco quel modo di fare finì col piacergli. Dalla Mizzi emanava un gradevole calore in quelle fredde sere di primavera. Caldi ricordi si destavano: ricordi del corpo di lei, dei segni segreti di quel corpo, delle sue gioie nascoste, dei suoi doni voluttuosi. Certo molti gesti della Mizzi potevano disturbare, ma fu la prima lei ad accorgersene e cominciò a poco a poco ad evitarli. Contenne la sua vivacità, non si coprì più la faccia con le mani quando rideva, né strillava più quando si spaventava. Si impose di non far più tutto questo, riservandosi in cuore la consolazione che teneva pronta anche da piccola quando andava a scuola: tanto dura solo quattr'ore. Pensieri confusi e contraddittori le passavano rapidi per la testa. In prigione si era sentita soltanto punita come una volta a scuola, ma per niente umiliata; ora invece, in libertà, sentiva di aver subìto ingiustamente un oltraggio. Ingiustamente! Di che cosa mai era colpevole? Si sforzava di riflettere, e con la meticolosità di cui solo gli umiliati e offesi sono capaci, percorreva la sua vita passata, anno per anno, azione per azione. In principio era Taittinger. Prima di lui non c'era che il vago crepuscolo della bottega paterna. Un essere circonfuso di luce era entrato a un tratto. Aveva stelle al colletto, soli sulla giubba e una sottile folgore argentea al fianco. Se quell'essere raggiante non fosse venuto, lei si sarebbe sposata il parrucchiere Xandl; non sarebbe andata a finire dalla Matzner, e neanche sarebbe diventata una concubina né avrebbe avuto il dono delle perle. Le perle portano disgrazia! Il colpevole era Taittinger.

Incapace com'era di tacere a lungo, confidava i suoi pensieri alla Kreutzer, che li approvava. La Kreutzer accennava anche al bastardo: era dovere di Taittinger mantenere madre e figlio. Ignaz Trummer interveniva; era anche lui della stessa opinione. «Siamo tutti uguali,» partiva da questa premessa «la gente come noi la citano in tribunale se non paga gli alimenti... e come! e quante storie!». Trummer pensava ai suoi tre figli illegittimi. Dio mio, quante seccature! Naturalmente le madri lo avevano querelato. In due casi gli era riuscito di negare la paternità; il terzo figlio, una bambina, l'aveva mandata dalla sua vecchia zia a Krieglach, ma poi era caduta nella caldaia del bucato ed era morta ustionata. Ai signori non si davano di queste seccature. Era troppo giusto che il barone regalasse alla Mizzi il gabinetto delle figure di cera; anzi, per tutto quello che lei aveva sofferto era una riparazione fin troppo modesta.

«Io gli voglio ancora bene!» confessava la Mizzi; e lo amava infatti. Qualche volta pensava che avrebbe ancora seguito Taittinger, come un tempo, lasciando la bottega del padre per la Herrengasse, e andare poi da lì nella casa della Matzner e avere un bambino e ricevere in regalo perle che portano disgrazia e finire ancora in prigione. Non si pentiva di nulla, e la nostalgia per lui, per le sue mani, il suo odore, le sue notti, il suo amore, le consumava il cuore. Aveva desiderio di lui, e sembrava strano anche a lei, nei momenti di riflessione, che quel desiderio non le fosse dettato dall'amore soltanto ma anche dal bisogno di vendicarsi. Voleva prendersi una rivalsa. Lei apparteneva a Taittinger, perché dunque lui le rimaneva lontano?

Sapeva che la mattina aveva l'abitudine di andare a passeggiare al Prater e una volta volle uscire per incontrarvelo. Prima lo scorse da lontano, camminava molto avanti a lei, lo riconobbe dal dorso e dalla sua andatura. Procedeva leggero ed elegante in mezzo ai grandi alberi; lei si commosse fino alle lacrime, avrebbe pianto sulla sua sola maniera di camminare. Veramente era meraviglioso seguire il suo signore, vederne ed amarne solo il dorso, e l'ombra nei momenti in cui gli alberi del viale si interrompevano e lui continuava a camminare su tratti di strada assolata. Dentro di sé lo chiamava: il signore, il barone, il capitano, e neanche dentro di sé osava chiamarlo Franz, quasi per una paura fisica. Se pensava a 'Franz' era come se una spada le trapassasse il cuore.

Fortuna che non gli era venuta incontro! Forse lei non avrebbe retto alla prova. Del resto voleva già tornarsene indietro in modo che non la incontrasse oggi, oggi no, non ancora. Ma poteva aspettare un po' a tornarsene indietro. Senza accorgersene camminava sempre più svelta; ormai udiva il passo di lui. Improvvisamente egli si fermò, si voltò rapidamente e la scorse. Aveva sentito che qualcuno lo seguiva.

Lasciò che si avvicinasse. «Sai, Mizzi, non mi piacciono le sorprese». Era vero, odiava le sorprese. I regali di Natale che non avesse desiderato e quasi ordinato li prendeva in odio e li distruggeva o li perdeva subito. Trovava le sorprese volgari come le grida di spavento, il pianto ad alta voce di una donna, il chiasso del gioco dei tarocchi al caffè, la lite fra due uomini per la strada. «È stato un caso, mi scusi, signor barone!» mentì la Mizzi. «Pensavo che il signor barone fosse a cavalcare». «Ma io non ho cavallo, Mizzi, e su cavalli noleggiati non cavalco! Ma tu dove stai andando?». Era già diventato un po' sospettoso. «Ma... così!» rispose la Mizzi. «Ora torna indietro; siediti da Steinacker, nel giardino, e prendi una birra. Io verrò fra un'ora». Si voltò e continuò la sua strada.

Ma per la verità la voglia di passeggiare gli era passata. Evitò anche i cavalieri. Tornò indietro. Sentiva un po' di compassione per la Mizzi, ma insieme si vergognava di questa compassione. Sarebbe andato tutto bene se lei non avesse avuto quel benedetto figliolo! Ma poi gli venne in mente che era anche figlio suo. Colpevole non si sentiva, per nulla. Tuttavia il fatto esisteva: Xandl era indubbiamente suo figlio e la Mizzi non ne aveva colpa, o solo pochissima. Quando egli entrò nella birreria Steinacker aveva già un viso affabile. Era come se il barone avesse anticipato il suo pomeriggio: la Mizzi inaugurava fin dalle undici la parte del 'popolo'. Automaticamente si svegliò anche l'interesse di Taittinger per le figure di cera. Occorreva molto denaro. Quanto? Questo lo sapeva Trummer. E lei quanto ne aveva, domandò Taittinger. Mizzi dichiarò solo le trecento corone ereditate dalla Matzner buon'anima. Quello che le rimaneva del negozio di mercerie non lo disse. Già nella cella la Kreutzer le aveva consigliato di non parlare a nessuno di quei quattro soldi, neanche a Trummer, e tanto meno a suo figlio. Ma ora Mizzi non seguiva soltanto il buon consiglio della Leni ma anche la voce del suo cuore. Fin dalla sua prigionia le era venuta una paura terribile della vecchiaia e del bisogno. Era come se tutta la sventatezza di cui una volta era stata capace si fosse consumata, dissolta insieme col denaro; come se tutta quanta la sua provvista di spensieratezza, di fiducia, di baldanza e di prodigalità fosse esaurita.

Ma nel fondo della sua anima, nascoste esclusivamente dalla gioventù, rimanevano la paura per i rischi di una vita difficile, l'aspirazione a una sicurezza garantita, l'amore per la casa e la roba, la gelosa e trepida tendenza a riporre, risparmiare, custodire; in breve l'eterna fede, innata in donne come lei, nella cassa di risparmio e nell'assicurazione. Non sentiva vergogna: quella reticenza era addirittura un dovere morale, e così pure era un imperativo morale lasciare che Taittinger pagasse. Il denaro che egli spendeva per lei nutriva l'amore della Mizzi per lui. Le duemila corone erano depositate alla posta. Il libretto di risparmio avvolto nel fazzoletto era in fondo al baule e lei ne portava la chiave al collo insieme al crocifisso e al medaglione di Santa Teresa. «Trecento è certo troppo poco» osservò Taittinger, il quale aveva ormai troppa considerazione per le figure di cera e d'altra parte troppo poca per il valore del denaro. Certo, figure di cera come quelle non potevano essere a buon mercato; lo capiva bene. «Mi permetterò di darti qualche aiuto» disse. «Oh grazie, grazie, signor barone! È tanto bello da parte sua, tanto generoso, come al solito!». E già afferrava con tutte e due le mani la sua destra e, prima ancora che lui potesse fare un movimento di difesa, si chinò a baciarla appassionatamente. Taittinger era spaventato, disperato, impotente. Improvvisamente la Mizzi scoppiò in lacrime. Questo accrebbe il suo malumore ma lo commosse anche, come quel giorno che la Mizzi aveva cominciato a piangere nell'ufficio del direttore della prigione. «Mi vuole ancora un po' di bene?» domandò la Mizzi. «Ma sì, sì, certo» disse Taittinger con la ferma fiducia che le lacrime si sarebbero fermate. Ma avvenne il contrario: esse sgorgarono ancora più calde e copiose. Tuttavia non durarono a lungo; Mizzi sollevò il viso. I suoi capelli arruffati, il cappello di traverso, il fazzoletto gualcito, l'azzurro sincero dei suoi occhi, che attraverso le ciglia lacrimose sembravano addirittura infantili, piacquero al barone e gli fecero sentire la donna più vicina. Essa se ne accorse subito e con la rapidità con cui un'aquila in agguato, dopo lungo ruotare, piomba sulla preda appena la scorge per un istante indifesa, domandò: «Posso venire da lei stasera?».

«Stasera no!» disse Taittinger che non amava le cose improvvisate.

«Domani? Dopodomani? Quando?».

«Sì, domani,» disse Taittinger «cioè, se non sarò trattenuto all'ultimo da qualche motivo».

XXVIII

E veramente aveva ancora la vaga speranza di qualche avvenimento che lo trattenesse. Ma niente avvenne e Mizzi andò da lui com'era convenuto. Egli si abituò subito a lei come in generale a tutto quello che gli capitava, al buono, al cattivo, al 'simpatico', al 'noioso'. Ritrovò nella Mizzi il fido calore di una volta e scoperse i suoi ben noti segreti. La Mizzi venne sempre più spesso, essa alimentava con zelo la ridestata consuetudine. Amava con passione come una volta quando aveva cominciato, e come una volta si abbandonava talora a quei sogni pericolosi dei quali sapeva che erano stolti e il risveglio amaro. Sogni ridicoli ma benefici nella loro fuggevolezza e consolanti pur nella disillusione che portavano: il barone invecchierà, forse sarà anche un po' malato. Oh, niente di grave! Magari una piccola paralisi passeggera che richieda delle cure; allora lei lo avrebbe curato, si sarebbe data completamente a lui, non solo così come ora, ma anche con sacrificio. Poi si farà ancora più vecchio e avrà bisogno della Mizzi... e allora diventerà sua moglie. Già una volta era stata contessa per una notte. Per gli ultimi dieci anni della sua vita poteva benissimo essere baronessa.

Un giorno il vecchio Schinagl, che era ancora tutore del nipote, ricevette dal direttore dell'istituto di Graz la comunicazione che non era più possibile tenere Xandl in collegio; doveva andare a Vienna dalla madre o sennò in qualche altra parte. Né la sua condotta, né il suo profitto, né le sue capacità gli permettevano di frequentare un altro istituto, almeno nella Stiria. Il vecchio mandò la lettera a sua figlia. Tanto la Kreutzer quanto Trummer erano dell'opinione che un figlio deve stare con sua madre e che il collegio non è mai il luogo adatto per un bastardo. Si doveva mandarlo a imparare un mestiere e allora ne poteva venir fuori qualcosa di buono. Del resto quello che era avvenuto era un avviso del cielo, un ammonimento del Signore, come dice la Scrittura e come ha sempre detto anche il prete al catechismo. Il padre era per l'appunto lì, a Vienna, ma a lui non si dice nulla; il ragazzo arriva e si manda dal signor barone, meglio se di mattina. Eccomi qua, che cosa devo fare? Eccomi qua, signor padre! Forse lo manda alla tenuta. Chi può saperlo? Il barone a volte ha di queste idee... per tutti i sacramenti!

Una settimana dopo, la mattina, quando Taittinger stava uscendo dall'albergo, gli annunciarono l'arrivo di un giovane. Nonostante la sua scarsa capacità intuitiva indovinò immediatamente che si trattava dello Schinagl. L'orribile ragazzo aveva lasciato un'impressione profonda sul povero Taittinger. «Fatelo venire,» ordinò «ma se ritorna un'altra volta buttatelo fuori!».

Sì, era quell'orribile ragazzo, con la bocca ancora più storta, gli occhi ancora più orlati di rosso. Suo figlio! Quel figlio dava giusto l'impressione come se la natura avesse voluto divertirsi a spese del barone. La fronte somigliava alla sua, e così l'attaccatura dei capelli, il mento, le ciglia, il taglio degli occhi. «Buon giorno» disse il ragazzo tenendo il berretto fra le mani. Era cambiato, era diventato notevolmente più brutto. Ma era come se si fossero visti il giorno avanti per la prima volta. «Il signor Schinagl?» domandò Taittinger. «Ha detto la mamma che dovevo venire a salutare». «Grazie, mi saluti la signorina Schinagl» disse Taittinger e fece cenno a una vettura. Cominciava una giornata terribile. Dove poteva farsi portare? «A Baden!» gridò, ma nella Kärntner Strasse ci ripensò e disse al vetturino: «Alla direzione di polizia». Scese, pagò, ma non ebbe il coraggio di andare a far visita al medico della polizia col quale avrebbe voluto parlare del caso Schinagl. Si aggirò senza meta per le strade. Quando battevano le dodici alle torri della città, si trovò a passare davanti alla reggia, la Hofburg, poco prima del cambio della guardia. Il tenente della compagnia dei Deutschmeister comandò di segnare il passo, giacché l'orologio del gran cortile non aveva ancora cominciato ad annunciare il mezzogiorno. Il capotamburo sollevò il suo scettro, le ultime note della marcia di Radetzky svanirono malinconicamente suscitando una flebile eco sotto la volta d'ingresso alla Hofburg. Ma ecco rintronare l'orologio del cortile, ecco un tambureggiare sommesso, come se zampette vellutate battessero sul tamburo, ecco risuonare dall'interno un 'presentat'arm' – ed infine apparire, da dietro la tenda di qualche finestra, l'Imperatore in persona. Una tristezza indicibile si impadronì di Taittinger. Per la prima volta dopo molto tempo lo riprese una dolorosa nostalgia per l'uniforme e per l'esercito. La fanfara suonava il valzer del Danubio. Nel cortile della reggia il popolo credette di avere scorto l'Imperatore a una finestra. Mani e cappelli si alzarono. La musica fu quasi coperta dalle grida di urrà. Il sole mite di primavera illuminava la reggia e sorrideva come una giovane madre. Risuonò il *Salvi Iddio* e Taittinger fu percorso dall'antico e ben noto brivido, quello dei soldati, quello che dànno gli inni. Se ne stette là col cappello in mano, ma avrebbe preferito fare il saluto militare.

Recandosi al «Deutsches Haus» dove voleva pranzare rifletté seriamente se non dovesse rientrare nell'esercito. Non aveva più denaro. Pazienza: anche la fanteria non gli dispiaceva. Il provvedimento della commissione si sarebbe potuto cambiare: al ministero della Guerra c'era il suo amico Kalergi. Per la durata di un'ora o due il capitano a riposo vide tutta la vacuità della sua vita: la tenuta, la Mizzi, il 'popolo' al Prater, quella Kreutzer e quel Trummer! E anche le figure di cera non destavano più in lui il minimo interesse. Una volta aveva comprato un negozio di mercerie e ora avrebbe dovuto comprare ancora un piccolo museo, ma poi basta. Avrebbe venduto quel ridicolo avanzo delle sue tenute e sarebbe ritornato alla sua vera casa, all'esercito! Voleva rientrare in albergo per rifletterci un po'. Rientrò e si sedette nell'atrio.

Ma gli s'avvicinò il portiere per dirgli che il giovanotto della mattina era di nuovo lì, in compagnia della signora che veniva tutti i giorni, e non si sapeva come regolarsi. «Vengano tutt'e due» disse Taittinger. Vennero. Taittinger si era proposto di non alzarsi, ma si alzò, anzi si sentì come alzato a forza dalla poltrona. Era incapace di rimaner seduto davanti a una persona in abiti femminili. (Se un abito da signora fosse uscito dalla vetrina di qualche negozio di mode e gli si fosse avvicinato, si sarebbe alzato lo stesso). Sorrise perfino e invitò ad accomodarsi. Mizzi estrasse dalla borsetta la lettera del direttore della scuola e la mostrò a Taittinger. Poi prese anche il fazzoletto; si preparava già a piangere. Taittinger lesse qualche riga e posò la lettera sul tavolo. Mizzi aveva già portato il fazzoletto agli occhi e, con voce rotta da singhiozzi violenti, proruppe: «Questo ragazzo ha fatto una pessima riuscita!». Era un chiaro rimprovero. L'opera di Taittinger era mal riuscita.

«Cara signorina Schinagl,» domandò Taittinger «quanti anni ha suo figlio?».

«Diciotto anni precisi, compiuti domani».

«Ah, auguri!» disse Taittinger a Xandl. «E ora che cosa vorrebbe fare?» domandò.

«Io penso, e lo dice anche il signor Trummer, di mandarlo da mio padre a dare un aiuto in bottega, e forse poi erediterà la bottega, mio padre è vecchio e malato».

«Ma non domani,» disse Xandl «domani è il mio compleanno!».

«Allora voglio regalarle qualche cosa già ora,» disse Taittinger «e così non importa che domani si scomodi a venire qua». Tirò fuori dal portafogli un biglietto da cento corone. Xandl lo piegò e lo tenne nel pugno chiuso. «Grazie» disse. «Si dice: tante grazie, signor barone!» esclamò la Mizzi. «Tante grazie, signor barone!» ripeté Xandl. Seguí un certo silenzio, poi Xandl disse all'improvviso: «Andiamo, Mizzi» e si alzò.

«Anch'io devo andare» disse Taittinger, guardò l'orologio e anche lui si alzò. Prese il cappello e uscì per primo.

«Dammi i soldi!» disse la Mizzi a suo figlio quando furono nella strada. «Non ci penso neanche!» gridò Xandl. «Un foglio da cento come questo non è per donne come te!». Per un po' continuò a camminare al fianco di lei ma alla prima traversa scantonò senza dire una parola. «Xandl, Xandl!» chiamò la Mizzi, ma Xandl non si voltò. Lei continuò a piedi per la Rotenturmstrasse; arrivata sul Lungofiume Franz Joseph dovette sedersi. C'era silenzio a quell'ora, si sentiva il buon Danubio sussurrare dietro i fitti cespugli di citiso. Dei merli fiduciosi si accostarono alla panchina della Mizzi. Venivano per mangiare, come i suonatori ambulanti che dopo la loro suonatina fanno il giro per raccogliere i soldi. Mizzi si alzò e andò al caffè accanto a comprare un chifel per loro. Aveva per gli uccellini la tenerezza di tutte le piccole donne, la loro facile commozione e riconoscenza per la fiducia che gli animali mostrano. Sbriciolò il chifel piano piano e con parsimonia per trattenere i merli lì vicino quanto più a lungo poteva. Quel giorno non si sentiva di restar sola. Voleva anche ritornare presto dalla Kreutzer e da Trummer. Parlava ai merli sottovoce. Raccontava loro quanto Xandl fosse stato cattivo fin dal momento che era arrivato. (Ed era così carino quando è venuto al mondo, e anche dopo, quando aveva ancora i riccioli. E io ho avuto tanta gioia quando mi ha chiamato mamma, e ora non mi dice mai mamma, «Mizzi» mi dice, e «una donna come te»). Cominciò a piangere amaramente; aveva la sensazione come se solo dopo che era arrivato il ragazzo lei subisse delle umiliazioni nella sua vita. Certo, in casa della Matzner avevano approfittato di lei ma non l'avevano mai oltraggiata. Anche nella visita settimanale d'obbligo, all'ufficio di polizia, non si era mai sentita mortificata, e neanche più tardi nel carcere preventivo o nel penitenziario. Doveva proprio venire suo figlio a disonorarla. In quell'attimo sentì tutto il peso della parola 'disonore'. Strano! Quella parola apparteneva da sempre al suo vocabolario quotidiano, ma solo ora ne capiva tutto il pesante significato. Essa si alzò, si guardò intorno; non c'erano guardie lì vicino. Allora osò attraversare l'aiuola erbosa, si accostò al parapetto e guardò giù verso il fiume. Qualche anno prima Karoline, la rossa, si era gettata nel Danubio, un po' più su, vicino al ponte dell'Augarten. Non l'avevano più ritrovata. La Matzner disse allora che il Danubio non rende volentieri i cadaveri, li trascina fino al mare. Mizzi ebbe un brivido pensando a quella morte, e quanto più guardava l'acqua che correva via tanto più forte rabbrividiva, ma cominciò anche ad amare la sua paura, la sua paura di quella morte. Quando vide brillare l'elmo di una guardia, là sotto sulla riva del fiume, se ne tornò alla sua panchina.

Aveva nostalgia della prigione. Là non si era mai sentita così sola. La cella era piccola. Ma qui fuori il mondo era grande e una piccola donna vi si sentiva mille volte sola. La solitudine era grande come il mondo. La Kreutzer era certamente un'amica ma aveva il suo Trummer. Come ci si può fidare di un'amica, se essa ama un uomo? Il barone, non si poteva mai averlo. Tutto quello di lui che si poteva avere era Xandl... e fuggiva via: per Xandl lei non era una mamma. Se solo avesse potuto dimenticare com'era caro quand'era piccolo! Forse si era già pentito e aspettava la sua mamma alla giostra come tutti i pomeriggi. Andò verso il Prater camminando lentamente. Quanto più tardi fosse arrivata, tanto più sarebbe stato facile trovare già lì Xandl. Ma Xandl arrivò molto tardi, a sera, ed emanava odore di birra e di acquavite. Era più tranquillo del solito. Nei suoi occhi brillava una piccola luce strana. Mizzi indugiò a lungo prima di domandare del biglietto da cento corone. Ma alla fine l'idea di poter salvare almeno settanta corone si impose. «Ecco,» disse Xandl e tirò fuori un mazzo di biglietti da dieci «ho speso venti corone. Ho pagato un acconto per una bicicletta e domani la vado a prendere». «Dammi il resto!». Xandl si rimise il denaro in tasca. Poi scese per incitare un poco l'asino e parlare con Schani. Voleva anche mostrargli la sua ricchezza. Schani aveva bisogno di denaro. Aveva un anello d'argento con una pietra vera, ma Xandl non si fidava né dell'argento né della pietra. L'unico oggetto di valore che Schani possedesse era una pistola. La vendé a Xandl, insieme a venti proiettili, per cinque corone. L'indomani sarebbero andati a provare la pistola sulla Wasserwiese, dove i soldati facevano le esercitazioni e dove perciò gli spari non avrebbero destato il sospetto di nessuna guardia. Proprio nel momento in cui l'affare veniva concluso il signor Trummer s'infilò attraverso il piccolo ingresso: vide il denaro, domandò di dove venisse, disse che il barone era uno scemo, un folle, ordinò a Xandl di dar subito il denaro a lui o a sua madre; se no, avrebbe chiamato una guardia e i due ragazzacci sarebbero andati a finire in prigione per via della pistola. «Ma la pistola la tengo io» disse Xandl conciliante. Tenne la rivoltella e consegnò il denaro. Trummer disse alla Mizzi che l'avrebbe conservato lui fintanto che il ragazzo fosse stato in casa. A lui non sarebbe riuscito a rubarlo come alla mamma. Mizzi considerò il denaro perduto e diventò ancora più triste. Cercò Taittinger per qualche giorno, giacché non veniva più al Prater e in albergo non riusciva a trovarlo. Finalmente andò alla pasticceria Schaub nella Petersgasse dove a volte i signori distinti si incontravano. Infatti era seduto là con due ufficiali. Essa non osò avvicinarsi e neanche sedersi a un altro tavolo. Rimase fuori passeggiando su e giù. Finalmente Taittinger uscì, era solo. «Scusa, Mizzi,» disse «in questi giorni ho da fare. Abbi pazienza una settimana. Addio».

Con un'energia, di cui lui stesso non si sarebbe creduto capace prima di allora, si dava da fare per il suo ritorno nell'esercito. Di lì a una settimana voleva presentarsi alla commissione medica. Per poter passare in fanteria gli occorreva un corso di sei mesi. Era giovanilmente entusiasta come un cadetto. Aveva appunto un grande zelo, ma anche idee pericolosamente ingenue sullo zelo dei funzionari dell'amministrazione militare. Credeva che al ministero della Guerra le cose andassero come al reggimento: il superiore comandava, il subalterno obbediva. Nel pomeriggio si comunicava l'ordine del giorno e l'indomani si eseguiva tutto quello che era stato ordinato. Ma così non era negli uffici del ministero: non si comunicava parlando ma per corrispondenza. Neanche il tenente colonnello Kalergi poteva esimere la domanda di Taittinger dalle complicate peregrinazioni che nella vecchia imperial-regia monarchia tutte le pratiche dovevano compiere. Il 'fascicolo Taittinger' cresceva e si gonfiava a mano a mano che viaggiava, ma non aveva ancora raggiunto quella corpulenza che gli avrebbe permesso di ritornare al tenente colonnello Kalergi. E per quanto attentamente questi sorvegliasse gli andirivieni del fascicolo, esso gli sfuggiva sempre, proprio nel momento in cui riteneva di averlo acchiappato. No, occorreva ancora molto tempo prima che il barone Taittinger potesse presentarsi alla commissione medica.

XXIX

Uno di quei giorni ebbe la visita quanto mai sgradita dei suoi 'amici popolani'. Questa volta vennero insieme, la signorina Kreutzer e il signor Trummer. Taittinger era seduto nell'atrio e li vide avvicinarsi con apprensione. Prima entrò il signor Trummer e domandò del barone, ma nello stesso momento lo scorse seduto davanti alla sua tazza di caffè; agitò il cappello nero da cerimonia come se facesse delle segnalazioni con una bandiera a lutto, poi si voltò verso l'ingresso e fece cenno alla Kreutzer di venire avanti. Lui era dignitosamente vestito di nero, la Kreutzer invece di vivaci colori estivi: vicino alla cupa severità del compagno ricordava un'aiuola ambulante coltivata personalmente dalla morte. Ormai erano là, e Taittinger si adattò alla nuova situazione in pochi secondi. Del resto era vero che si era proposto di far loro una visita uno di quei giorni.

Si sedettero subito, si guardarono a lungo come ponderando con gli occhi chi di loro due dovesse parlare per primo. Finalmente cominciarono insieme, in lingua e con la medesima frase: «È successa una disgrazia!». «Che cos'è successo?» domandò Taittinger. «Una disgrazia!» ripeté la Kreutzer, e si mise subito a piangere. «Calmati, Leni!» ordinò Trummer, poi prese lui la parola e dopo due frasi in lingua ricadde nel dialetto, si confuse, ripetendo continuamente: «Ha capito?», e alla fine si fermò del tutto. La Kreutzer cominciò il racconto da capo; il pianto che le era restato in gola colorava il suo discorso e ricordava al tempo stesso il miagolio di un gatto, l'arrotare di un coltello e ogni tanto lo stridere di una forchetta sul piatto. Taittinger ne era stordito al punto che per dieci minuti non riuscì a capir nulla. Inoltre avveniva che lei stessa non ricordasse quello che aveva raccontato un momento prima e che interrompesse ogni tanto il discorso domandando: «Cosa dicevo?». Al che Taittinger taceva e il signor Trummer cominciava da capo e, dopo che si fu deciso a usare solo il dialetto, gli riuscì anche di dare un certo nesso al discorso. Passò tuttavia un quarto d'ora prima che Taittinger capisse che Xandl ne aveva combinate di terribili... e tutto per colpa del signor barone.

«Per colpa sua, ho detto!» ripeté Trummer.

«Con tutto il rispetto dovuto, signor barone,» intervenne la Kreutzer «ma non si può dare un patrimonio in mano a un ragazzo!».

«Ma che cosa ha mai combinato?» domandò il barone. Tutto quello che faccio io è sbagliato, pensò. Gli ho dato dei soldi per avere un po' di pace e va a succedere il contrario.

«Ha commesso un omicidio!» disse Trummer «ma grazie a Dio su di me, e io sono ancora vivo... lo sarò per un pezzo!».

«Come, un omicidio?» domandò Taittinger. «Sì, ha sparato!» disse la Leni, e raccontò ancora una volta che Trummer aveva tolto a Xandl il resto delle cento corone, ma che Xandl aveva tenuto la pistola. «Ieri l'altro sera, dopo che Trummer ha contato come al solito l'incasso della giostra e si avvia per andare a casa, gli viene incontro Xandl che pretende non solo i suoi soldi ma addirittura un biglietto da cento.

Trummer fa il gesto di dargli uno schiaffo. Allora Xandl tira fuori la pistola e dice: "Mani in alto". Ma Trummer non ha certo paura di quello straccio di rapinatore e dà a Xandl uno spintone. Il ragazzo cade, il colpo parte e Xandl si mette a sparare come un pazzo le altre pallottole, e spara in su, disteso a terra com'è, e di lì a poco arriva la polizia. Adesso siamo tutti nei pasticci».

«Ma lei non li legge i giornali?» domandò Trummer. Si sentiva offeso. Da ieri tutta quanta la storia era sui giornali fin nei particolari; anche il suo interrogatorio al commissariato della Leopoldstadt. Oggi poi un giornalista gli aveva fatto addirittura il ritratto che sarebbe stato pubblicato domani. La Mizzi stava tutto il giorno nell'ufficio di polizia. Sarà un gran processo, aveva detto il commissario, e i reati erano tentativo di rapina e tentato omicidio. Anche la Mizzi è stata interrogata e ha dichiarato chi è il padre. «È qua stampato sul giornale, nero su bianco» e Trummer tirò fuori un giornale e indicò un punto. Taittinger lesse: «Il giovane attentatore è il frutto illegittimo di una relazione amorosa squisitamente romantica fra la giovane Mizzi Schinagl e un aristocratico ufficiale dei dragoni appartenente alla migliore società viennese, il barone...» e qui seguivano tre asterischi.

Il povero Taittinger rimase impietrito. «Ah, se non gli avesse dato quei maledetti soldi, signor barone!» disse la Kreutzer. Si era proposta fermamente di dire allo sciocco barone la verità. Espose tutte le cose terribili che non solo aspettavano il ragazzo ma anche la Mizzi e Taittinger se si fosse arrivati al processo. Un tal Pollitzer, suo conoscente e scrivano da un avvocato, le aveva detto come si sarebbe svolto tutto. In altri paesi, per esempio in America, così diceva Pollitzer, i minorenni vengono trattati dai tribunali in modo tutto diverso; ma qui da noi in Austria siamo molto più indietro. «È vero!» brontolava Trummer. «Questi signori non hanno neanche una pallida idea di come vanno le cose negli altri paesi, per tutti i sacramenti!».

Taittinger rifletté, ma sapeva ormai da tempo che le riflessioni non lo avevano mai portato a una soluzione ragionevole. Ora si trattava prima di tutto di liberarsi di quei due. Si servì allora di un metodo che una volta, da militare, lo aiutava almeno a procurarsi una tranquillità provvisoria. Si alzò e disse: «Disporrò quanto è necessario». Con la coscienza di aver raggiunto tutti i loro scopi e di avere inflitto al barone una sconfitta, la Kreutzer e Trummer lasciarono l'albergo.

Nel corso dei giorni seguenti, però, Taittinger dovette accorgersi di non essere affatto in grado di «disporre quanto era necessario». La causa Schinagl-Trummer era già stata affidata al giudice istruttore, quando Taittinger andò a far visita al medico della polizia. «Sai,» disse il dottor Stiasny «qui da noi, alla polizia, è sempre possibile fare qualche cosa. Da noi ci sono, per dir così, degli aborti; qui i vari casi sono ancora degli embrioni; ma tu sei venuto troppo tardi! Una volta giunto nelle mani del giudice istruttore, il feto matura lentamente, ma è una maturazione sicura e inarrestabile. E allora non c'è proprio più niente da fare. Al più puoi impedire che al processo sia fatto il tuo nome, direttamente o indirettamente. Di questo m'incarico io volentieri: il dottor Blum dell'ufficio stampa del tribunale è mio amico, e anche se si dovesse parlare di te nel corso del processo, ai giornali non ne arriverà nulla. Caro barone, questo è tutto quello che posso fare per te».

Anche il tenente colonnello Kalergi era dell'opinione che la cosa fosse irrimediabilmente perduta. Taittinger non capiva bene perché dovesse essere più difficile intraprendere qualcosa presso il tribunale che presso la polizia. «Sai,» lo informava Kalergi «un giudice è ben diverso da un funzionario di polizia. I giudici sono come degli angeli rispetto ai funzionari. Ma a te, in fondo, tutta questa storia interessa solo in quanto può nuocere alla tua domanda di riammissione nell'esercito. Lascia Vienna, per il momento; penserò io a che tutto vada liscio».

No, Taittinger non lasciò Vienna. Lo tratteneva una strana angoscia, già quasi un rimorso. Si sentiva già colpevole e ormai legato indissolubilmente a vicende e destini estranei. Sentiva che un gran cambiamento era avvenuto in lui e non sapeva quando era cominciato. Forse allora, quando Sedlacek gli era venuto incontro sulla scala; forse già prima, nella bottega di Schinagl a Sievering; forse più tardi, quando aveva visitato la Mizzi in prigione; o forse soltanto dopo il congedo dall'esercito. Ora era perfino in grado di spiegarsi la sua gaia indifferenza degli anni passati: ignoranza era stata, ignoranza, cecità. A volte gli sembrava di avere camminato per molti anni con gli occhi bendati lungo il margine di tremendi pericolosi abissi e di non esservi precipitato solo perché non li aveva veduti. Troppo tardi aveva imparato a guardare, e ora vedeva pericoli grandi e piccoli dappertutto. Azioni compiute senza riflettere, ghiribizzi innocenti, frasi buttate là con leggerezza e precauzioni tralasciate per pura indifferenza si prendevano ora una vendetta terribile. Il mondo ormai non era più così semplice come prima, soprattutto dal momento in cui aveva smesso l'uniforme. Ormai non c'erano più soltanto tre semplici categorie di persone: i simpatici, gli indifferenti, i noiosi, ma c'erano soprattutto gli irriconoscibili. Come era apparsa leggera, anni prima, la simpatica relazione con l'amabile Mizzi, uno dei tanti episodi piacevoli, non più importante di un buon pranzo, una gradevole cavalcata, un invito a caccia, una bottiglia di champagne, una licenza di due settimane. Le avventure apparivano allora, quando s'incontravano, gaie, variopinte, leggere, come sospese nell'aria. Le si teneva per un filo, come palloncini, fino a che davano piacere. Poi, quando cominciavano ad annoiare, si lasciava andare il filo: esse si libravano liete nel cielo, per un po' le si seguiva ancora riconoscenti con lo sguardo, poi dovevano andare a scoppiare da qualche parte fra le nuvole. Ma alcune non erano scoppiate affatto: invisibili e insidiose si eran tenute nascoste per molti anni da qualche parte, contro tutte le leggi della natura, e ora, fatte pesanti e piene di zavorra, ricadevano sulla povera testa di Taittinger.

Ora egli non resisteva più all'assurdo sentimento del dovere che ogni giorno lo spingeva ad andare al Prater per riferire alla Mizzi, alla Kreutzer e a Trummer sugli insuccessi dei suoi 'passi' al ministero. Non poteva far nulla contro la tormentosa coscienza di essere colpevole di tutto: dell'esistenza di Xandl, del biglietto da cento corone, della ferocia del ragazzo. Stava decadendo, lo vedeva bene, nella stima del 'popolo' (giacché quelle tre persone per lui erano 'il popolo'). «Se li conoscessi io i pezzi grossi come li conosce lei!» diceva Trummer. «Basta aver coraggio!» commentava la Kreutzer. «Il mio povero bambino!» gridava la Mizzi. Era un pianto leggero, rapido e astioso. Non il dolore ma l'astio generava quelle lacrime. Tutti e tre formavano un fronte ostile contro Taittinger, e perfino lui che era tanto incapace di aver dei sospetti quanto lo era di rincorrere un omnibus o di chinarsi a raccogliere un oggetto che si trovasse sulla sua strada, perfino lui scopriva ogni tanto i rapidi misteriosi sguardi che i tre rappresentanti del popolo si scambiavano al di sopra della sua testa. Talora il popolo si esprimeva anche direttamente, parlando in modo chiaro attraverso la bocca di Magdalene Kreutzer: «Già, se lei avesse pagato gli alimenti!» o anche: «Cercar di cavarsela così, con una bottega di mercerie, dopo aver sedotto una ragazza per bene!». La disistima dei tre arrivò al punto che ormai cadevano nel dialetto sempre più di rado. Esprimendosi in lingua venivano a mettere una maggiore distanza fra loro e il barone; egli non era più degno dell'intimità del dialetto.

«Sapremo noi come fare!» disse una volta la Kreutzer con parole gravi di significato.

Aveva un progetto grandioso, straordinario, così le sembrava. Con l'aiuto di Pollitzer, che per due corone e cinquanta è pronto a mettere per iscritto qualsiasi istanza, si invia una domanda di grazia a Sua Maestà in persona. Nella cancelleria di corte, così dice Pollitzer, viene esaminato tutto attentamente. Si scrive che la povera Mizzi è stata sedotta dal barone Taittinger e abbandonata con un bambino senza alimenti. Il ragazzo senza padre è cresciuto con poco giudizio. Ora si minaccia di soffocare la sua vita sul fiore. Solo l'augusta clemenza dell'Imperatore può salvare dal rigore spietato della legge un ragazzo, un cittadino, un fedele soldato di domani. Da principio Pollitzer riteneva che per la domanda ci sarebbe stato tempo fino al processo, ma poi pensò alle due corone e cinquanta e si limitò a dire: «Io la scrivo... ma la responsabilità ve la prendete voi». E la scrisse.

Un quarto d'ora prima che Sua Maestà l'Imperatore cominciasse la sua passeggiata in carrozza per le strade di Vienna, arrivavano agli incroci e alle cantonate gli agenti in borghese, non già per tenere d'occhio i sospetti ma per avvertire i loro colleghi in uniforme, le guardie addette al traffico.

La passeggiata dell'Imperatore è simile a quelle solite, familiari festività che si conoscono da lungo tempo ma si aspettano come qualcosa di sconosciuto. Così pure, per esempio, gli uomini conoscono la primavera e tuttavia ogni anno la salutano con la stessa gioia bramosa. I negozianti chiudono i loro negozi e si schierano lungo i marciapiedi. Nei grandi magazzini che occupano alcuni piani, le giovani commesse, sartine, modiste, queste figlie di Vienna, sempre curiose, sempre svolazzanti, avide di diversivi, primaverilmente golose di novità, spalancano tutte le finestre. Per una mezz'ora si fa festa; passa l'Imperatore in carrozza.

Si ode già il rumore delle ruote, il trotto dei due sauri snelli che passando rapidi e leggeri sul selciato sembrano carezzarlo coi loro zoccoli sensibili. A cassetta siede il lacchè in montura e il cocchiere tiene in mano la frusta soltanto come simbolo della sua carica e della sua dignità. Giacché i cavalli imperiali non hanno bisogno di frusta. I cavalli imperiali sanno sempre quello che devono fare e anche chi è colui che trasportano. Si direbbe perfino che non ci sia stato bisogno che altri li attaccassero alla carrozza imperiale e che si siano messi i finimenti da sé. Sono essi che danno al cocchiere ritmo e direzione; non già il cocchiere a loro.

Quel giorno, quando i cavalli piegarono dal Ring nella Mariahilfer Strasse, una donna si precipitò fuori dalle file dei plaudenti, raggiunse in un attimo il predellino della carrozza e gettò dentro una lettera che cadde sulle ginocchia dell'aiutante. Casi simili avvenivano spesso, l'Imperatore li conosceva già. Erano domande di grazia, suppliche dei suoi sudditi. Ne aveva già lette molte, molte accolte e molte respinte. Ma come egli considerava tali manifestazioni una conseguenza naturale, ovvia, del suo ufficio, così agli occhi dei suoi servitori quelle domande di grazia accorate e improvvise sembravano sintomi estremamente pericolosi di una licenza anarchica e minacciosa. Gli agenti in borghese si precipitarono fuori: due, tre, quattro, cinque uomini; troppi per una sola donna. Le cadde il cappello di testa, la borsetta alla Pompadour le sfuggì di mano; un poliziotto li raccolse. L'Imperatore era ormai lontano. La donna fu condotta al posto di polizia della Neubaugasse, fu interrogata a lungo come era prescritto, dopo aver preso le sue generalità. Era Mizzi Schinagl. Fu rilasciata, ma prima le dissero che da quel momento sarebbe stata sotto la vigilanza speciale della polizia e che doveva aspettarsi ogni momento di essere invitata a presentarsi. Tutto questo non preoccupava la Mizzi. Essa sapeva, come chiunque altro, che al più poteva prendersi due giorni di prigione oppure una multa di cinque corone. La Kreutzer e Trummer, che erano andati con la Mizzi per farle coraggio, l'accompagnarono in trionfo al Prater.

«Al tuo barone non gli dir nulla!» ordinò Trummer.

Il barone era già un nemico dichiarato, messo al bando. Se avesse saputo troppo presto della domanda di grazia, avrebbe potuto rifiutare il denaro per il gabinetto delle figure di cera.

Mizzi Schinagl provava qualche sentimento spiacevole per via delle dichiarazioni che aveva fatto nella sua domanda, ma poi pensava che doveva salvare in tutti i modi il suo ragazzo, il suo unico figlio che per lei era «tutto a questo mondo». In fondo sono una mamma, si diceva. Decise di informare Taittinger soltanto dopo, forse di lì a due giorni, comunque dopo: appena il gabinetto delle cere fosse stato pagato. Il contratto si doveva concludere fra due o tre giorni da Zirrnagl, il caffè degli artisti di circo nella Praterstrasse, come un'antica tradizione prescriveva ai proprietari di baraccone.

XXX

Taittinger doveva arrivare al caffè Zirrnagl alle cinque del pomeriggio; Mizzi, la Kreutzer e Trummer lo aspettavano fin dalle quattro. Ciascuno di loro era stato preso dalla paura che il barone, all'ultimo momento, ci ripensasse e non venisse, oppure, cosa anche peggiore, che se ne fosse partito il giorno prima. Avremmo dovuto tenerlo ben fermo! pensava la Kreutzer.

Ma arrivò, in vettura di piazza. La Mizzi conosceva la sua abitudine: egli non amava farsi portare fino al luogo dov'era diretto, ma scendeva prima. Così lei ebbe agio di traversare la larga strada e di incontrarlo prima che entrasse nel locale.

«Spero di non essere in ritardo,» disse Taittinger «mi hai aspettato?». Guardò l'orologio, era puntuale come sempre. «Ti devo dire prima qualcosa alla svelta» disse Mizzi. Non temeva più la ripugnanza del barone per i gesti passionali e intimi. Le pareva di sentire che fra tutte le persone che erano al mondo poteva aver confidenza solo in lui. Era l'uomo che amava, più di suo figlio e di suo padre. «Ma che cosa c'è?» domandò Taittinger e si lasciò condurre in una strada laterale.

«Non voglio che tu compri il gabinetto» cominciò lei. Gli dava del tu; le veniva naturale, per la prima volta gli parlava di giorno come di solito faceva solo nell'oscurità delle loro notti intime. Aggiunse che aveva abbastanza denaro, ancora, e non aveva bisogno del suo aiuto. Aveva solo seguìto i consigli della Kreutzer, ma questo era stato brutto da parte sua; però ora non voleva far più di quelle cose. E poi aveva anche inoltrato una domanda di grazia, per Xandl...

«No, cara Mizzi» disse Taittinger con una voce che lei non gli conosceva, e nello stesso tempo si liberò il braccio. La sua voce veniva da lontano, ogni sillaba era una porta metallica che si chiudeva di colpo. Le frasi scattavano come una volta scattava la serratura alla porta della cella. «No, io pago i miei debiti. Così tu avrai un'esistenza sicura, e anche il ragazzo, quando verrà fuori. Andiamo!» disse, e lei lo seguì restando indietro di mezzo passo, tanto lui camminava svelto. Il cuore non le batteva più ora, sebbene dovesse andare in fretta, e la testa era come svuotata e tuttavia pesante. La sentiva sul collo come un peso estraneo.

Purché si faccia presto, pensò Taittinger entrando nel caffè Zirrnagl. Il proprietario del gabinetto e il mediatore erano già lì seduti, e anche un terzo che Taittinger non conosceva ancora. Era il consulente legale che doveva stendere il contratto: precisamente Pollitzer. Taittinger non fece nessuno sforzo per seguire le fasi delle trattative, cercava solo di dominare la gran confusione, che non veniva da lui, ma che si riversava su lui da ogni parte, investendolo come se fosse insieme vento, nevischio, polvere e grandine.

Aveva appena toccato il suo caffè che già Pollitzer invitava tutti a uscire. Taittinger domandò se finalmente si fosse finito. «Purtroppo no, signor barone» disse Pollitzer che parlava anche per gli altri e che tutti chiamavano «dottore». «Dobbiamo ancora parlare col vecchio Percoli; abita solo due case più in là.

Ma forse il signor barone preferisce aspettarci qui?». No, anzi; qualcosa in Taittinger vi si opponeva. Non poteva rimanere lì solo, anche se lo mettevano un po' a disagio la cravatta alla Lavallière di Pollitzer, il suo cappello a cencio, il vistoso panciotto di velluto e le molte carte nelle tasche della sua giacca. Andò anche lui due case più in là seguendo il gruppo, obbediente come un animale addomesticato, ma con impazienza raddoppiata perché repressa a fatica. Salì tre rampe di scale e sempre dietro agli altri, passando per una cucina buia, entrò in uno studio d'artista bene illuminato, coperto da una tettoia di vetro. Al loro arrivo il vecchio napoletano rimase seduto.

Pollitzer aveva portato con sé il contratto: il vecchio Tino Percoli vi si impegnava, dietro un anticipo di cento corone, a fornire a mano a mano i pezzi di attualità degli ultimi mesi, a non offrire ad alcuno gli stessi modelli entro i confini dell'impero, e al Panoptikum di Berlino soltanto quindici giorni dopo. Si riservava libertà per il museo Grévin di Parigi e per l'estero in generale. «Trattengo il contratto fino a domani pomeriggio,» disse Percoli «lo voglio studiare da solo».

«Il signor barone mi permetta di leggere, per cortesia, la parte che lo riguarda» disse Pollitzer. Taittinger dovette rientrare nel caffè.

Risultò che doveva versare settecento corone in contanti e garantire per le rimanenti ottocento. Gli portarono penna e calamaio; firmò con mano sicura e si sentì sollevato. Gli sembrava di essersi sbarazzato di pesanti fardelli, di aver liberato la sua coscienza, di essersi sottratto alle preoccupazioni e a ogni genere di complicazioni e di seccature. Si congedò da tutti in modo addirittura affettuoso e promise di andare quella domenica all'inaugurazione del nuovo 'Panoptikum', il quale avrebbe avuto anche un nuovo nome. Pollitzer aveva proposto: «Bioscopio Mondiale». Il nome piacque a tutti i presenti. Si andò a bere senza fare neanche il tentativo di invitare il barone. La Mizzi cominciò improvvisamente a piangere. «Perché?» le domandarono. «Ma, così, dalla gioia» rispose lei.

All'inaugurazione del Gran Teatro del Bioscopio Mondiale ci fu grande affluenza da parte di un pubblico così avido di spettacoli qual era quello della città capitale dell'impero. Il povero Taittinger non riuscì assolutamente a rimanerne assente e dovette sorbirsi tutto quanto lo spettacolo.

Il sipario si alzò con un lieve cigolio e Taittinger atterrito vide la Mizzi sopra un trono rosso. Veramente era impossibile distinguere se fosse di cera o se fosse lei in persona. Una pesante collana a tre giri di grosse perle che rilucevano gialle, argentee e ad un tempo azzurrine, adornava il collo cereo e la cerea scollatura del busto. Diamanti massicci le pendevano dagli orecchi. Una luce magica veniva da una lampada a gas appesa al soffitto, nascosta da un velo azzurro. La 'favorita dello Scià' portava in testa una mezzaluna turca fra due sottili frecce d'argento che contenevano la lussureggiante abbondanza dei suoi capelli d'oro. La Mizzi (ma era poi lei?) sedeva immobile sul suo trono rosso.

Sì, era la Mizzi. Aveva cominciato a parlare con la sua voce abituale: «Sua Maestà lo Scià di Persia è molto buono con me. Una volta io ero una povera ragazza del popolo di Vienna. Ora regno sulle donne dell'harem ed egli mi preferisce a tutte. Penso di regnare ancora molti anni e saluto Vienna, la città, il popolo e il vecchio campanile di Santo Stefano!».

Tutti applaudirono. Il sipario calò rumorosamente. «La prima scena è finita!» annunciò Trummer.

Tutti si affollarono sotto il sipario; Taittinger approfittò della confusione per andarsene, per fuggire.

XXXI

Dapprima lentamente e con cautela, poi con sempre maggiore intensità i giornali ricominciarono dopo molti anni a parlare della Persia, il regno amico del Medio Oriente, e di Sua Maestà lo Scià, la cui ultima visita a Vienna era ancora viva nella memoria del popolo austriaco, anzi di tutti i popoli dell'impero. I corrispondenti da Pietroburgo, Londra, Parigi riferivano, a questo proposito, di aspirazioni russe, intrighi inglesi, mene francesi.

Il «Fremdenblatt» mandò a Teheran un giornalista che parlò dei costumi persiani, delle donne persiane, dei giardini persiani, dell'esercito persiano, dei contadini persiani. Dopo alcuni articoli un viennese si sentiva altrettanto a casa sua a Teheran quanto a Döbling, a Grinzing, nella Leopoldstrasse o sull'Alsergrund.

Non c'era nulla di ciò che i giornali riportavano sulla Persia che non avesse un'importanza particolare, un'importanza politica. I politici, i diplomatici, i giornalisti lo sapevano già: lo Scià di Persia ritornava a Vienna.

Nel ministero degli Esteri, alla Ballhausplatz, si scartabellavano i protocolli; nella cancelleria di Sua Maestà si ricercavano i minimi avvenimenti che avevano avuto luogo a loro tempo, durante la visita dello Scià di Persia. Si rovistavano anche i vecchi archivi della pubblica sicurezza.

In quei giorni Lazik ebbe l'idea brillante, per non dire senza prezzo, di arricchire con scene di attualità il nuovo 'Teatro del Bioscopio Mondiale' al Prater. Egli possedeva ancora tutti i disegni, gli schizzi e i ritratti riportati dalla «Kronenzeitung» al tempo della visita di Sua Maestà Persiana. Mizzi Schinagl pagò l'idea dieci corone.

Non c'era dubbio, la città capitale dell'impero si preparava a ricevere Sua Maestà Persiana. Tutte le redazioni lo sapevano. Presto lo seppero tutti gli uscieri, i servitori di corte, i vetturini, i fattorini di piazza, tutte le guardie (gli ultimi a saperlo furono, al solito, i diplomatici stranieri).

Tino Percoli fabbricò per cinquanta corone le figure di 'scottante attualità': lo Scià di Persia, il Gran Visir col suo aiutante e il capo eunuco. (Le donne dell'harem non erano necessarie. In caso di bisogno si potevano togliere dal già esistente 'Serraglio del Sultano' per trasferirle nella nuova scena da intitolare 'Camera persiana'). Ormai erano tutti pronti: la cancelleria di corte, il ministero degli Interni e quello delle Comunicazioni e del Commercio, la polizia di Vienna e quella di Trieste, il porto di Trieste e la direzione delle ferrovie meridionali. I piccoli funzionari, rotelle minuscole e ottuse nell'ingranaggio incomprensibile del molteplice impero, cominciarono con assurdo zelo a girare, a ronzare, a cercare, a scrivere, a stendere relazioni e a riceverne. Ci si ricordò che allora i bauli di Sua Maestà Persiana avevano subìto un ritardo imperdonabile, quasi irreparabile. Ci si ricordò di tutto, si andò a riscavare tutto: cerimoniale, nomi, programma del ballo di corte e dell'arrivo a Vienna, gli ufficiali dei reparti d'onore schierati allora alla Stazione Franz Joseph, l'uniforme del reggimento scelto persiano di cui l'Imperatore era colonnello onorario. Ci si ricordò anche del capitano di cavalleria barone Alois Franz von Taittinger, che a quel tempo era distaccato dal suo reggimento per incarico speciale. E uno dei funzionari più zelanti, strumento affatto ignaro del destino, come devono essere gli strumenti del destino, seguì coscienziosamente le tracce che le azioni lodevoli e meno lodevoli di Taittinger avevano lasciato e riferì fedelmente alla polizia quanto aveva accertato. Anche alla polizia c'erano zelanti strumenti del destino che mandarono relazioni al ministero della Guerra.

In quel momento la pratica di Taittinger si trovava nelle mani del consigliere ministeriale Sackenfeld. Questi si accingeva ormai a designare la commissione superiore di controllo e a fissare la data nella quale il capitano doveva presentarsi, quando gli arrivò la relazione con sopra la scritta a lapis: «Strettamente riservata, riguarda Taittinger». Con la pratica e con la relazione Sackenfeld andò dal tenente colonnello Kalergi nell'ala sinistra del ministero. Fu subito evidente a quei due signori che per il momento non si poteva pensare a dar corso alla pratica di Taittinger. Lo si doveva dire al barone. Il tenente colonnello Kalergi si affibbiò la sciabola e uscì.

Trovò Taittinger in albergo; un Taittinger amareggiato, cambiato e, per quanto parve a Kalergi, rapidamente invecchiato. Nell'atrio dell'albergo il barone studiava preoccupato un gigantesco manifesto quadrato che ricopriva il tavolinetto al quale egli era seduto. Si alzò faticosamente e sebbene non avesse bastone parve a Kalergi che si appoggiasse a un bastone invisibile. Kalergi si sedette. Taittinger tralasciò la consueta domanda sulla salute dell'amico e della signora.

«Tu conosci la mia vita, Kalergi» cominciò subito. «Sai già di quella stupida storia con la Schinagl e poi lo scandalo. E del resto ti ho raccontato anche di mio figlio... Dunque, due settimane fa ho regolato tutto, ho acquistato il gabinetto delle cere, sai, quello che chiamano il Nuovo Teatro del Bioscopio Mondiale. Suo figlio... cioè mio figlio... Xandl si chiama... saprai già che è in prigione per tentato omicidio a scopo di rapina...».

«Ah già, quella storia!» disse Kalergi. «Sì, ho letto».

«Ebbene,» continuò Taittinger «ora, prima di rientrare nell'esercito, ho voluto liquidare definitivamente tutte queste stupide faccende. E invece neanche un quarto d'ora fa Trummer... sarebbe lungo ora spiegarti chi è... comunque un amico della Mizzi... mi porta questo manifesto... e domani sarà in tutti i giornali, attaccato a tutti i muri». E Taittinger avvicinò il manifesto al tenente colonnello Kalergi il quale lesse:

«Il Nuovo Teatro del Bioscopio Mondiale, in occasione del ritorno di Sua Maestà lo Scià di Persia, presenterà al pubblico le seguenti scene fedelmente riprodotte dal vero:

1. Arrivo del grande Scià coi suoi aiutanti alla Stazione Franz Joseph (treno speciale in dimensioni ridotte).
2. L'harem e il capo eunuco di Teheran.
3. La concubina viennese, figlia del popolo di Sievering, presentata allo Scià dalle più alte personalità e da allora signora dell'harem in Persia.
4. Il resto del seguito dello Scià di Persia».

Il tenente colonnello Kalergi ripiegò con cura il grande manifesto, molto lentamente, senza alzare gli occhi. Aveva paura di incontrare lo sguardo disperato di Taittinger; ma era venuto per dirgli la verità e voleva cominciare. Lisciò ancora un po' il manifesto ripiegato, riflettendo al modo di entrare in argomento.

«Sono impaziente, capisci?» riprese Taittinger. «In tutta la mia vita ho agito sconsideratamente; me ne accorgo ora, ma è troppo tardi. Vedi... oggi mi sono guardato allo specchio e mi sono accorto di esser vecchio. E proprio ora, davanti al manifesto, ho dovuto riconoscere di essere sempre stato uno stupido. Forse avrei dovuto sposare la Helene. Ma oggi per me non c'è altra possibilità che l'esercito... Sai qualcosa di nuovo della mia pratica?».

«È appunto per questo che son venuto» rispose Kalergi.

«Ebbene?».

«Appunto, caro amico, la vecchia storia, lo scandalo, come dici tu... ne parlavo proprio ora con Sackenfeld. Devi aspettare, per l'appunto arriva questo sciocco da Teheran a complicare le cose. La polizia sta rovistando nei vecchi fascicoli e adesso, proprio adesso, salti fuori di nuovo tu. Io posso dirti una cosa sola: aspetta».

«Dunque, ora non sarà possibile...?».

«No,» disse Kalergi «quella stupida storia è di nuovo lì. Meglio non toccar niente, per il momento».

Taittinger disse soltanto: «Capisco, grazie». Poi tacque per un po'. Era già sera inoltrata, nell'atrio si accesero le lampade. «Sono un uomo perduto» egli disse. Restò alquanto tempo in silenzio e poi con voce stridula, una voce che non veniva da lui, chiese: «Dunque, per la mia domanda non c'è niente da fare?».

«Per ora no!» rispose Kalergi. «Ma aspettiamo che sia passata questa storia persiana». E per distrarre l'amico aggiunse: «Andiamo a cena all'"Ancora"!» e guardò l'orologio.

«Sì,» disse Taittinger «mi devo soltanto lavare. Aspetta, salgo un momento in camera» e si alzò.

Cinque minuti dopo Kalergi udì uno sparo che echeggiò a lungo per le scale e i corridoi.

Trovarono il barone morto, vicino alla scrivania. Evidentemente aveva tentato di scrivere qualcosa. Teneva ancora la pistola nella destra. Il cranio era sfracellato. Gli occhi sporgevano in fuori, il tenente colonnello Kalergi li chiuse a fatica.

Taittinger fu sepolto coi consueti onori militari. Un plotone sparò le salve d'onore. Al funerale presero parte il direttore dell'albergo Prinz Eugen, Mizzi Schinagl, Magdalene Kreutzer e Ignaz Trummer, il tenente colonnello Kalergi e il consigliere ministeriale Sackenfeld.

Al ritorno il consigliere domandò: «Ma perché poi si è ucciso? Lei lo saprà, era presente, in certo modo».

«Ma!» rispose Kalergi. «Credo che si sia smarrito nella vita. Può avvenire a volte. Ci si smarrisce!».

E questo fu l'unico necrologio per l'ex capitano di cavalleria barone Alois Franz von Taittinger.

XXXII

Questa volta la banda del reggimento dei Deutschmeister diretta dal maestro Nechwal ebbe appena tre giorni di tempo per esercitarsi convenientemente a suonare l'inno nazionale persiano, tanto l'ordine era arrivato improvviso. Perciò ci si esercitava anche nelle ore fuori servizio.

Il giorno in cui la Maestà Persiana arrivò era un mite, azzurro giorno di primavera. Uno di quei giorni primaverili a Vienna che l'animo infantile del popolo riteneva potessero essere prodotti soltanto dalla sua città. Delle tre compagnie d'onore prescritte dall'etichetta una era schierata all'interno della stazione, le altre due facevano ala, davanti alla facciata della medesima, alla folla dei curiosi, degli entusiasti e degli zelanti; nelle loro uniformi blu esse sembravano quasi rappresentare un necessario contributo statale alla tipica primavera viennese. Era dunque un giorno di primavera simile a quello ormai lontano in cui lo Scià era venuto a Vienna per la prima volta; tanto simile quanto un fratello nato più tardi è simile al suo maggiore.

Questa volta non era stata l'inquietudine del sangue

a portare lo Scià in occidente e neanche la curiosità o un misterioso desiderio di mutamento. Da alcuni mesi infatti egli viveva in perfetta beatitudine con un'indiana quattordicenne da poco acquistata, Jalmana Kahinderi, una creatura morbida e voluttuosa, un capriolo bruno, un mite animale delle lontane rive del Gange. Questa volta lo Scià aveva portato lei sola, e, per causa sua, anche il capo eunuco. Era stato nominato da tempo un nuovo Gran Visir (quello di prima lo Scià lo aveva dimesso con una modesta pensione in un momento di improvviso dispetto); ma l'aiutante era rimasto lo stesso, cioè il gaudente Kirilida Pajidzani, divenuto in quegli anni il favorito dello Scià e, malgrado l'età relativamente giovane, promosso generale col titolo onorario di comandante di tutta la cavalleria.

Il povero Taittinger giaceva ormai da dieci giorni nella tomba e i vermi rodevano già la sua bara. Al posto suo c'era un altro ufficiale di cavalleria, questa volta un ulano, trasferito a Vienna per incarico speciale, il polacco Stanislaus Zaborski, che prendeva il servizio più sul serio, se non altro per dimostrare a quei signori che la fama dell'inattendibilità dei polacchi non era assolutamente giustificata.

Del resto il tenente Zaborski non si trovava, come una volta il simpatico Taittinger, davanti al banco del ristorante di stazione, ma all'interno, presso il vagone merci. Anche il bagaglio questa volta era arrivato secondo le disposizioni, e secondo le disposizioni Zaborski si presentò a Sua Eccellenza l'aiutante del Gran Visir, il generale Kirilida Pajidzani. Questi, a cui le tempie e le basette sottili cominciavano ormai a inargentarsi, si ricordò dell'allegro capitano Taittinger e domandò se si trovasse ancora a Vienna. «Eccellenza,» rispose il tenente Zaborski «il signor capitano Taittinger è morto improvvisamente dieci giorni or sono!». Pajidzani aveva un cuore superficiale e un carattere non molto sensibile, ma anche paura della morte, soprattutto di una morte improvvisa. Egli disse: «Ma il signor capitano era ancora giovane!» e nello stesso tempo pensava che anche lui era giovane. «È stata una morte improvvisa, Eccellenza» ripeté Zaborski. «Un colpo apoplettico?» insisté Pajidzani. «No, Eccellenza». «Allora suicidio?». Zaborski non rispose. Pajidzani respirò.

Da alcuni anni Pajidzani intratteneva col capo eunuco rapporti quasi fraterni. Tutt'e due si erano dati da fare per estromettere il Gran Visir. C'erano riusciti e ora erano alleati per la vita e per la morte. Pajidzani non era diventato Gran Visir, ma comunque generale. Il capo eunuco aveva preso in simpatia l'innocuo Kirilida Pajidzani perché era un uomo che gli andava a genio: non pericoloso, ligio, frivolo, qualche volta disarmato e sempre riconoscente per i consigli che gli si davano; all'occasione era anche un docile strumento: insomma un amico eccellente!

Due giorni dopo il loro arrivo andavano a spasso tutt'e due in abiti europei attraverso le chiare strade primaverili. Osservavano le vetrine vistose, acquistavano oggetti assurdi: bastoni da passeggio, binocoli da teatro, stivali, panciotti e cappelli di Panama, ombrelli e bretelle, pistole, munizioni, coltelli da caccia, portafogli e valigie. Percorrendo la Kärntner Strasse il capo eunuco si fermò come incantato, sbalordito, quasi spaventato davanti alla vetrina del fornitore di corte Gwendl: sopra un cuscino di velluto blu tre fili di perle grosse e pesanti, che all'eunuco erano familiari come sorelle, rilucevano con l'opalescenza di una nube di grandine, con il candore della neve sulle patrie montagne e, insieme, il rosa bluastro di un cielo gravido di tempesta. Il suo occhio di intenditore di pietre preziose non temeva confronti: i rubini, gli smeraldi, gli zaffiri, le perle che avesse saggiato una volta al tatto, o anche solo con l'occhio, non li dimenticava più. Quelle perle sapeva da dove venivano: una volta le aveva portate lui stesso in una certa casa per ordine del suo signore. «Ieri,» disse il capo eunuco al generale senza staccare lo sguardo dalle perle «ieri mi hai raccontato di quell'ufficiale dei dragoni che si è tolta la vita». «Sì» disse Pajidzani. «Benissimo,» disse l'eunuco «vieni con me, mi devi fare da interprete, voglio parlare con questo gioielliere».

Entrarono nel negozio e chiesero del proprietario. Il generale declinò il suo nome e i suoi titoli. Il consigliere Gwendl discese con dignità la ripida scala.

«Siamo al seguito di Sua Maestà lo Scià» disse il capo eunuco. «Potremmo sapere da dove vengono le perle che sono in vetrina?». Il generale tradusse.

Gwendl rispose, secondo verità, che in un primo tempo le aveva avute dalla Banca Ephrussi e le aveva vendute ad Amsterdam; ora gli erano state date di nuovo in deposito. «Quanto costano?» domandò il capo eunuco, e Pajidzani tradusse. «Duecentomila corone» rispose Gwendl. «Le ricompro» disse l'eunuco. Tirò fuori una pesante borsa di pelle blu, ne sciolse lentamente i cordoni e rovesciò sul banco il contenuto, tutto di grosse monete d'oro. Erano cinquantamila corone. Chiese che le perle gli si mettessero da parte per il giorno dopo e che frattanto sparissero subito dalla vetrina. Non volle la ricevuta che Gwendl si accingeva a scrivere; la guardò per un momento, poi la stracciò e ne lasciò cadere i pezzetti bianchi sulle monete rossicce. «Domani a quest'ora sarò qui» disse il capo eunuco. Pajidzani tradusse.

«Perché lo hai fatto?» domandò il generale.

«Amo quelle perle!» rispose il capo eunuco.

Pajidzani si fermò all'angolo fra la Kärntner Strasse e la piazza di Santo Stefano; appoggiato al muro c'era un enorme cartello pubblicitario di legno. Una scritta rosso vivo su fondo nero e incorniciata di bandierine persiane diceva: «Sua Maestà lo Scià, signore dei credenti persiani e degli adoratori di Maometto, in fedele riproduzione. – L'harem di Teheran. – I misteri dell'Oriente. – Tutto al Grande Teatro del Bioscopio Mondiale al Prater!».

«Andiamo a vedere!» disse Pajidzani.

XXXIII

La mattina, secondo un'antica abitudine, lo Scià fece chiamare il capo eunuco.

Sua Maestà sorseggiava il solito tè di Karluma. La pipa, lunga come un bastone da pellegrino, era appoggiata alla tavola e sembrava fumare da sé.

«Ieri tu hai visto il mondo,» cominciò lo Scià «che te ne pare? È cambiato dall'ultima volta che siamo stati qua?».

«Tutto cambia, Signore» rispose l'eunuco. «Eppure tutto rimane uguale. Questa è la mia opinione».

«Hai rivisto qualche vecchio conoscente della visita dell'altra volta?».

«Solo uno, Signore, una donna».

«Che donna?».

«Signore, è stata la tua amante, per una notte; e io ebbi l'immenso onore di porgerle il tuo dono».

«Pensa ancora a me? Ha parlato di me?».

«Non lo so, Signore, non ha parlato di te».

«Che cosa le regalasti, allora?».

«Le più belle perle che avessi trovato negli astucci dei gioiellieri. Era un degno regalo, ma...».

«Ma?».

«Non le ha conservate. Ieri ho rivisto le perle in una vetrina. Le ho ricomprate».

«E com'è questa donna?».

«Signore, non merita che si parli di lei».

«E a quel tempo, ne era più degna?».

«A quel tempo la cosa era diversa. Vostra Maestà era più giovane, anche allora io capii chi era: una povera ragazza, merce venale, secondo i costumi dell'Occidente».

«Però allora mi era piaciuta!».

«Signore, non era la stessa, era solo una che le somigliava».

«Sono io dunque cieco?».

«Noi tutti siamo ciechi» disse il capo eunuco.

Lo Scià si sentiva a disagio. Allontanò il miele, il burro, la frutta e si mise a riflettere, o meglio si atteggiò come se riflettesse, ma la sua testa era vuota, una zucca svuotata.

«Ah, dunque, è così!» disse, e aggiunse: «Ma tuttavia mi ha dato gioia!».

«Ma sì, può avvenire!» confermò l'eunuco.

«Ma dimmi ancora,» ricominciò lo Scià «dimmi sinceramente, tu credi che io mi sbagli, che mi sbagli anche in altre cose... in cose più importanti?».

«Signore, se devo essere sincero, la cosa è certa! Tu sbagli, perché sei un uomo».

«E allora dov'è la certezza?» domandò lo Scià.

«Di là,» disse il primo eunuco «di là, quando si è morti».

«Tu hai paura della morte?».

«L'aspetto già da tempo. Sono meravigliato di vivere ancora».

«Va' pure» disse lo Scià; ma un momento dopo aggiunse: «Riportami le perle!».

L'eunuco s'inchinò e scivolò fuori, un'ombra rotonda.

XXXIV

Una settimana più tardi si ebbe la partenza dello Scià dalla città capitale dell'impero. Il maestro Nechwal diresse la banda del reggimento dei Deutschmeister schierata lungo il marciapiede di stazione. La compagnia d'onore presentò le armi. Il tenente Zaborski e il generale Kirilida Pajidzani si salutarono calorosamente. La piccola Jalmana Kahinderi salì in un vagone agganciato discretamente al treno speciale, accompagnata da un anziano e rotondo signore, che aveva l'aria di essere ancora ben vegeto. Sua Maestà l'Imperatore si accomiatò dal monarca straniero con esercitata cordialità. Dalla finestra dell'ufficio del capostazione l'illustratore della «Kronenzeitung» disegnò la scena del commiato, tema eventuale per il maestro Percoli o per qualcuno dei suoi successori.

Quanto al Teatro del Bioscopio Mondiale, esso poté riaprire il giorno dopo la partenza di Sua Maestà Persiana. Mizzi Schinagl sedeva spesso alla cassa tutta coperta di perle. A volte pensava al processo imminente del suo Xandl, a volte andava anche a trovarlo in prigione e per ristorarlo gli portava formaggio, salame e, dietro la schiena del sorvegliante compiacente, pure delle sigarette. Non tornò mai a casa con l'impressione che Xandl fosse suo figlio e lei ne fosse la madre.

Al suo amato Taittinger pensava molto di rado ma, in compenso, ogni volta con intensità maggiore. Poi diventava triste, ma poiché non era nella sua natura rimanere triste si imponeva, quasi facendosi allegra violenza, di pensare alle duemila corone, ben sicure alla posta, e agli affari che faceva col Bioscopio Mondiale. Era sana, vivace, qualche volta anche scatenata. Era di quelle donne che per la loro croccante pienezza si chiamano 'un bocconcino'. Ogni tanto si cercava con gli occhi un uomo.

Il vecchio Tino Percoli, che continuava a fornire figure di cera al Bioscopio Mondiale e conosceva la storia di Mizzi Schinagl, soleva dire talora: «Io potrei magari fabbricare figure che abbiano cuore, coscienza, passioni, sentimenti, moralità. Ma nessuno al mondo ne vuol sapere. Quello che vogliono a questo mondo sono soltanto le curiosità, i mostri. Ecco quello che vogliono, i mostri!».

FINITO DI STAMPARE NEL GIUGNO 1991
DALLA TECHNO MEDIA REFERENCE S.R.L. - MILANO

Printed in Italy

gli Adelphi

VOLUMI PUBBLICATI

1. Milan Kundera, *L'insostenibile leggerezza dell'essere* (5ª ediz.)
2. Konrad Lorenz, *L'anello di Re Salomone* (6ª ediz.)
3. J.R.R. Tolkien, *Lo hobbit* (3ª ediz.)
4. Fritjof Capra, *Il Tao della fisica* (4ª ediz.)
5. Karen Blixen, *Sette storie gotiche*
6. Joseph Roth, *La Cripta dei Cappuccini* (2ª ediz.)
7. Gerald Durrell, *La mia famiglia e altri animali* (3ª ediz.)
8. Robert M. Pirsig, *Lo Zen e l'arte della manutenzione della motocicletta* (2ª ediz.)
9. Jan Potocki, *Manoscritto trovato a Saragozza* (2ª ediz.)
10. Nell Kimball, *Memorie di una maîtresse americana*
11. John G. Neihardt, *Alce Nero parla*
12. Douglas R. Hofstadter, *Gödel, Escher, Bach*
13. Salvatore Satta, *Il giorno del giudizio*
14. Giorgio Colli, *La sapienza greca, I*
15. James Joyce, *Dedalus*
16. René Guénon, *Simboli della Scienza sacra*
17. Georg Groddeck, *Il libro dell'Es*
18. Arthur Schnitzler, *Il ritorno di Casanova*
19. Antonin Artaud, *Eliogabalo*
20. *Vita di Milarepa*, a cura di J. Bacot
21. Milan Kundera, *Lo scherzo* (2ª ediz.)
22. M.P. Shiel, *La nube purpurea*
23. René Daumal, *Il Monte Analogo*
24. Konrad Lorenz, *L'altra faccia dello specchio*
25. Elias Canetti, *La lingua salvata*
26. Roberto Calasso, *Le nozze di Cadmo e Armonia*
27. Georges Simenon, *L'uomo che guardava passare i treni*

gli Adelphi
Periodico mensile: N. 28/1991
Registr. Trib. di Milano N. 284 del 17.4.1989
Direttore responsabile: Roberto Calasso